BASTEI
LÜBBE

Madeline Moore

LUST-POKER

Erotischer Roman

Ins Deutsche übertragen von
Sandra Green

BASTEI LÜBBE

BASTEI LÜBBE TASCHENBUCH
Band 16 336

1. Auflage: August 2009

Vollständige Taschenbuchausgabe

Batei Lübbe Taschenbücher in der Verlagsgruppe Lübbe

Deutsche Erstausgabe

Titel der englischen Originalausgabe: Wild Card

Published by Arrangement with Virgin Books Ltd.,
London, England
Dieses Werk wurde vermittelt durch die
Literarische Agentur Thomas Schlück GmbH, 30827 Garbsen
Titelillustration: shutterstock/Steven Kratochvill
Umschlaggestaltung: Susanne Wenzler
Satz: Urban SatzKonzept, Düsseldorf
Gesetzt aus der Palatino
Druck und Verarbeitung: Norhaven A/S
Printed in Denmark
ISBN 978-3-404-16336-6

Sie finden uns im Internet unter
www.luebbe.de
Bitte beachten Sie auch: www.lesejury.de

Der Preis dieses Bandes versteht sich einschließlich
der gesetzlichen Mehrwertsteuer.

Erstes Kapitel

Victoria hatte so lange darauf gewartet, Ray wiederzusehen, dass sie sprachlos war, als sie die Hotelzimmertür auf sein Klopfen hin öffnete. Einen Moment lang starrten sie sich nur an, als traute sich niemand, den ersten Schritt zu tun.

»Ist es wahr, Victoria? Stirbst du wirklich?« Die Sorge in Rays Stimme ließ sie nicht vergessen, dass sie ein freundliches Hallo vermisste und eine leidenschaftliche Umarmung.

»Ich sterbe, dich zu sehen«, sagte Victoria lächelnd.

Ray Torrington lehnte gegen den Türrahmen und betrat noch nicht das Hotelzimmer. »Billiger Trick, selbst für eine wie dich«, sagte er ungehalten.

Victoria schmollte. »Es geht mir nicht gut, und das kann ich beweisen. Bitte, komm herein.« Sie drehte sich um und ließ ihn in der Türöffnung stehen. Ihr lilafarbenes Hemdchen flüsterte, als sie zurück ins Zimmer schwebte. Würde er ihr folgen? Es war gut, dass sie ›bitte‹ gesagt hatte, denn ›komm herein‹ für sich hätte sich wie ein Befehl angehört. Er mochte es nicht, wenn jemand ihm sagte, was er zu tun hatte.

Sie wussten beide, dass es gefährlich für ihn war, ihr Reich zu betreten. Würde er es trotzdem tun?

Die Tür schloss sich hinter ihm.

»Nun, es ist nicht so, dass ich glücklich über die Neuigkeit war.«

»Warst du denn froh, von mir zu hören?« Sie war glücklich, ihn bei sich zu haben, und ihre Stimme zitterte, deshalb sagte sie nichts mehr. Sie hob einen Stapel Papiere vom Kaffeetisch und sortierte sie. Verdammt, jetzt zitterten die Papiere. Sie spürte das heftige Pochen des Herzens in ihrer Brust.

Tief einatmen. Victoria nahm einen tiefen Atemzug. Ausatmen. Das war schon viel besser. Sie schaute aus verengten Augen auf die Papiere in ihrer Hand und rang um Kontrolle. Es war wichtig, cool zu bleiben – entscheidend, dass er den ersten Schritt ging.

»Ja, irgendwie. Aber auch entsetzt.«

»Du warst entsetzt über mich? Das kann ich nicht glauben.« Victoria drehte sich auf ihren hohen Absätzen und drückte ihm einige Papiere in die Hand. »Das sind meine EKG-Werte und die Ergebnisse der Gehirnstrommessung, und dann siehst du auch noch meine Blutwerte.«

Ray schaute sich die Papiere ganz genau an, womit sie gerechnet hatte. Es lag in seiner Natur, misstrauisch zu sein, obwohl er gern so tat, als wäre er das nicht.

»Beachte die negativen Werte der Geschlechtskrankheiten«, sagte sie. »HIV-negativ – was sagst du jetzt?«

»Braves Mädchen.«

Victoria blinzelte ihn an. »Was ist mit dir? Spendest du alle paar Monate immer noch Blut?«

Ray nickte. »Ich bin der universale Spender. Mein Blut fließt in den Adern der halben Welt.«

Victoria hob die Brauen. »Nur der halben?«

»Ich bin ja noch jung.«

Sie musterte ihn von oben bis unten. Sechs Fuß attraktiver Mann. Er hatte eines jener jungenhaften Gesichter, die einer Frau ein Gefühl der Sicherheit gaben, aber seine blassblauen Augen waren verhangen und sahen nach bewusster Täuschung oder gar Bedrohung aus. Er hatte ein entwaffnendes Lächeln, was echt oder falsch sein konnte, was von der Tiefe seiner Grübchen abhing. Oh, sie kannte ihn gut.

»Bist du nicht vierzig?«

»Ja, fast. Aber dann bist du dreißig, nicht wahr?«

»Noch nicht ganz. Aber im Gegensatz zu dir ist mein Herz gebrochen.«

»Woher willst du wissen, dass meins nicht auch gebrochen ist?«

»Ich meine das buchstäblich. Schau mal.« Victoria reichte ihm weitere medizinische Unterlagen. »Vererbte Herzinsuffizienz. Als mein Dad plötzlich starb, entdeckte man eine angeborene Herzschwäche bei ihm. Je älter man wird, desto schlimmer wird sie. Ich bin untersucht worden und habe ebenfalls diese angeborene Herzschwäche. Stell dir mal vor, Ray, ich könnte jeden Moment umkippen.« Sie schnipste die Finger. »Einfach so.«

»Und man kann nichts dagegen tun?«

Sie schnipste wieder. »Oder jetzt.«

»Hör auf damit, Victoria.« Er bedachte sie mit einem warnenden Blick. Schlechtes Benehmen konnte nicht toleriert werden.

Victoria flüsterte: »Okay.« Sie ließ ihre Unterwürfigkeit eine Weile zwischen ihnen stehen, dann lächelte sie tapfer. »Ich nehme Medikamente, die meinen Herzschlag regulieren. Aber darüber hinaus ... ich will mein Leben in vollen Zügen genießen. Ich gehe nicht zurück nach Kanada, wenn ich London übermorgen verlasse. Ich will in die Karibik.« Sie zog ihre Flugdaten aus dem Papierstapel und reichte ihm das Blatt. »Ich komme nicht mehr zurück.«

»Aber das weißt du doch noch nicht«, sagte Ray und schaute auf das Blatt. »Kann man denn sonst nichts tun?«

Sie badete einen Moment lang in seinem Charisma, bevor sie antwortete. Himmel, es machte süchtig, einem Mann so nahe zu sein, der so begehrenswert war wie er. »Ich werde einige alternative Möglichkeiten versuchen. Bleibe eine Weile hier, dann kann ich dir zeigen, was ich meine.«

Victoria posierte – 1,65 m kühle blonde Schönheit. Sie konnte sich mit seinen Augen sehen – ihr herzförmiges Gesicht, das Kinn leicht geneigt, ein bisschen trotzig, als wollte sie sagen: Du brauchst kein Mitleid mit mir zu haben. Und doch waren ihre Gesichtszüge so delikat, ihre moosgrünen Augen so verletzlich. Sie ließ ihre Lippen, von denen er mal gesagt hatte, dass sie die ›küssenswertesten Lippen überhaupt‹ waren, ein wenig zittern. Er hatte sie für unwiderstehlich gehalten.

Ihre Augen trafen sich. Sie sah die Not in seinen, aber vielleicht war es auch ihr eigenes Verlangen, das sich in seinen Augen spiegelte. »He, es ist 'tini Zeit. Willst du mir Gesellschaft leisten?« Sie schritt über den Parkettboden zur Bar in der hinteren Ecke und ließ ihre Hüften bei jedem Schritt schwingen. »Schreite ich immer noch wie eine Stripperin aus der kanadischen Prärie?«

»Um ehrlich zu sein – ja.« Ray legte die Unterlagen hin und trat zu ihr an die Bar. Es gab einen runden Tisch mit zwei schlanken Ledersitzen vor den Glastüren zum Balkon, aber er blieb lieber stehen.

»Also, lass mich nachdenken. Eis in den Mixer, ein paar Spritzer Gin und dann den Wermut …«

»Du hörst dich so an, als wüsstest du genau, was du zu tun hast, oder?«

»Ich habe ein paar neue Tricks gelernt. Schau mal, wie geschickt ich mit dem Alkohol umgehe.« Sie schwang den Martini-Shaker. Sie hielt ihn in beiden Händen und schüttelte hart, und dabei hüpften ihre Brüste, und sie schwenkte den Po.

Ray lachte. »Du kannst so komisch sein. Das hatte ich vergessen.«

Eine fröhliche Victoria schenkte zwei Drinks ein und gab Oliven dazu, die sie vorher halbiert und entkernt und auf kleine rote Miniaturschwerter aufgespießt hatte.

Ray nahm die Verzierung weg und nippte an seinem Drink. Er schloss die Augen und schmatzte die Lippen, um die Qualität besser einzuschätzen. Er drückte beide Hände gegen seinen Hals, riss die Augen weit auf und starrte sie mit einem entsetzlichen Blick an.

»Wenn ich vorhätte, dich umzubringen, würde ich kein Gift nehmen«, sagte Victoria. »Zu schnell.«

Ray hörte auf, den sterbenden Mann zu spielen. »Schmeckt gar nicht schlecht.« Er nippte wieder.

Victoria hielt ihr Glas hoch. »Ein Toast! Auf vollkommene Martinis und auf die unvollkommene Liebe.«

Ray stieß mit ihr an. Wieder trafen sich ihre Blicke. Diesmal war Victoria sicher, dass das Verlangen, das sie in Rays Augen sah, sein eigenes war, vielleicht eine Erwiderung auf ihr Verlangen, aber doch im Ursprung von ihm.

»Ich habe dich vermisst, Baby«, sagte er.

»Das habe ich an der Tonne von Briefen und den unaufhörlichen Anrufen bemerkt.« Die Worte waren heraus, bevor sie sie zurückhalten konnte. Sie biss sich verärgert über sich selbst auf die Lippe.

Ray runzelte die Stirn. »Ich bin häufiger im Ausland als zu Hause. Außerdem habe ich gedacht, ich sollte mich lieber etwas rar machen.«

»Du hast nicht einmal angerufen, als Gordon gestorben ist, verdammt!«

»Ich habe eine Karte geschickt.« Ray stützte sich mit den Ellenbogen auf der Bar ab.

»Hast du nicht. Ich habe darauf gewartet, eine zu erhalten mit der Anschrift: ›An die Witwe Victoria‹, und den Absender ›Der Taugenichts, den sie so lange geliebt hat‹. Aber leider war da auch nur Sendepause …«

»Ich hatte tatsächlich vor, eine Karte zu schicken.«

»Das war vor über einem Jahr.« Victoria hob die Schultern und nippte an ihrem Drink. »Jetzt spielt es auch keine Rolle mehr.«

»Ach, das stimmt doch nicht. Du bist schon länger wütend auf mich, als du glücklich mit mir warst.« Ray atmete tief aus. Er ließ das Kinn auf seiner Hand ruhen und bedachte sie mit einem wehmütigen Blick.

Victoria tat so, als müsste sie es an den Fingern nachzählen. »Himmel, ja! Du hast Recht!«

Ray lachte. »Ich hätte dich damals sofort heiraten sollen, statt wegzurennen, um zu lernen, wie man eine Revolution anfängt.«

»Du wolltest bewaffnet und gefährlich sein«, sagte Victoria, »aber ich glaube, dass du mich wegen einer anderen Frau verlassen hast.« Sie zog einen Schmollmund.

»Nein, ich habe dich verlassen, um auf Kuba zu arbeiten, oder war es nicht so? Es ist schon lange her.«

»Ja, stimmt. Ich habe damals für mich beschlossen, dass deine Lebensphilosophie auch für mich die beste ist. Lebe den Tag. Das ist alles, was ich jetzt will. Nur einen Tag, nur ein paar Tage mit dir.«

»*Carpe Diem,* schöne Pussy.« Ray hob eine Hand und streichelte ihre Wange, und Victoria schmiegte sich in die fleischige Handfläche. »Schöne Puss. Die alte Frage erhebt sich neu … was mit dir anfangen?«

»Die Antwort bleibt die alte: Was du willst.«

Er schlang von hinten seine Arme um sie. Sie lehnte sich an ihn, spürte seine feste harte Gestalt und entspannte sich mit einem Seufzen.

»Ich war auch auf dich wütend, als ich von Kuba zurückkehrte und herausfand, dass du geheiratet hattest«, sagte er.

»Haha. Ich sollte wohl ewig auf dich warten für den Fall, dass du müde wirst, andere Frauen zu jagen und die Welt zu retten?« Da sie jetzt in seinen Armen lag, fiel es ihr schwer, sich auf das Flirten zu konzentrieren. Ihre Verbitterung durfte nicht durchdringen.

Was einzig zählte, war die Tatsache, dass er so euphorisch fühlte wie sie. Aber wenn das zutraf, wie hatte er sie dann jemals aufgeben können? Und da sie jetzt wieder zusammen waren, wie konnte er da so kontrolliert sein, wo doch ihre gemeinsame Verrücktheit genügte, um sie beide zu verzehren?

»Es ist umgekehrt. Ich rette zuerst die Welt, dann jage ich die Frauen.«

»Ich wünschte, wir hätten geheiratet. Ich wäre gern deine Ex-Frau.«

Ray gluckste. »Hätte nicht die Chance bestanden, irgendwie glücklich miteinander zu leben?«

»Keine Chance. Aber das spielt eigentlich keine Rolle. Jetzt will ich bei dir sein, noch einmal.« Victoria schlängelte sich gegen ihn. Sie spürte, wie sich zwischen ihren Backen etwas bemerkbar machte. Rays Schwanz war nicht das Unwiderstehliche an ihm, aber er trug nicht unerheblich dazu bei, dass sie ihn schätzte. Vor allem, weil er wusste, wie er ihn einzusetzen hatte.

»Ich habe alles geplant«, schnurrte sie. »Ich habe Kanapees und Champagner bestellt und auch ein bisschen Spielzeug besorgt für den Fall, dass wir es ein bisschen verderbter …« Sie biss sich auf die Lippe. Verdammt, sie war zu weit gegangen.

»Victoria, solange du hier bist, habe ich alles, was ich brauche.« Ray wirbelte sie in den Armen herum, und jetzt sahen sie sich an. »Ich würde gern Liebe mit dir machen.« Er fing ihren Mund mit seinen Lippen ein.

Ah, wie köstlich er schmeckte. Endlich spürte sie ihn wieder in ihrem Mund. Entzücken vermischte sich mit Erleichterung. Vor Wonne wäre sie fast in Ohnmacht gefallen. Er verstärkte den Griff um sie, und sie gab sich ganz seinen Küssen hin. Er entzündete kleine Flammen auf ihrem ganzen Körper, von denen sie immer schwächer wurde. Aber gleichzeitig lechzte sie nach mehr.

Der Kuss löste sich in tausend kleine prickelnde Küsse auf. Er küsste ihre Wangenknochen, sie zuzelte an seinen Ohrläppchen, und dann trafen sich ihre Lippen wieder, weich auf weich, Zunge gegen Zunge. Seine Lippen berührten ihr Augenlid, und sie drückte ihren Mund auf seinen Hals.

Er lehnte sich zurück und legte eine Hand zwischen ihre Knie, dann schob er die Hand behutsam ihr Kleid hinauf, bis seine Finger ihr Geschlecht berührten. Sie spreizte ihren Schritt, um seine Hand besser aufnehmen zu können. Er lachte, als er fühlte, wie nass ihr Slip war. Sie knöpfte hastig sein weißes Hemd auf und barg ihr Gesicht an seine Brust, verlegen, dass ihre Sehnsucht so offensichtlich war.

»Du kannst dich vor mir nicht verstecken«, flüsterte er. Sein Mittelfinger drückte gegen die Seide ihres Slips, und er küsste ihren gebogenen Nacken. »Sei nicht verlegen. Komm aus deinem Schneckenhaus.«

»Ich will nicht, dass du erfährst, wie sehr ich dich begehre«, murmelte sie. Ihre Wangen brannten heiß gegen seine kühle Haut.

»Warum? Fühlst du dich dann schwach?« Er grub seine Finger in die Beinöffnung des Slips und strich über den glitschigen Schlitz.

»Ja«, sagte sie. Es war schrecklich, so sehr nach ihm zu verlangen. Es war, als hätte die Klarheit ihres akademischen Gehirns ihren Kopf verlassen und sich in ihre erogenen Zonen verirrt. Ihr Verstand war durcheinander, aber ihre Gier meldete sich ungebrochen.

Er zog sie an sich und küsste sie, ohne den Rhythmus seines forschenden Fingers aufzugeben.

»Es bringt mich um«, murmelte sie. Ihre Knie zitterten, aber es war herrlich, sich auf seine Finger sinken zu lassen. Sein Arm stützte sie ab, sodass sie sich nicht einmal um einen festen Stand sorgen musste.

»Hübsches, nasses Baby«, raunte er. »Zieh jetzt dein Kleid aus.«

»Das kann ich nicht, solange deine unverschämte Hand in meinem Slip tobt.«

»Nein?« Sein Grinsen war völlig arglos. Er konnte auch dann unschuldig ausschauen, wenn nichts Unschuldiges an ihm war.

Victoria biss sich auf die Unterlippe. »Nein.« Sie schüttelte den Kopf, als wäre sie unfähig, die relativ leichte Aufgabe auszuführen, sich ihres Kleids zu entledigen. Auch sie konnte unschuldig ausschauen.

Ray zog seine Finger aus ihrem Höschen und nahm auch die Hand unter dem Kleid zurück. Victoria öffnete den Reißverschluss und ließ ihr Kleid auf den Boden fallen. Sie trat aus dem Kleid heraus und trug nur noch ihre Schuhe mit den hohen Absätzen sowie das weiße Satinhöschen. Victoria wirbelte herum, rupfte an einem Band auf der rechten Seite und zog dann das Dreieck von ihrer Scham ab.

Ihr Körper hatte wunderbare Rundungen um Brüste, Hüften und Pobacken. Victoria hätte sich nie gehen lassen, nicht solange Ray lebte. Sie wusste, dass ihr Körper das einzige Zuhause war, das er je hatte. Er war der einzige Mensch, der sie je heiß und nass vor Lust gemacht hatte. Nur ihn hatte sie in ihrem Körper willkommen geheißen. Es war ihre Aufgabe, für Ray schön zu bleiben.

»Immer noch ein Naturforscher?«, fragte sie.

»Ich bin froh, dass du nicht ›Nudist‹ gesagt hast.« Er neckte sie, griff sie und nahm sie in die Arme. Ray packte sie um die Hüfte und wirbelte sie herum. Er beugte sie in seinen Armen und labte sich am Anblick ihrer aufgerichteten Brüste. Die Nippel warteten auf seine Berührung. Er nahm die linke zwischen die Zähne und knabberte daran.

»Ich erinnere mich an alles, Ray ...« Jedes Knabbern schickte einen Stromstoß durch ihren Körper, und alle Stromstöße endeten in ihrem Schoß.

Er ließ den Nippel aus dem Mund flutschen. »Ich auch, Baby. Aber ich dachte, ich sollte jetzt besonders nett zu dir sein, da du doch behindert bist.« Ray fing ihren Nippel wieder ein, saugte ihn in den Mund und kitzelte ihn mit der Zunge.

Sanftheit war eine so aufregende Tortur wie der Schmerz. Ray war immer schon in der Lage gewesen, Unruhe in ihrem Körper zu stiften, während er sich lässig zurückhielt. Sie fühlte sich durchflutet vom Verlangen, auf seine milde Folter zu reagieren. Sie langte nach seinem Gürtel, und er ließ sie los, damit sie ihn aufschnallen und den Reißverschluss seiner Hose öffnen konnte. Seine Erektion wurde von seinen Shorts eingesperrt. Sie holte den Steifen heraus und packte den beeindruckenden Schaft in ihre zierliche Hand.

»Herrlich«, schnurrte sie. Victoria wollte auf ihre Knie, aber Ray hielt sie zurück.

»Nicht hier«, sagte er. »Aufs Bett.« Er gab ihr einen Klaps auf den Po, und sie lief zum breiten Bett. Er folgte ihr und warf seine Kleider ab.

Victoria streckte sich auf ihrer Seite aus und schüttelte die blonden Haare. Sie streifte die hohen Absätze ab und nahm für ihren glühenden Liebhaber eine verführerische Kurtisanenpose ein. Das würde eine Menge Spaß bringen, eine Entschädigung für ihre Mühen, dies tatsächlich geschehen zu lassen. »Komm, hol mich, Ray.«

Sein Schaft stieß stolz aus dem schwarzen Haarbüschel zwischen den muskulösen Beinen hervor. Sein behaarter Brustkorb hatte nichts von seiner Härte eingebüßt, und der Bauch war flach geblieben. Auch sein Hintern war rund und knackig, was sie an einem Mann schätzte. Zuerst hatte sie das an diesem Mann geschätzt, und nach ihm an allen anderen.

Ray hatte sie stark beeinflusst und war mitverantwortlich für das, wer und was sie war. Er hatte ihren Geschmack entwickelt, als sie noch jung gewesen war, aber dann war er weitergezogen, ohne sich davon zu überzeugen, was sie mit dem anfing, was er ihr beigebracht hatte.

Das war weder richtig noch fair gewesen, und erst Jahre später hatte sie begriffen, welche Beweggründe er gehabt hatte. Vielleicht war es nur eine Frage der Reife, denn schließlich spielte es keine Rolle, ob man Kapitalist oder Kommunist ist, Atheist oder Deist. Das Geheimnis lag darin, ob du Mann oder Frau bist. Wenn es funktioniert, dann freue dich. Wenn nicht, ziehe weiter.

»Ich hätte nie geglaubt, dass dies noch einmal geschehen wird«, murmelte er und rutschte zwischen ihre Schenkel. Er legte den Steifen auf ihren Bauch und leckte ihre Brüste. »Da draußen ist es schlimm ohne dich.« Er verlagerte sein Gewicht auf die Ellenbogen und küsste sich hoch bis zu Hals und Mund. »Meine Welt ist ein schlimmer Ort ohne dich.«

Sie strich ihm übers Gesicht. »Ich bin hier, Darling. Wohin ich gehöre.«

»Ich liebe es, wenn du unter mir liegst. Ich könnte dich ewig küssen.«

Ewig. Sie wollte, dass er das wirklich meinte. Und wenn nicht, wollte sie, dass sie ihren Anteil an ihm haben würde, bevor sie London verließ. Das Problem lag in ihrer Unersättlichkeit, was ihren Appetit auf Ray anging. Was war, wenn es niemanden gab, der sie befriedigen konnte? »Es ist so gut, wie es immer mit dir war«, stöhnte sie.

»Ja. Du hast dich überhaupt nicht verändert. Schöner Körper. Schönes Gesicht.«

Sie wand sich unter ihm. Sie hatte Jahre darauf gewartet und es seit Monaten geplant, und jetzt war sie so aufgeregt, dass sie es kaum noch ertragen konnte. So war es immer schon zwischen ihnen gewesen. Sie hatte nie verstehen können, wie er es fertig brachte, eine Beziehung wie ihre ohne Blick zurück einfach aufzugeben.

Aber sie würde nicht den Fehler begehen, ihn danach zu fragen. Nicht jetzt. Was sie jetzt wollte, mehr als Klarheit und Entscheidung, war ein Höhepunkt. »Bitte, ich kann nicht länger warten, Ray.«

»Natürlich hältst du noch länger durch«, sagte er und lächelte sie an, aber seine Augen blickten wild entschlossen. Er rutschte an ihr entlang, bis sein Gesicht zwischen ihren Schenkeln lag, sein Kopf auf ihrem Oberschenkel. »Schöne Pussy«, murmelte er und blies seinen heißen Atem, der ihre feuchten Schamhärchen wehen ließ. »Wir sehen uns«, flüsterte er, und dann schnellte die Zunge heraus, um sie zu schmecken.

Victoria stöhnte. Sie hungerte nach ihm und lechzte nach seinen Berührungen. »Vielleicht schreie ich.«

»Mmm.« Er küsste sie, wie er ihren Mund küssen würde, Lippen auf Lippen.

Ihre Klitoris war eingeschaltet und erlebte die Strömung in ihrem Körper. Jedes Mal, wenn er die Klit berührte, schoss die Elektrizität durch ihren Körper, und sie erschauerte. Es wäre vielleicht peinlich gewesen, wenn ihre Liebe jung wäre, aber sie war uralt. Auf sexuellem Gebiet konnte sie sich seiner sicher sein, weil er wusste, wie tief ihre Gefühle für ihn waren.

»Ich komme«, jammerte sie. Da es jetzt schon geschah, wollte sie den Orgasmus hinauszögern. Die exquisite Kombination von Ray und Victoria war viel zu selten und zu wunderbar, um sie so überstürzt zu erleben. Man musste sich Zeit lassen, sie zu genießen.

»Ist das ein Problem?«

»Ja.« Sie zog einen Schmollmund. »Ich will noch nicht kommen. Ich will dich zuerst saugen.«

»Das kannst du später machen, meine Liebe. Ich will es dir jetzt besorgen.« Er kniete sich zwischen ihre Beine und zog sie auf seinen Schoß. Er beugte sich vor und schob ein paar Zentimeter in sie hinein. Dann hielt er inne, und statt tiefer einzudringen, zog er sich langsam zurück, bis er fast draußen war.

Victoria war so hilflos, als wäre sie gefesselt. Sie traute sich nicht, sich zu bewegen, auch wenn sie gern die Hüften geschwungen hätte, um seinen Penis einzufangen. Aber Ray hatte wie immer die Kontrolle, und so blieb ihr einmal mehr nichts anderes übrig, als zu betteln. Die Worte purzelten aus ihrem Mund. »Nimm ihn nicht raus, Ray, bitte. Komm in mich rein. Fick mich.«

Er gehorchte, lehnte sich wieder vor und drang mit einem schnellen Stoß in sie ein, aber dann war er wieder draußen, noch bevor sie die Schenkel um seine Hüften schwingen konnte.

»Das Maunzen passt zu dir«, sagte er als Reaktion auf ihr Stöhnen, das tief aus ihrer Kehle drängte. Sie warf den Kopf von einer Seite auf die andere, aber auch das führte zu keinem Erbarmen.

Er presste seinen Daumen auf ihre Klitoris. Er hatte breite Finger, und breit waren auch Hände und Stirn. Sein Daumen passte genau auf die Klitoris, und als er zu reiben begann, wusste sie genau, dass es ihr kommen würde, wenn er das noch eine Minute beibehielt. Sie schloss die Augen und überließ sich ihren Empfindungen.

»Also gut«, murmelte sie nach einer Weile. »Ich kann nicht ...« (er quittierte diese Aussage mit einem Lächeln) und schließlich: »Bitte, Ray ...«

Er wusste, dass sie den Rhythmus brauchte. Schlimmer noch – er wusste sogar, welche Rhythmen was bei ihr bewirkten. Er konnte sie eine lange, lange Zeit auf diesem Plateau halten, wenn er wollte. Offenbar wollte er das diesmal.

Es war eine Qual zu entscheiden, ob sie weiter durchhalten sollte, dabei wusste sie ganz genau, dass es nicht allein auf sie ankam. Sie wand sich von einer Seite auf die andere und schrie »Nein!«, als würde sie gegen ihren Willen genommen, was nun wirklich nicht der Wahrheit entsprach.

Bei den anderen Männern, die sie kannte, war so etwas nie geschehen, und das war gut so, denn die meisten Männer hätten es nicht mit ihr aufnehmen können. Aber bei Ray war es fast immer der Fall, und er hatte immer gewusst, dass es ihre überbordenden Gedanken waren, die sie mit ihren Worten vertreiben wollte.

Aber auch für ihn war es schon eine lange Zeit her, und so überkam ihn das Mitleid für sie beide, und er stieß wieder tief in sie hinein. Sie stöhnten gemeinsam. Ray nahm einen Rhythmus auf, der mit langen langsamen Stößen begann, während er fortfuhr, sie mit dem Daumen auf der Klitoris zu foltern.

Victoria schüttelte sich, als kleine Schauer durch ihren Körper rasten. Die Zuckungen schossen immer schneller durch sie hindurch und nahmen an Intensität zu. Es war, als bestünde Victoria nur aus ihrem Geschlecht, eine nasse Schlampe, die ihn nackt und ungeschützt ritt. Sie keuchte und war bereit, sich ihm auszuliefern, auch wenn sie gern noch etwas länger ausgehalten hätte.

»Gut«, grunzte er und stieß härter und schneller zu. Der Daumen verharrte auf ihrer Klitoris und wurde bei jedem Stoß einem zusätzlichen Druck ausgesetzt.

Victoria schlang die Beine um seine Hüften. Sie konnte nicht genug von ihm haben. Sie wollte, dass er sie bis zum Kern durchstieß, und das tat er auch; er penetrierte die leere, einsame Stelle in ihrer Mitte und füllte sie mit Lust und Wucht. Victoria taumelte in den Orgasmus.

Winzige Spasmen sammelten sich zu einem vollendeten, klammernden Gefühlsausbruch. Victoria öffnete den Mund und ließ es heraus – ein Schrei, der aus dem Schmerz geboren sein mochte oder aus der Befreiung des Schmerzes oder gar aus Lust, sie konnte es nicht sagen. Jedenfalls hörte es sich wie ein lautes, deliriöses Stöhnen an. Sie riss die Augen weit auf.

Der ermutigende Blick auf seinem Gesicht ließ sie innerlich lächeln, aber sie keuchte zu sehr, und dann musste sie wieder stöhnen, denn sein rhythmisches Stoßen und der drückende, reibende Daumen hielten sie auf dem hohen Plateau. Sie sah die Freude darüber in seinen Augen.

»Genug!«, rief sie, und eigentlich meinte sie das auch. Er lachte, und sie lachte mit ihm und klammerte sich an ihn, während er sie zum Ende ihrer Klimax ritt.

Victoria lag schlaff da. Ray pumpte in sie hinein, schneller denn je. Da er sich gerade näherte, erinnerte sie sich daran, wie er es liebte, den Turbo einzulegen, bevor es ihm kam. Er hatte ihr mal erzählt, dass manche Frauen das nicht aushielten, obwohl er sich stets vergewisserte, dass die Frau vor ihm ihre Befriedigung fand. Sie hatte damals, als sie jünger waren, kein Problem damit gehabt, und nun erst recht nicht.

Er grunzte. Victoria wusste, dass er keine Geräusche von sich gab, bis er kurz vor seinem Höhepunkt war, deshalb stand für sie fest, dass es ihm jeden Augenblick kommen würde. Sie neigte ihre Hüfte leicht, damit sie ihn noch tiefer in sich aufnehmen konnte. Sie spornte ihn mit Sextalk an. »Ja, Darling, gib mir deinen Schwanz, ich fühle dich ganz hart in mir. Du musst mich ganz ausfüllen, Ray …«

»Still«, zischte er durch zusammengebissene Zähne. Für Ray war der Orgasmus sowohl das Eingeständnis einer Niederlage wie auch ein Triumph. Er hasste es, die Kontrolle zu verlieren, auch nicht für die wenigen Sekunden, die es noch bis zu seinem Orgasmus dauern würde.

Die meisten Frauen würden jetzt still sein, aber Victoria kannte Ray so gut, wie er sie kannte. Sie wusste, dass seine Worte so viel bedeuteten wie ihr »Nein« – sie waren der Beweis für eine wachsende Leidenschaft.

»Pst, sage kein Wort mehr«, murmelte sie und wollte ihn weiter anspornen. »Es ist alles okay, Darling. Ich werde es keinem erzählen …«

»Oh, Mann!«, brüllte Ray, als es ihm kam.

Victoria hielt ihre Stimme gesenkt, obwohl sie auch hätte brüllen können. »Oh, ja, es tut so gut, so gut …«

»Ich – brauche – das!« Seine Worte waren eine schlichte, laut geäußerte Tatsache, die er nicht zu erläutern brauchte. Er war das Alphatier, und sie war das Weibchen, das er begehrte. Ray sackte auf Victoria zusammen, und für einen Moment konnte sie nicht atmen. Er wälzte sich von ihr und streckte die Arme an den Seiten entlang. »Ja …«

Victoria atmete tief ein und inhalierte den zu Kopf gehenden Geruch ihrer erfolgreichen sexuellen Vereinigung. Ihre gemeinsame sexuelle Befriedigung war wie ein Rausch gewesen. Sie schmiegte sich an ihn, barg den Kopf an seine Schulter und küsste den Schweiß von seiner Schläfe weg.

»Du bist der Beste«, schnurrte sie.

Besser hätte es gar nicht laufen können.

Zweites Kapitel

Seit zwanzig Stunden spielten sie Texas Hold'em ohne Limit. Nach drei Stunden waren die Angsthasen ausgestiegen. Penny kannte die Art von George, dem Griechen schon, bevor das Spiel begonnen hatte; sie hatte ihn beobachtet, seit er mit einer Million Euro vom Grand Prix de Paris abgezogen war. Er hatte die Angewohnheit, mit den Fingerspitzen auf seine Jetonstapel zu trommeln, aber das hatte weiter keine Bedeutung; er tat es nur zum Ablenken. Penny fragte sich, ob ihm bewusst war, dass sich auf seiner Wange ein Muskel regte, wann immer er eine Karte aufhob, die ihm gefiel.

Es war unmöglich, Goldies Gesicht zu lesen. Es war so stark mit Botox versaut worden, dass ihr Ausdruck sich nicht verändert hätte, wenn ihre Haare verbrannt wären.

Was sie betraf, so hatte Penny während des Spiels ein paar verräterische Zeichen vorgetäuscht, aber nur, wenn noch nicht viel im Pot lag. Wenn sie einen Bluff plante, berührte sie die linke Brustwarze mit einer Fingerspitze. Offenes Flirten oder unverhohlene Sexualität wurden nicht gern gesehen, aber die Berührung des Nippels ging als unbewusst durch. Einige Male, wenn sie wirklich eine gute Hand besaß, ließ sie die Zunge kurz zwischen den Zähnen aufblitzen.

Ein aufmerksamer Beobachter – und alle Pokerspieler in dieser Klasse waren aufmerksame Beobachter – würde glauben, dass es ihm gelungen war, ihre Mimik zu lesen. Sie wusste, dass sie George reinlegen konnte, aber bei Goldie oder Brandon Nigrenna, einem Neuling der Szene, war sie nicht sicher. Er war ausgestiegen, sodass er bei diesem Spiel sowieso nicht zählte.

Sie hatte Dame und As von Herz vor sich liegen. Der Geber drehte die ersten drei Karten. Herz-Zehn, Karo-Dame und Pik-Vier. Damit hatte Penny zwei Damen zum As. George hatte auf die Dame nicht reagiert, aber seine Wange hatte beim Anblick der Zehn gezuckt. Brandon, ein drahtiger junger Mann mit kurzen, sandfarbenen Haaren und einem Ziegenbärtchen, hatte offenbar auch keine Dame, sonst hätte er nicht aufgegeben. Seine Schwäche war, dass er es hasste, ein Spiel auszusetzen.

Penny hatte fünf Karten gesehen und glaubte nicht, dass zwei der anderen drei Spieler weder Asse noch Damen hatten, deshalb ging sie davon aus, dass in den noch nicht umgedrehten Karten eine Dame oder ein As steckte. Nun, es war trotzdem ein gewagter Zug, aber im Pot befanden sich einhundertfünfzigtausend Pfund, und es würde sie nur fünfzehn oder zwanzig kosten, danach zu greifen.

Sie berührte ihren Nippel, damit George dachte, dass sie bluffte, dann schob sie die Jetons in die Mitte.

Georges Wange zuckte. Er schob all seine Jetons in den Pot. Verdammt! Sie hatte gehofft, dass sie ihn nur zu einem normalen Mitgehen provozieren könnte. Sie wollte nicht, dass er arm darüber wurde.

Goldie warf ihre Karten hin. Penny tat es George gleich. Der Geber deckte Herz-Neun auf, was Pennys Magen sacken ließ, dann, halleluja, Herz Zwei. Pennys kalkuliertes Risiko, dass im Stock noch eine Dame oder ein As liegen musste, hatte sich als trügerisch erwiesen, während sie niemals erwogen hatte, auf den riesigen Zufall zu setzen, einen hübschen kleinen Flush einzufahren!

Bei den nächsten Spielen warf Penny viermal ihre Karten

hin, dann hielt sie dreimal eine Weile mit. Goldie, die gewöhnlich nicht über eine Kondition verfügte, die über achtzehn Stunden hinausging, stieg aus. Als sie sich vom Tisch abwandte, zwinkerte sie Penny zu. Sie gesellte sich zu Pennys Freund Bill und den anderen ausgestiegenen Spielern, die nur noch warteten, weil sie sehen wollten, wer der große Gewinner der Nacht sein würde.

Brandon gab sich angespannt. Er hatte sieben Spiele in Folge gewonnen, aber dabei war es jedes Mal um Peanuts gegangen, und er hatte keine Gegner gehabt. Aggressive Spieler wie er verlieren lieber, als leicht zu gewinnen.

Brandon und Penny fütterten den Pot. Der Geber verteilte je zwei Karten an beide. Penny musste zuerst setzen. Ihre Karten verhießen nichts Gutes, Karo-Fünf und Pik-Sieben, aber sie ging trotzdem hoch ran. Brandon war froh, dass es endlich zu einem Duell kam. Der Geber deckte zwei Karten auf, Pik-Zehn und Karo-Zwei. Als die dritte Karte die Herz-Fünf war, ließ Penny für einen Moment ihre Zungenspitze sehen. Falls Brandon das bemerkte, würde er vielleicht glauben, dass sie drei Fünfer auf der Hand hatte und nicht zwei.

Penny stapelte ihre Jetons in drei gleich hohen Türmen und schob sie zur Tischmitte. Zehntausend Pfund pro Turm. Und wieder ließ sie ganz kurz nur ihre Zungenspitze sehen.

Statt aufzugeben baute Brandon seine eigenen Türme. Er zog mit Penny gleich und erhöhte um weitere zehntausend. Verdammt. Entweder hatte er ihr Zeichen nicht bemerkt, oder er hatte es als falsch entlarvt.

Penny ging mit, und weil Brandon nicht erhöhte, trat das Spiel in die entscheidende Phase.

Eine vierte Karte wurde umgedreht. Nach so vielen kleinen Karten erwartete Penny jetzt eine höhere und war nicht überrascht über Karo-Bube.

Penny hielt den Blick ihrer dunkelblauen Augen gesenkt. Sie brauchte Schlaf fast genauso sehr wie den Sieg über den Mann ihr gegenüber. Auf ihrer Oberlippe bildeten sich kleine Schweißperlen, aber solche Dinge konnte sie ignorieren. Es war heiß im Raum, und ihrem Gegner stand der Schweiß auf der Stirn. Das hatte nichts zu bedeuten.

Brandon Nigrennas brandneuer Ruf als Kartenhai würde einen gewaltigen Riss erhalten, wenn er gegen das ›Feuer von London‹ verlor, wie Penny vor drei Jahren genannt worden war, als sie die erste World Series of Poker Championships gewonnen hatte. Es war schade, dass alles, womit sie ihn bezwingen konnte, zwei Fünfer und ein Pokergesicht waren, das sich allerdings anschickte, zur Legende zu werden. Und es war doppelt schade, weil es um viel Geld ging. Aber Penny hatte sich schon öfter in aussichtslosen Situationen befunden. Sie schob noch einmal dreißigtausend Pfund über den Tisch.

Penny setzte sich zurück und nippte an ihrem Getränk. Das Kribbeln auf ihrer Oberlippe hatte aufgehört, während die Perlen auf Brandons Stirn über sein Gesicht kullerten. Sie zwinkerte ihm zu und ließ wieder die Zungenspitze sehen. Diesmal war sie sicher, dass er das Zeichen registriert hatte, aber würde das seine Entscheidung beeinflussen? Sie schätzte, dass ihr Gegner im Clinch mit seinen eigenen aggressiven Instinkten lag.

Brandon zögerte noch. Er schüttelte langsam den Kopf und knallte die Karten auf den Tisch. »Ich steige aus«, bellte er.

Penny grinste. Sie beugte sich vor und zog den Pot mit beiden Händen an sich heran. Sie wusste, dass ihr Top ihm in dieser Haltung einen Blick auf ihren tiefen Ausschnitt gewährte. Diesmal wollte sie ihn damit nicht ablenken, sondern den Schlag ein wenig lindern.

»Das war's für mich«, sagte sie.

»Aber wir haben gerade erst angefangen!«, rief er protestierend.

»Nach meiner Uhrzeit vor zwanzig Stunden«, antwortete sie und schüttelte sich den zu langen, kastanienbraunen Pony aus den Augen. »Wir hatten ausgemacht, das ist unser letztes Spiel.« Sie fing an, die Karten einzusammeln. Als sie nach seinen griff, drehten sich ›zufällig‹ ihre Karten, sodass die beiden Fünfer sichtbar wurden.

Brandon und die anderen Männer im Raum stöhnten auf, als sie begriffen, wie sehr sie geblufft hatte. Rasch schob sie die Karten zusammen und legte sie zu den anderen auf den Stapel. Sie erhob sich vom Stuhl und streckte ihre schlanke Gestalt, 165 Zentimeter lang. Sie trug Designerjeans tief auf den Hüften, und als sie sich streckte, rutschte das Top aus der Hose, und ihr flacher Bauch war entblößt.

Brandon schüttelte wieder den Kopf. Es ergab keinen Sinn, sich jetzt als schlechten Verlierer zu geben. Während des Spiels war Penny ein Vorbild an Schicklichkeit gewesen, und wenn er jetzt über die Waffen einer Frau gequengelt hätte, würden alle das so bewerten, wie er es meinte: Das Jammern des Verlierers.

Penny entspannte ihre Gesichtsmuskeln, und ein breites Lächeln hellte ihre Züge auf. »Das fühlt sich so gut an«, sagte sie strahlend.

Ihr Gegner bleckte die Zähne. »Wie wäre es mit einem Freundschaftsspiel Snooker, Penny?«

Pennys Grinsen wurde noch breiter. »Himmel, Brandon, wie lange würde es wohl ein Freundschaftsspiel bleiben? Nein, ich muss weg. Ich muss mich noch mit ein paar Leuten treffen. Hilfst du mir mal, Bill?«

Bill war seit langem ein Pokerfreund, und Penny konnte sich auf ihn verlassen. Er schaufelte die Jetons zusammen, dann gingen sie gemeinsam vom Tisch und hinüber zur Kasse.

Als sie aus Brandon Nigrennas Hörweite waren, bedachte Bill sie mit einem stolzen Blick und sagte: »Du bist ein helles Weibchen, Penny. Zwei Fünfer!« Er wieherte.

Sie schüttelte sich vor unterdrücktem Lachen. »Fang bloß nicht an, sonst gibt's für mich kein Halten mehr.«

»Wenn du beim Snooker mitmachen willst, kann ich dafür sorgen, dass du unbeschadet herauskommen wirst«, bot Bill an.

Unter normalen Umständen wäre Penny darauf eingegangen. Sie wusste, dass sie eh nicht einschlafen würde, wenn sie von ihrem hohen Plateau nicht herunterkam. Aber dies war ein besonderes Wochenende, und nur mit etwas Glück würde Penny überhaupt dazu kommen, vor ihrer großen Verabredung eine Mütze Schlaf zu nehmen.

»Diesmal nicht, Bill. Du wirst mich eine Weile nicht sehen. Ich mache Urlaub.«

»Komische Zeit zum Abhauen. Ich meine, du stehst mit deinem Spiel ganz oben. Ich freute mich schon auf die Schlagzeile ›Das Feuer von London brennt auch die neue Tournee ab‹.«

»Ach, du weißt doch, dass ich immer da bin, wenn es drauf ankommt.«

Sie brachten ihre Jetons zur Kasse.

»Es sind nicht immer Schauspieler hinter dir her, die dich anheuern wollen, damit du ihnen die Pokertricks beibringst.«

»Ich bitte dich! Das ist doch nichts als ein schlechter Scherz. Jemand wollte mich vom Spiel ablenken.« Penny schnaufte wütend. »Außerdem bringe ich keinem was bei. Nein, Bill, ich brauche Tapetenwechsel. Aus persönlichen Gründen.«

»Du bist nicht krank?«

Penny verdrehte die Augen. »Siehst du, genau solche Bemerkungen will ich nicht an den Tischen hören. Auf der anderen Seite könnte ich euch noch schneller in die Pleite treiben, wenn ich bei strotzender Gesundheit zurückkomme.«

Bill lachte, schlang einen Arm um ihre Hüfte und drückte sie an sich. »Ich werde dafür sorgen, dass keiner überflüssige Fragen stellt. Aber sage mir, was los ist.«

Sie löste sich von seinem Arm. »Ein alter Freund ist in der Stadt. Ein früherer Geliebter.« Sie knurrte die Worte in einer Stimme, die vom Rauch einer Packung am Tag getränkt schien – obwohl sie nicht rauchte. Sie legte eine Hand auf Bills Gesicht, strich mit einem Finger über seine Lippen und drückte ihren Mund schmatzend auf seinen.

»Er muss ein glücklicher Bursche sein«, sagte Bill.

Penny nahm ihren Gewinn in Empfang und schob den Scheck in die rechte Tasche ihrer Jeans. »Ich schätze, ich habe Glück bei den Karten, und er hat Glück in der Liebe.« Ihre marineblauen Augen blickten trübe. Ungeduldig schüttelte sie den Kopf. »Ich brauche Schlaf.«

Bill nickte verständnisvoll. Wie sie kannte auch er die vielen Gerüchte, die nach einem hohen Gewinn entstanden. Penny wusste, dass sie viel Geld mit den Karten verdiente, aber physisch und emotional war sie wie betäubt.

Sie brauchte eine Abwechslung, sie musste sich einmal richtig ausschreien. Und sie brauchte einen wirklich guten, befriedigenden Fick, sie brauchte wildes, ungehemmtes Lachen, heiße Hamburger und kaltes Bier. Sie brauchte Sonnenschein nach den vielen Nieseltagen und den grauen Wolken, die tagein, tagaus am Himmel aufzogen.

Alles das würde geschehen, wenn ihre Pläne so verliefen, wie sie sollten. In Wirklichkeit hatte Penny keine Verabredung – oder wenn doch, dann mit dem Schicksal.

Drittes Kapitel

Rays Strahl schlug hart ins Becken ein. Er drückte die Spülung und bückte sich, um die Dusche aufzudrehen. Sein Körper fühlte sich phantastisch an, kräftig und gesättigt. Jeder Muskel seines Körpers schien entspannt, aber gleichzeitig auch zu jedem weiteren Einsatz bereit. Victoria stellte so etwas mit einem Mann an, oder wenigstens mit ihm.

Er trat in die dampfende Dusche und ließ sich das Wasser auf den Kopf prasseln. Es war gut, allein zu sein. Victoria bedurfte immer umsorgender Pflege. Sie war immer noch die Schönheit, die sie auch früher gewesen war. Vielleicht sogar noch intensiver. Seit er sie das letzte Mal gesehen hatte, war sie ein wenig rundlicher geworden, üppiger, während sie vorher ein bisschen zu mädchenhaft mager gewesen war. Ihre Haut sah wie Alabaster aus, abgesehen von ein paar exquisit platzierten Muttermalen. Keine Falte hatte er gesehen, auch nicht an den Händen, die sonst so rasch das Alter verraten.

Ray massierte das Shampoo in seine kurzen, schwarzen Haare. Victorias Haar hatte sich wie kostbares Fell in seinen Händen angefühlt. Seine eigenen Haare begannen sich zu lichten, aber wenn sie es bemerkt hatte, war sie darüber hinweggegangen. Das wäre auch nicht ihre Art; schließlich war sie immer ein braves Mädchen gewesen.

Er presste die Augen fest zu und spülte den Schaum aus seinen Haaren. Victorias Augen hatten immer noch das intensive Grün, an das er sich stets erinnern würde. Es war die Farbe irgendeiner leuchtenden Pflanze, die so tief im Urwald wächst, dass die meisten Menschen sie nie zu Gesicht bekommen. Ihre farbliche Schattierung sorgte dafür, dass ihr verschleierter Blick die Menschen verzückte.

Himmel, er würde ihren Po gern verhauen, bis aus der Verschleierung ein Nebel wurde und bis sie sich in der Lust verlor und Glückshormone ausstieß, die aus ihren Pupillen kleine, harte Nadelköpfe machten.

Ray schüttelte den Kopf und verbannte dieses Bild. Er schäumte die Schamhaare ein und ignorierte die Erektion, die sich bei seinen Gedanken an Victorias Po gebildet hatte. Er wollte keine Schuld an ihrer nächsten Herzattacke haben. Außerdem hatte er keine Zeit – schon jetzt konnte er vor seiner Verabredung zum Essen nicht zurück auf sein Hotelzimmer im Plaza. Er spülte den Schaum aus den Haaren.

Im Plaza hatte er vier Tage lang an einer ermüdenden und unproduktiven Konferenz über eine menschenwürdige Unterbringung teilgenommen. Am Abend vorher war er der Hauptredner gewesen. Er hatte sie mitgerissen wie immer, aber als die Teilnehmer sich zu den wünschenswerten Ergebnissen bekennen sollten, hatte es – wie immer – nur Enttäuschungen gegeben.

Es war unmöglich, nicht desillusioniert zu werden, wenn du dir die Aufgabe gestellt hattest, die Heimatlosen dieser Erde unterzubringen. Die Zeit schritt fort, ohne dass sich irgendwas änderte.

Ray, ein moderner Mann in einem teuren Anzug, hatte einen Hotelangestellten dabei beobachtet, wie er das Konferenzplakat, auf dem sein Konterfei abgebildet war, von der Wand holte. Am liebsten hätte er das Plakat in kleine Fetzen gerissen. Er hatte es satt, immer noch gute Miene zu einem Spiel zu machen, das in Wirklichkeit nie zu einem guten Ende führen würde.

Die Frau an der Rezeption sprach ihn in ihrem entzückenden Englisch an. Es war eine Erleichterung, von ihr abgelenkt zu werden. Sie reichte ihm einen duftenden, pinkfarbenen Umschlag mit seinem Namen, und er erkannte sofort die kindliche Handschrift von Victoria Ashe.

Gleichzeitig erinnerte ihn die Rezeptionsfrau daran, dass die Organisatoren der Konferenz eine Reihe von ›abwechslungsreichen Ereignissen‹ für die Teilnehmer vorgesehen hatten, die noch ein paar Tage länger in der Stadt bleiben wollten. Er hörte ihr kaum zu, bis sie ihn fragte, ob er abreisen würde.

Er antwortete: »Nein, und morgen wahrscheinlich auch noch nicht.« Dabei hatte er den Brief noch gar nicht gelesen. Wenn er also ehrlich zu sich war, musste er zugeben, dass es nicht der Inhalt des Briefes war – sie hielt sich auch in London auf, um den Besitz ihres Mannes zu verkaufen, bevor sie ›zum Sterben‹ in die Karibik reiste –, der ihn veranlasste, länger in London zu bleiben. Natürlich war er zu ihr geflogen, wie es jeder gute Freund in einem solchen Fall tun würde, aber er wusste auch, falls sie sich wieder trafen, würden sie im Bett landen.

Ray trat aus der Dusche. Er rubbelte sich trocken und warf einen Blick in den beschlagenen, mannshohen Spiegel. Er hatte nach wie vor eine gute Figur; das musste auch so sein, wenn er den Kampf weiter aufnehmen wollte.

»Der Mann, der nichts anbrennen lässt«, sagte Ray zu seinem Spiegelbild. Er war verdammt stolz auf sein Gerät und die Art und Weise, wie er es einsetzte. Dieses Wissen gab ihm erst das Selbstbewusstsein, sich schönen Frauen zu nähern. Victoria war eine der heißesten Frauen in der schönsten Verpackung, die er kannte. Ihr Aussehen war makellos. Er hatte keine Ahnung, warum nicht jeder Mann ihr zu Füßen sank, aber sie sagte, dass sie das so gut wie nie erlebte. Er fuhr sich mit gespreizten Fingern durch die Haare.

Auf ihn traf das ja auch zu: Victoria behauptete, dass er gut aussah und gleichzeitig ein Held war. Sie hielt ihn für Herkules, aber das war natürlich Unsinn. Er war ein Mann des Volkes, kein griechischer Halbgott. Er spannte seine Muskeln.

Als sie sich kennen gelernt hatten, war sie noch Studentin gewesen, beschäftigt mit verstaubten alten Gedichten und ihrem Symbolismus im Zeitalter des New Age. Zu dieser Zeit hatte er Schule und Studium längst hinter sich gelassen. Ray hatte die Welt retten wollen – daran hatte sich bis heute nichts geändert, aber heute redete er nicht mehr einer blutigen Revolution das Wort wie damals.

Er hatte mit den Jungen Kommunisten zusammengesessen und ein paar Drinks gehoben, als sie die Studentenbar der University of Toronto betreten hatte. Schon damals war er der lässige Typ gewesen, aber als er sie sah, fiel ihm die Kinnlade nach unten. Sie schien ein Licht um sich zu haben, vielleicht eine Aura des New Age, die ihre Verletzlichkeit bewachte. Er wollte ihr Rock und Bluse vom Leib reißen und sie über den Tresen gebeugt nehmen. Sie sollte ihm gehören. Es war wie verrückt. Wenn er mehr getrunken hätte, wäre ihm klar gewesen, woran seine überspannte Reaktion lag – aber er hatte gerade mal ein Bier getrunken.

»Ja, klar«, war alles, was er den eifrigen jungen Leuten sagte, die in die Bar gekommen waren, um ihre Gedanken mit jemandem zu teilen, der draußen in der Welt schon verankert war und einen Namen als Linker hatte.

Er rutschte von seinem Barhocker und näherte sich ihr, bevor sie die Mädchengruppe erreicht hatte, der sie zuwinkte. »Kann ich mit dir reden?«, fragte er und führte sie sanft am Ellenbogen von den anderen weg.

Sie sah in seine Augen, ihre waren meeresgrün an einem sonnigen Tag. »Eh…« Sie war verdutzt, gerade so, als würde ihr dies nicht jeden Tag widerfahren, was sie später auch behauptete.

»Ich möchte dir gern einen Drink ausgeben. Oder hast du Zeit für ein Essen?«

»Wer bist du?«

»Ein Bewunderer.«

»Seit wann?«

»Seit eben.«

Sie schien so überrascht wie er zu sein, als sie ja sagte. Später sagte sie ihm, er wäre ihr wie Herkules vorgekommen. Das konnte ihm nur recht sein. Die Intensität, die manche Frau abschreckte, ganz egal, wie sehr er sie unter Verschluss hielt, musste sie angezogen haben.

An diesem ersten Abend umwarb er sie mit jeder Unze Charme, über die er verfügte. Nach ihrer Verabredung nahm er sie mit in seine Wohnung und machte Liebe mit ihr.

Von Anfang an passten sie wunderbar zusammen. Irgendwie hatte er gewusst, vielleicht vom Rhythmus ihrer Schritte her oder vom Klang ihrer Stimme, dass bedächtiges Vorgehen den Schlüssel zu ihrer Leidenschaft enthielt. Als sie in ihrer Ekstase den Kopf von einer Seite auf die andere warf und »Nein!« rief, war es ihm nicht in den Sinn gekommen aufzuhören. Er hatte gewusst, dass sie »Ja« meinte.

Später hatten sie darüber gesprochen, dass er ein großes Risiko eingegangen war – aber er hatte die richtigen Schlüsse gezogen. Sie wollte nicht, dass er überhaupt jemals aufhörte, und er hatte sie drei Mal zum Orgasmus gebracht. (»Zweimal mehr als je zuvor«, hatte sie zugegeben.) Danach gab es das postkoitale Schnurren und Loben und den Austausch von Informationen.

Sie war Kunststudentin und eine Liberale. Für den Moment dämpfte er seine politischen Ansichten. Natürlich freute sie sich, dass er bereit war, der Welt zu helfen. Damals hatte sie noch nicht gewusst, dass Frauen sehr einsam sind, wenn sie einen Mann lieben, der sich einer hehren Sache verschrieben hat.

Nach zwanzig Minuten und einem weiteren Glas Wein schaute Ray sie an, wie sie nackt und verträumt auf dem Bett lag, und er wusste, dass er sie noch einmal haben musste. Diesmal gab er sich gebieterisch. Er wusste, was sie zum Stöhnen brachte, und sie wusste, dass er es wusste, deshalb konnte er mit seinen Forderungen unnachgiebig sein.

Er küsste und leckte sie, bis sie wieder zu keuchen begann, dann wälzte er sie auf den Bauch. Er streckte sich auf ihr aus, stützte sein Gewicht auf den Ellenbogen und kitzelte ihr Ohr mit der Zunge. »Hast du schon mal …?«

»Was?« Victoria sah ihn verwirrt an.

Ray grinste und stieß gegen ihre Pobacken. Er wollte, dass sie das Abenteuer in dem erkannte, was er ihr vorschlug.

Victoria riss den Mund weit auf. »Natürlich nicht!«

Ray musste über ihre Empörung lachen. »Warum nicht? Es macht Spaß.«

»Ich bin doch nicht schwul.«

»Nein? Seltsam, ich auch nicht. Deshalb sind wir wohl auch zusammen im Bett gelandet, was?«

Das sah sie ein. Sie wackelte von unten gegen ihn und versuchte, ihn abzuwerfen. Das gelang nicht, und sie stellte ihre Bemühungen ein.

»Denk darüber nach, Victoria. Du hast mich in den Mund und in deine Pussy genommen. Warum sollte dein Po anders sein?« Er belastete sie mit einem Teil seines Gewichts. Seine

Erektion glitt in die Kerbe zwischen den Backen. »Spreiz deine Beine ein wenig«, raunte er ihr zu.

»Ich habe Angst. Was ist, wenn ich es hasse?«

»Dann höre ich auf. Wo ist der Spaß, dich zu etwas zu zwingen, was du nicht willst?«

Unter ihm bewegte sich ihr zierlicher Körper, als sie die Beine spreizte. Als sie zu zittern begann, kamen ihm beinahe die Tränen. »So tapfer«, flüsterte er, »so ein großes, tapferes Mädchen.«

»Wird es wehtun?«

»Zuerst ja, aber dann wird es ein schönes Gefühl. Ich glaube, es wird dir gefallen, denn es ist etwas für wirklich sinnliche Frauen. Du bist eine sinnliche Frau. Sag okay.«

»Okay, Ray.«

Rays Schaft stieß gegen sie. Sie stöhnte auf. Lust explodierte in seinem Bauch und rauschte durch den ganzen Körper bis hinein in die Fingerspitzen, bis in die Zehen und bis zur dicken Eichel. Es gefiel ihr. Er liebte Frauen, die es auch anal mochten. Er drückte kräftiger und wuchtete sich in sie hinein. Sie keuchte.

»Warte!«, rief sie.

»Soll ich aufhören?«

»Nein ...«, sagte sie, aber es klang ein wenig unsicher.

»Es wird dir gefallen«, versprach er, stieß die Hüften vor und war in ihr.

»Das tut weh!«

»Ich weiß, Liebling«, murmelte er, die Lippen an ihrem Ohr. Die sanfte Stimme strafte seinen harten Stab Lügen, den er Zentimeter für Zentimeter in ihr versenkte. »Aber du kannst es ertragen. Ich gehe ganz langsam vor, oder nicht?«

»Ja, aber ...«

»Denk doch mal dran, was für ein schlechtes Mädchen du

bist. Ein gutes schlechtes Mädchen. Kein anderes Mädchen in deiner Literaturklasse hat das schon gemacht, oder?«

»Ich glaube nicht.«

»Der jungfräuliche Arsch der kleinen Victoria. Was für ein wunderbares Geschenk. Niemand schenkt mir was, ich muss für alles kämpfen. Und dann kommst du ... danke.« Er zog sich ein wenig zurück, dann zwängte er sich wieder hinein, diesmal sogar noch ein bisschen tiefer.

»Es tut weh!«

»Danke«, stöhnte er in ihr Ohr.

»Ich kann nicht mehr.« Sie stieß den Atem in kleinen, heftigen Stößen aus.

»Doch, du kannst. Ich bin fast da.«

Als er den größten Teil versenkt hatte, hielt er einen Moment inne, damit sie sich an das Gefühl gewöhnen konnte. Dann stieß er sich bis zum Anschlag hinein.

Victoria schrie auf, aber das machte nichts, denn er schrie auch. Das Gefühl ihres engen Tunnels, der ihn aufnahm, war fast mehr, als er ertragen konnte. Auch beim zweiten Stoß war sie noch so eng, dass es ihn beinahe zerriss, aber nach dem dritten Stoß konnte er sie ungezwungener reiten.

»Siehst du?«

»Ja.«

»Entspanne dich.«

»Okay.«

»Ich öffne dich mit meinem Schwanz.«

»Ja.«

»Jetzt hast du etwas Neues kennen gelernt. Wie sagt man?«

»Danke, Ray.«

Sie lachten zusammen, und er fühlte, dass sie sich unter ihm entspannte. Er stieß wieder in sie hinein, und diesmal schrie sie nicht, sie stöhnte.

»Berühre dich selbst«, befahl er. So hatte er es am liebsten. Ray Torrington, bei Tage ein Retter der Menschheit. Er kämpfte, dass jeder in Würde leben konnte. Ein Linker, ein Feminist, ein weltlicher Humanist. Aber bei Nacht war er der höchste Befehlshaber seiner eigenen dunklen Sehnsüchte, er bändigte Frauen nur wegen seiner persönlichen Bedürfnisse. »Komm, zeig's mir.«

Sie gehorchte. Rays Schenkel spannten sich an, seine Zähne knirschten, und er wusste, dass er nur noch eine beschränkte Anzahl von Stößen vor sich hatte.

»Du bist so gut«, raunte er in ihr Ohr. »So eine gute, hübsche Pussy. Und lässt zu, dass der gemeine Ray deine Hintertür einrammelt.«

»Mehr«, keuchte sie.

»So eng und glatt ... dein Tunnel der Liebe, Baby.«

»Oh, Ray, ich komme.«

»Gut für dich, Victoria. Dieser Höhepunkt ist nur für dich. Nimm ihn dir.«

Sie warf ihren Kopf zurück und fing an zu schreien. Ray heulte vor Entzücken. Er stieß hart zu und verharrte tief in ihr, als die Wucht ihres Orgasmus seinen Stab quetschte, freigab und wieder quetschte.

»Wunderbar«, flüsterte er. Er küsste die Nässe von ihren Wangen, ohne zu wissen, ob es Tränen oder Schweißtropfen waren. »Jetzt ich ...«

Er begann wieder zu pumpen. Er wusste, dass es ein feiner Orgasmus sein würde. Ein halbes Dutzend Stöße – mehr brauchte er nicht. Sein Orgasmus überfiel ihn wie ein Feuerwerk oder wie Bomben, die in seinem Kopf landeten. Er röhrte wie ein Löwe und kam so heftig, dass er fast ohnmächtig geworden wäre.

Puh, was für eine Nacht.

Ray wollte sich einen Morgenmantel überwerfen, dann änderte er seine Meinung und ließ ihn auf den Boden fallen. Wann immer es möglich war, zog er es vor, nackt zu sein. Er war wie ein Tier, das sich wohl in seiner Haut fühlte. Er hatte auch seine Frauen am liebsten nackt, besonders diese. Ihre Haut war cremig, weicher an einigen Stellen, aber überall seidig.

Er nahm eine große Flasche mit Pillen in die Hand, die neben der Haarbürste stand. Ob Victoria wirklich so krank war, wie sie behauptete? Aus der Beschriftung des Etiketts ging hervor, dass es sich um eine Medikation fürs Herz handelte. Zweimal täglich eine Tablette. Er stellte die Flasche zurück an ihren Platz.

Ray hasste es, Victoria zu verlassen, bevor er es ihr noch einmal von hinten besorgt hatte, aber er wusste, dass er die richtige Entscheidung getroffen hatte. Überhaupt schien er in diesen Tagen alles richtig zu machen. Lief in seinem Smoking herum und spielte den zivilisierten Mann.

Er hatte auch die richtige Entscheidung getroffen, als er sie vor fast einer Dekade verlassen hatte, nachdem sie eingesehen hatte, dass die Welt auf seine Revolution wartete. In Wahrheit fühlte er sich von ihrer Intensität, was Metamorphosen und literarische Eitelkeiten anging, in höchstem Maße gelangweilt.

Während er darüber nachdachte, musste er einräumen, dass Victoria vielleicht Recht gehabt hatte. Vielleicht hatte es eine Frau gegeben, mit der er ein paar Monate geteilt hatte, ehe seine Papiere für Kuba vorbereitet wurden.

Danach hatte er mehrere Jahre auf Kuba gelebt und aus erster Hand erfahren, wie der Kommunismus funktioniert. Er hatte da auch einige bezaubernde Frauen kennen gelernt, besonders eine, die auf beinahe brutalen Sex abfuhr, wozu viel mehr gehörte als nur Fesselspiele und Poklatschen.

Wie hieß sie gleich noch? Marita? Nein, Marina. Sie war eine phantastische Liebhaberin gewesen, abgesehen davon, dass er sie stundenlang verhauen musste. Sein Arm begann nach einer Weile zu schmerzen, und irgendwann fragte er sich, ob sie verrückt war. Er hatte Glück gehabt, dass sein Visum ablief und er die Insel verlassen musste.

Bei seiner Rückkehr nach Kanada hatte Ray überlegt, den Kampf von innen fortzusetzen. Er hätte vielleicht Victoria geheiratet, wenn sie noch ledig gewesen wäre – war sie aber nicht. So war er all die Jahre ein überzeugter Junggeselle geblieben. Er war kein Herkules und auch sonst kein Held, gestand er sich und zwinkerte sich im Spiegel zu.

Viertes Kapitel

Victoria schlüpfte in einen Chiffonmantel aus Pink und Orange, wenn man so ein durchscheinendes Gebilde als ›Mantel‹ bezeichnen konnte. Sie strich sich mit den Fingern durch die Haare und lupfte die Strähnen im Nacken an, die nach der hitzigen Liebe an der Haut klebten.

Sie war nicht mehr so intensiv gekommen, seit sie das letzte Mal mit Ray zusammen gewesen war. Oh, Himmel, er war ein Gott im Bett. Eine Lustwelle schüttelte sie und zog vom Bauch zu ihrer Klitoris. Gordon war ein großartiger Ehemann gewesen, aber er hatte sie nie so rangenommen wie Ray. Er war ein milder Charakter gewesen, verlässlich, wohlhabend und älter. Victoria hatte viele einsame Nächte erleben müssen, auch schon bevor sie Witwe wurde. Aber alles das lag in der Vergangenheit. Victoria und Ray waren wieder zusammen und lebten im Jetzt.

Sie frischte ihr Make-up auf. *The natural look.* Wie so viele linke Typen bestand Ray darauf, dass er die Frauen so liebte, wie sie waren, ohne hohe Absätze und Mieder, ohne Strümpfe, Parfum und Make-up. Die natürliche Schönheit einer Frau ließ einen Mann noch hilfloser scheinen.

Sie trug eine dünne zweite Schicht von Mascara auf.

Victoria strich mit den Händen über ihren Körper, dann fing sie an, die Nippel zu kosen, kleine, delikate pinkfarbene Knöpfe, die jetzt etwas härter wurden. Sie wusste, dass Rays Liebe genauso lange hielt wie ihre Sessionen im Bett, deshalb wollte sie so lange es ging begehrenswert für ihn sein.

Victoria glättete die Bettlaken. Sie legte eine schwarze Augenbinde aus Leder auf ein Kissen und eine schmale schwarze Peitsche ans Bettende. Sie befestigte gerade die letzte von vier mit Samt gefütterten Handschellen an den Bettpfosten, als Ray aus dem Badezimmer hereinkam.

»Hallo, Liebling, hast du dich gut erleichtert?«

Er betrachtete die Handschellen. »Jemand hat nicht zugehört. Ich sagte, keine rauen Sachen. Es sei denn, du willst mir noch was über den Zustand deines Herzens sagen.« Er setzte sich ans Bettende.

»Ich kann so viel Sex haben, wie ich will. Und Peitsche und Handschellen liegen auch nur bereit für den Fall, dass ...« Victoria robbte über das Bett zu ihm und ließ ihre Brüste schwingen.

Er zerzauste ihre Haare, und sie rieb sich wie eine Hauskatze an ihm. »Für den Fall, dass was?«

»Für den Fall, dass ich ein böses Mädchen bin.«

»Wir müssen reden«, sagte er.

»Ich liebe das. Darf ich das Thema aussuchen?«

»Nein.« Er stieß einen Seufzer aus. »Ich muss dir was sagen – ich muss gehen.«

Victoria hielt geräuschvoll die Luft an, und ihre Augen füllten sich mit Tränen. »Nein, bitte, ich habe doch nur Spaß gemacht.« Die Farbe wich aus ihrem Gesicht. »Ich muss wirklich mit dir reden. Ich möchte dich einladen, mit mir nach Kuba zu reisen.«

»Was? Du hast mir gesagt, dass du in die Karibik willst.«

»Kuba liegt auch in der Karibik, mein Lieber.« Victoria musste lachen, obwohl die heißen Tränen ihr über die blassen Wangen liefen.

»Das weiß ich! Aber damit habe ich nicht gerechnet. Ich meine, warum willst du unbedingt auf meine Lieblingsinsel?«

»Du hast so anschaulich davon erzählt, dass ich mir die Insel jetzt auch mal ansehen will. Ich habe zwei Tickets, Ray. Es ist dir gar nicht aufgefallen, als ich dir meinen Flugplan gezeigt habe. Bitte, komm mit.« Das Versprechen, das Victoria sich gegeben hatte – klinge bloß nicht wie eine Verzweifelte – schien vergessen zu sein.

Ray begann sich anzukleiden. »Ich weiß nicht.«

»Wirst du darüber nachdenken?« Sie zupfte an seinem Ärmel.

»Ich glaube nicht, dass ich einfach so nach Kuba reisen kann – obwohl ich eine Weile nirgendwo erwartet werde.« Er hielt eine Socke in der Hand.

»Ray! Stell dir nur mal vor – wir beide zusammen im Paradies!« Victoria zupfte die Socke aus seinen Fingern. Sie hielt sie auf dem Rücken versteckt, aber Ray ignorierte sie.

»Bist du sicher, dass es eine gute Idee ist? Ich meine, wenn es zu anstrengend wird, könntest du dabei sterben.« Er zog seine Hose an.

»Ich habe dir doch gesagt, dass ich allen Sex haben kann, den ich kriegen kann. Auch rauen Sex. Ich habe mit meinen Ärzten darüber gesprochen. Ich nehme meine eigene Krankenschwester mit. Solche Sachen kann ich mir jetzt erlauben, Ray. Ich bin reich.«

»Ich kann nicht mit dir nach Kuba gehen.« Ray setzte sich aufs Bett, zog eine Socke an und streckte seine Hand nach der zweiten aus. »Und versuche bloß nicht, mich zu kaufen.«

»Geh nicht. Bleibe wenigstens die Nacht bei mir.« Victoria konnte nicht darauf verzichten, sich aufs Betteln zu verlegen. Es war erniedrigend, aber auch erfrischend, als wenn man nach Jahren der Enthaltsamkeit endlich in die Trüffelschokolade beißt. Zögerlich hielt sie ihm die Socke hin.

»Tut mir leid, meine Liebe. Die Pflicht ruft.«

»Wirst du zurückkommen?« Victoria warf sich über seinen Schoß und hielt sich an seiner Taille fest. Sie hob ihr Gesicht zu ihm und zeigte ihm die Tränen, die jetzt noch üppiger flossen. »Bitte, sage ja.«

Er küsste die Nässe aus den Ecken ihrer traurigen Augen, dann drückte er sie gegen seinen Brustkorb. »Ich liebe dich«, knurrte er. »Ich verspreche dir, dass ich zurückkomme, und weißt du warum?« Er leckte über die fragilen Konturen ihres Ohrs. »Weil ich dich immer geliebt habe, Victoria, und dich immer lieben werde.«

»Ich dich auch«, wisperte sie. Ihr wurde ganz leicht ums Herz. »Solange ich lebe.«

Fünftes Kapitel

»Möchte Mademoiselle sich für ein Hors d'œuvre entscheiden?«

»Nein, danke.« Sie trommelte mit den rot lackierten Nägeln ungeduldig auf die Leinentischdecke und rutschte auf der gepolsterten Sitzbank herum. Fünf Minuten würde sie noch warten, dann – ah! Sein Anblick ließ ihren Puls in die Höhe schnellen. Ray war eine Augenweide, selbst für sie, die sie viel jünger war als er.

Ray eilte an ihren Tisch. »Bai Lon! Es tut mir leid, dass ich mich verspätet habe!«

»Ich wollte gerade gehen.« Sie schmollte, ein Ausdruck, der gut zu ihrer geschwungenen Oberlippe passte. Sie hatte die Lippen so glänzend rot geschminkt wie die leuchtenden Beeren auf einem Adventskranz.

»Nein! Bai Lon, das wäre eine Katastrophe!«

»Sie können mich Lonnie nennen.«

»Lonnie, Ihre Präsentation auf der Konferenz war bemerkenswert. Ich wäre todunglücklich, wenn ich keine Gelegenheit mehr gehabt hätte, ein wenig Zeit mit Ihnen zu verbringen.«

»Übertreiben Sie immer so?« Sie lächelte schwach und achtete darauf, dass er aus ihrer Miene nicht schließen konnte, dass sie ihm die Verspätung schon verziehen hatte. Wenn sie auf Reisen war, hasste sie jedes Warten; davon hatte sie genug, wenn sie wieder zu Hause in Hongkong war.

»Ich übertreibe nicht. Ich meine jedes Wort ernst.« Ray

setzte sich ihr gegenüber. Sie folgte seinen Bewegungen mit den Blicken; ihre dunklen Mandelaugen glänzten. Ihr makelloses Gesicht wandte sich ihm zu wie ein kleiner Scheinwerfer, der offenbar die Aufgabe hatte, sein Herz zu schmelzen.

Ray hob seine Serviette auf, warf sie halb hoch in die Luft und schaute zu, wie sie in seinem Schoß landete. Sie sah ebenfalls zu und gab nicht zu erkennen, dass sie seine Nervosität bemerkte, die von ihrem Starren herrührte.

Ray verfiel in seine ›Vereint-im-Kampf-gegen-die-Obdachlosen‹-Rede, und Lonnie wandte den Blick von seinem Gesicht ab und wartete darauf, wohin er jetzt schauen würde. Natürlich. Sein Blick fiel auf ihre Brüste. Warum auch nicht? Er war ein heißblütiger Mann, und wie sich die Brüste gegen den Satin des jadefarbenen Cheongsam rieben, war schon manchen Blick wert. Der Stil des Kleids passte zu ihrem zierlichen, biegsamen Körper, und die Farbe unterstrich die schwarzen Haare, die dunklen Augen und die durchsichtige Haut.

Lonnie hob den Blick zu seinem Gesicht, und wieder sahen sie sich in die Augen. Es war faszinierend, wie er mit dem Mund seine Rede abspulen konnte, während er gleichzeitig mit den blassblauen Augen flirtete. Sie hatten die Farbe des Himmels auf einem Berggipfel. Ray war gut einen Kopf größer als sie. Sie mochte weiße Männer, die groß und stämmig waren, und es war ein Bonus, dass er – wie sie – sich für das Schicksal der Obdachlosen einsetzte. Aber nach der viertägigen Konferenz war Lonnie, die auch eine Rede gehalten hatte, ausgelaugt und wollte von diesem Thema nichts mehr hören.

»Es war hervorragend, die Perspektive von jemandem mit Ihrem Hintergrund zu hören, gerade zu einer Zeit, in der Hongkong wieder mit dem Mutterland vereint wurde«, fuhr Ray fort. »Ihre Entscheidung, die sozialistische ...«

»Ich habe Hunger.« Das nahm ihm den Wind aus den Segeln. Lonnies Lippen teilten sich, als sie zu kichern begann. Sie bedeckte den Mund mit ihrer zierlichen Hand. Seine Augen waren vor Überraschung weit aufgerissen. »Auch wenn man sich auf einem Kreuzzug befindet, muss man manchmal etwas essen, finden Sie nicht auch, Ray?«

»Aber natürlich. Entschuldigen Sie. Ich selbst bin dem Verhungern nahe. Oder vielleicht sollte ich weniger übertreiben und sagen, dass ich ein Loch im Magen spüre.«

»Ja, das Gefühl kenne ich.«

Ray schnipste die Finger, und der Kellner, der in diskreter Distanz gewartet hatte, hastete zu ihnen. »Möchten Sie was trinken?«, fragte er Lonnie.

»Ja, ich hätte gern einen Cocktail.«

Er bestellte die Drinks für sie beide. Es gefiel ihr, wenn der Mann für die Frau bestellte. So wurde jedes Getränk zum Abenteuer, und sie bekam auch Informationen über ihn. In diesem Fall bestellte Ray Beefeater Martinis, extra dry, was ihr verriet, dass er ein gebildeter Linker war, kein Rüpel, und dass er sie vielleicht gern angeheitert sehen würde.

Lonnie saß kerzengerade da, obwohl sie die Rückenlehne der Sitzbank nicht benutzte, denn sie saß auf dem äußersten Rand des Ledersitzes. Als die Getränke gebracht wurden, griff sie nach dem schön geformten V-Glas und setzte es an die Lippen. Der Alkohol floss in ihren Mund, eine exquisite Mischung aus Geschmack und Prickeln, die ihre Kehle brennen und gleich darauf heilen ließ. Sie setzte das Glas ab und leckte sich die Lippen. »Mmmm.«

»Schmeckt es?« Ray grinste sie an.

»Ich bin nicht wirklich eine Sozialistin, Ray, dann eher schon eine Sensualistin. Das sind sehr verschiedene Dinge.«

»Ich stimme uneingeschränkt zu.« Ray legte die Finger

gegeneinander und konzentrierte sich auf sein Gegenüber. Sein Charisma berauschte sie.

»Ich lasse mich fast ausschließlich von meinen Emotionen leiten. Ich kann nicht immer sagen, was richtig oder gerechtfertigt ist, aber ich kann es fühlen. Deshalb habe ich mich dieser Sache verschrieben. Ich fühle mich ihr verpflichtet. Ich glaube, Sie wissen, was ich meine.«

»Als ich jünger war, habe ich lodernder gebrannt, Lonnie. Heute hält die Glut mich warm.«

»Ich bin jung, und ich lodere immer noch. Deshalb muss ich mich manchmal zusammenreißen und sagen: ›Lonnie! Siehst du das wunderschöne Glas, in dem sie deinen Drink servieren? Probiere ihn. Und berühre den attraktiven Mann.‹« Im nächsten Moment griff ihr schlanker Arm über den Tisch und streichelte die winzigen Härchen auf Rays großem Handrücken. »Ich will nicht, dass mein Feuer ausgeht.«

Er drückte ihre Hand. »Plötzlich ist mein Hunger nicht mehr so groß«, knurrte er.

»Bist du in Eile? Musst du zurück zu dem, der schuld an deiner Verspätung war?«

»Nein.«

»Dann lass uns uns beim Essen ein bisschen intimer kennen lernen.« Lonnie senkte das Kinn und sah ihn durch die Wimpern an, als wollte sie ihr Gesicht hinter einem seidenen Fächer verbergen.

»Eine gute Idee.« Ray klappte die Speisenkarte so heftig auf, dass sie ihm fast aus der Hand glitt. Er betrachtete die Gerichte mit einer Intensität, die Lonnie lachen ließ. Es hätte sie nicht überrascht, wenn die gefüllten Teller plötzlich vor ihnen gestanden hätten – herbeigezaubert von seiner schieren Willenskraft. Sie liebte den Eifer der nordamerikanischen Männer, auch diejenigen, die sich als ›zurückhaltende Kanadier‹ bezeichneten. Sie zählten das Alter ihrer Heimat nach hunderten von Jahren, nicht nach tausenden, und das zeigte sich bei allem, was sie taten.

Lonnie liebte es, solche Männer zu necken; sie blieb reserviert, bis er sich resignierend in das Schicksal einer höflichen Unterhaltung ergeben hatte. Dann ließ sie irgendwann die Bombe fallen, indem sie so etwas sagte wie: »Ich bin eine Sensualistin, Ray.« Mit ihren schräg gestellten dunklen Augen und den faltenlosen Lidern konnte sie so naiv aussehen, als wollte sie sagen, dass sie nicht genau wusste, was sie da ausgesprochen hatte. Sie zog sich dann hinter die Maske der asiatischen kühlen Frau zurück, bis sie die nächste Bombe fallen ließ. Lonnie, die Bombe. Sie kicherte laut.

»Ich bin froh, dass du dich amüsierst«, murmelte Ray, dem man seine Nervosität ansah. »Wo bleibt denn der Kellner, verdammt?«

»Du rufst nach dem Kellner wie ein Verdurstender in der Wüste«, sagte sie lachend.

»Ich fühle mich auch wie einer, der verdurstet. Nur wenige Schritte vor der Oase breche ich zusammen.«

Der Kellner stand neben Ray, und wieder bestellte er für sie beide. Nur Hauptgerichte, keine Suppe, kein Salat. Aber eine Flasche Chardonnay, weil der gut zu ihren Pastagerichten passen würde.

Lonnie fischte mit einem glänzenden manikürten Finger die Olive aus dem Glas. Sie wartete, bis die Martinigläser abgeräumt und die Weingläser gefüllt waren, bevor sie die nächste Bombe fallen ließ.

Ray sprach über Kuba, wo er offenbar ein paar Jahre lang gelebt hatte. Lonnie war nie auf Kuba gewesen, aber die politischen Verhältnisse waren ihr bekannt. Sie hatte auch vom kubanischen Rum gehört, von der heißen Sonne, dem weißen

Sand und den Latin Lovers. Sie schlüpfte aus dem linken Schuh. Er bemerkte ihr Herumrutschen nicht, bis sie die gewünschte Position gefunden hatte. Dann bemerkte er es doch – vor allem den kleinen Fuß zwischen seinen Beinen. Wie sie vermutet hatte, war er schon steif. Er fühlte sich sehr groß an. Rays Stimme brach mitten im Satz ab.

»Nein, nein, sprich weiter, bitte. Oder willst du, dass ich aufhöre?« Lonnie drückte den Fußballen gegen seine Hoden und massierte sie leicht.

»Hör nicht auf.«

»Ich stelle fest, dass du Linksträger bist.« Sie kicherte und versteckte ihr Lachen wieder hinter der Hand.

»Das sollte dich nicht überraschen.«

»Zieh den Reißverschluss auf«, flüsterte Lonnie. »Ich besorge es dir mit dem Fuß.«

»Was sie auf der Universität von Peking nicht alles lehren.« Ray folgte ihrer Anweisung. Ihr Fuß wand sich gegen seine Unterhose, bis Ray unter den Tisch griff und sich entblößte.

»Ha! Das habe ich tatsächlich auf der Uni gelernt, aber ich war auf der Uni von British Columbia.« Lonnie nippte am Wein und strahlte über das ganze Gesicht. Es war ein irrer Spaß, auf diese Weise mit ihm in der Öffentlichkeit zu spielen, wo er gezwungen war, sich zusammenzureißen. Für sie war es einfach, ein ausdrucksloses Gesicht zu zeigen. Das gehörte zu ihrer Kultur und war eine Notwendigkeit in einem überfüllten Land.

»Geile Kanadier.« Rays Stimme klang unaufgeregt, aber er war um einen Gesichtsausdruck bemüht, der nicht jedem im Restaurant verriet, dass er auf eine neue, erregende sexuelle Art verwöhnt wurde. Schließlich hob er die Schultern und grinste Lonnie an.

Lonnie registrierte die Lust auf dem Gesicht ihres Gegenübers. Sie war eine Art Lebensretterin. Wenn sie nicht gerade mit Plänen beschäftigt war, wie die Welt zu einem angenehmen Ort für alle werden konnte, verbrachte sie ihre Freizeit damit, traurige Alphamänner zu retten, indem sie ihre Herzen zum Schwingen brachte. Es war eine gute Sache, dass sie es so erregend fand, Männer zu erregen.

Die Wärme seines Schoßes unter ihren Zehen ließ ihren Bauch vor Entzücken prickeln. »Ein geiler Kanadier und eine geile Chinesin. Geradezu unvermeidlich, dass wir zusammen Spaß haben, was?« Sie neigte den Kopf und schaute ihn an, ein Bild der Wohlanständigkeit, während die verlockenden Worte wie exotische Juwelen von ihren Lippen purzelten.

»Ja, ja.« Ray begann zu keuchen. Ihr Fuß drückte härter gegen ihn. Die Sohle massierte den Schaft, dann drückten die kleinen Ballen der Zehen auf den Stab, als wollten sie Flöte spielen. Gerade noch rechtzeitig konnte er ein Stöhnen unterdrücken.

»Du hast nicht geglaubt, dass ich dich mit dem Fuß kommen lassen kann«, wisperte sie und leckte sich langsam die Lippen. »Du hast gedacht, dass du viel zu kaputt bist und dass die Kleine mit ihrem jadefarbenen Cheongsam dich nicht schafft. Aber so allmählich kommen dir Zweifel. Habe ich Recht?«

Ray nickte knapp. In unbewusster Nachahmung leckte er sich auch über die Lippen, dann nahm er einen kräftigen Schluck Wein aus dem Glas.

»Stell dir das mal vor. Keine Finger, keine Lippen, keine Vagina, kein Anus. Ich kann dich mit meinem Fuß zum Höhepunkt bringen, Ray.« Sie ließ seinen Namen nachhallen. Richtig niedlich. Ihre flinken Zehen hörten nicht auf, mit ihm zu spielen. »Überlege mal, wie gut es wäre, meinen ganzen Körper für dich zu haben.«

»Ich will dich, Lonnie. Mehr als ich jemals jemanden ...«

»Lüge mich nicht an, Baby. Nicht jetzt, nachdem wir uns so nahe gekommen sind.«

Ray hob seine Hüften an. Er hätte ihren Fuß am liebsten in die Hände genommen und sich an ihm zum Orgasmus gerieben, aber das war unmöglich. Ihr Fuß tänzelte und kitzelte, und die Zehen trommelten auf der empfindlichen Haut.

»Wunderbar! Hier kommt unser Essen, Ray!«

»Großartig.« Ray täuschte Enthusiasmus vor und griff nach der Gabel.

Lonnie streifte sich den anderen Schuh ab. Ihre gegenwärtige Mission bedeutete ihr genauso viel wie alle anderen Aufgaben, denen sie sich gegenübersah. Sie würde diesem großen Mann zeigen, dass sie die Einzigartige von ihnen beiden war. Er würde sie nicht über Nacht vergessen, was gewöhnlich das Schicksal seiner Frauen war, schätzte sie. Ein Junggeselle in seinem Alter, mit seinem Aussehen? Er musste sich vor Frauen kaum retten können. Er war wahrscheinlich an Frauen gewöhnt, die in seiner Gegenwart feuchte Höschen bekamen.

Aber diesmal war sie der Preis. Jung, schön, klug und talentiert. Wenn sie mit ihm fertig war, würde er sie nie wieder warten lassen. »Ich liebe die Vollweizenpasta genauso wie die Eiernudeln«, sagte sie. »Du auch?«

Ray schien sie kaum zu hören und auch nicht zu verstehen.

Lonnie legte ihre freie Hand neben sich auf die Sitzbank und hob den rechten Fuß, damit er den linken unterstützen konnte. Das Gefühl seiner zuckenden und immer noch wachsenden Männlichkeit elektrisierte ihre Zehen. Sie führte einen Gabelbissen zum Mund, köstlich.

Manchmal konnte das Leben so karg und ernst sein, und

dann, in Momenten wie diesen, hielt es eine lustvolle Fülle bereit. Lonnie genoss das Essen, den Wein und den unglaublich geilen Mann. Sie lehnte sich auf der Bank zurück und rutschte mit dem Po noch weiter nach vorn, damit sie besser manövrieren konnte. Sie nahm ihn in die Mitte ihrer Füße, und er begann durch die Öffnung zwischen den Sohlen zu stoßen. Lonnie erschauerte, als sie erkannte, dass er mindestens zwanzig Zentimeter lang sein musste. Sie hielt sich mit beiden Händen auf der Bank fest und setzte ihm verstärkt mit beiden Füßen zu.

»Das ist verrückt. Komm mit auf mein Zimmer«, raunte er.

»Wir schaffen es. Konzentriere dich.«

»Dann komm her zu mir. Setz dich neben mich, damit ich mir deine Pussy vornehmen kann.«

»Später vielleicht. Was ist denn los? Mache ich dich nicht scharf?«

»Ist das ein Test? Ich wäre längst gekommen, wenn ich nicht schon …«

»Ich wusste es! Du hast mich wegen einer anderen Frau warten lassen!«

»Setz dich auf meinen Schoß.«

»Nachdem du auf meinen Füßen deine Creme versprüht hast, Ray, werde ich meine Schenkel öffnen, und du kannst mit deinen Fingern in meine heiße dampfende Möse …« Sie sprach so ordinär, wie es ihr nur möglich war. Einen schwachen Mann konnte sie mit solchen Sprüchen zur Impotenz bringen, aber bei einem starken Mann hatte es den gegenteiligen Effekt.

»Oh, Mann, oh, Mann!« Ray zischte die Luft durch zusammengebissene Zähne aus. Sein Schaft zuckte zweimal, und zwei Spritzer benetzten die Sohlen ihrer Füße.

»Oh, wie gern ich das spüre.« Lonnie grinste triumphierend. Sie bekam immer ihren Mann, und in einer Welt, die entweder chaotisch oder auf ewig unverändert blieb, wurde das zu einer niemals langweiligen Erkenntnis. Eines Tages würde sie vielleicht sesshaft werden oder sich zumindest fragen, ob jede Woche ein neuer Typ denn überhaupt noch was brachte.

»Du bist vielleicht eine Marke.« Ray sah so aus, als wüsste er nicht, ob er lachen oder weinen sollte.

Lonnie ließ die langen, spitzen Wimpern flattern. Sie schlüpfte in ihre Schuhe hinein, während Ray auf der anderen Tischseite die Kleidung richtete.

»Bist du bereit zu gehen?« Er hatte seinen Teller nicht angerührt.

»Noch besser, Ray«, sagte sie und leerte ihr Weinglas. »Ich bin schon weg.«

»Was?«

»Ich habe einigen Freunden versprochen, mit ihnen tanzen zu gehen.«

»Und was ist mit mir? Und was ist mit deiner heißen, dampfenden ...«

»Vielleicht ein anderes Mal.« Lonnie war schon aufgestanden. »Ich muss los. Ich habe deine Handynummer. Vielleicht rufe ich dich an.«

»Warte doch! Wie lange bist du in der Stadt? Ich begleite dich zur Tür.« Ray hatte sich halb auf seiner Bank erhoben, als Lonnie ihre zierliche Hand auf seine Schulter legte und ihn sanft zurück auf die Bank drückte. Er legte seinen Arm um ihre Wespentaille. »Rede mit mir, Lonnie.«

Sie bückte sich und wischte mit den Lippen über seine Wange. Der flüchtige Kuss ließ ihre Haut prickeln. Es war beinahe schade, ihn jetzt allein zu lassen; gerade erst war sie warm mit ihm geworden. Aber die Erfahrung hatte sie gelehrt, dass es am besten war, wenn sich die Dinge langsam entwickelten. »Lass mich jetzt gehen. Heute Abend habe ich frei, verstehst du? Frei von all meinen Verpflichtungen. Ich will nicht, dass du auch so eine Verpflichtung wirst. Mit dir will ich doch Spaß haben.«

Ray gab sie sofort frei. Lonnie verließ das Restaurant ohne Mantel, ohne Handtasche. Nach einer Weile war nur noch der Duft ihres exotischen Parfums geblieben.

Von der Straße aus konnte sie Ray durchs Fenster sehen, der immer noch zerknirscht und durcheinander auf der Sitzbank saß. Ein Schauer rieselte durch sie, er begann im Nacken und zuckte bis hinunter in den Steiß.

Das war ein Spaß mit ihm gewesen!

Lonnie pfiff ein Taxi heran. »Ich bin eine Bombe«, wisperte sie sich zu. »Ich bin die Hongkong-Bombe, und heute Abend explodiere ich!«

Nun, es war gut, dass sie ihn nicht mitgenommen hatte. Sie war doch viel jünger als er. Lonnie sprang ins Taxi und ließ sich vom Fahrer nach Soho bringen.

Sechstes Kapitel

Victoria öffnete die Augen. Im Zimmer war es dunkel, und für einen bösen Moment dachte sie, allein zu sein. Allein gelassen in der Dunkelheit, das hatte sie seit ihrer Kindheit immer wieder gequält. Sie atmete tief und langsam durch und ließ ihre Sinne wach werden. Augenblicke später war es im Zimmer nicht mehr so dunkel, und sie konnte das Tiefschlafatmen des großen Mannes neben sich im Bett hören.

Sie drehte sich auf die Seite, damit sie ihm ins Gesicht schauen konnte. Rays Schlafposition war so selbstsicher wie seine Haltung im Wachen. Seine Arme waren ausgebreitet wie in der triumphierenden Pose, die er nach einer Runde großartigem Sex einnahm. Aber er lag auf dem Bauch, während er sich nach dem Sex auf den Rücken legte. Nur wegen der Breite des Betts hatten seine Fingerspitzen sie im Schlaf nicht berührt.

Victoria stützte sich auf einen Ellenbogen auf und beobachtete ihn. Er tat drei tiefe Atemzüge, dann stieß er eine Art Schnaufen aus, ehe sich das Muster wiederholte. Sie zählte und wartete, und da war es wieder, das leise Schnaufen, das bedeutete, dass er fest schlief. Sie kannte ihn so gut, wie man einen Mann kennen konnte, der sich einer echten Vertrautheit verweigerte. Es war ein Verbrechen, dass er die Innigkeit ihrer Liebe nicht erkannte. Waren ihm nicht die Worte ›Ich liebe dich‹ über die Lippen gekommen, bevor er zu seiner Verabredung gegangen war? Und war er nicht zurückgekommen, wie er versprochen hatte? Warum begriff er nicht, dass sie füreinander bestimmt waren?

Der schmale Verschluss auf dem Träger ihres Negligees biss in ihr Schulterblatt. Sie wand sich aus dem Negligee und trat es auf ihrer Seite aus dem Bett. In letzter Zeit war sie leicht zu irritieren. Sie brauchte nicht zu befürchten, ihn zu wecken; wenn er einmal schlief, konnte ihn nur noch ein Wecker oder eine Erektion aus dem Tiefschlaf holen – was immer zuerst da war.

Plötzlich wollte sie mit der Faust auf seinen Rücken einschlagen, um zu sehen, ob er davon wach wurde. »Wie kannst du nur so tief schlafen«, könnte sie ihn fragen, »wenn Millionen Menschen nicht einmal einen Platz haben, um sich hinzulegen?« Aber sie kannte die Antwort schon. Während andere Leute (wie sie) nachts wach liegen, weil sie sich um die vielen Ungerechtigkeiten auf der Welt sorgen, verbringt er seine Tage damit, diese Dinge zur Sprache zu bringen. Nachts schlief er so gut und tief, pflegte er in seinem spöttischen Ton zu sagen, »weil mein Herz rein ist«.

Natürlich würde sie ihn nie gewaltsam wecken. Impulsiv zu sein passte zu einem Mädchen, und sie war kein Mädchen mehr. Sie sollte sich darüber freuen, dass Ray endlich bei ihr war. Aber Bedauern schien Victorias Droge zu sein. Sie fühlte sich stark genug, um der verführerischen Macht tagsüber zu widerstehen, aber nachts kroch sie mit den Schatten in ihr hoch.

Wenn sie als junges Mädchen nicht so eine offene Wunde gewesen wäre, so überempfindlich, dass ihr bei Gedichten die Tränen kamen und sie die Welt als viel zu grausam für eine wie sie betrachtete, dann wäre es ihm nicht so leichtgefallen, sie gehen zu lassen.

Damals hatte sie nicht viel hinterfragt. Er würde wahrscheinlich als Verbrecher enden, hatte sie sich eingeredet. Er wollte nach Kuba, verdammt! Wenn er auch heute noch an bewaffnete Revolution glaubte, nachdem er bei den Kommunisten gelebt hatte, war er vielleicht selbst ein Terrorist geworden.

Woher hätte sie wissen sollen, dass seine Leidenschaft für Gerechtigkeit auf Kuba gemildert und nicht verstärkt wurde? Dass er im Alter sanfter wurde, während sie bei sich eine zunehmende Härte spürte? Dass sie nie einen Mann finden würde, der so gut war wie er?

Natürlich lag es an den Verrücktheiten der Jugend. Es ergab keinen Sinn, Ray zu beschuldigen, denn sie war es, die geheiratet hatte, als er gegangen war. Es ergab auch keinen Sinn, ihre Ehe mit Gordon zu bedauern. Sie hatte den Luxus genossen, den sein Name und sein Geld ihr ermöglicht hatten. Sie nahm sich vor, Ray daran zu erinnern, welche guten Dinge sie hatte leisten können, weil sie eben das Geld hatte.

Während ihrer Ehe hatte sie einiges an Wohltätigkeiten zustande gebracht, und auch das würde sie Ray erzählen. Sie würde ihm auch sagen, dass sie nicht nur als Touristin nach Kuba reisen würde. Er konnte ihr helfen, die Stellen zu finden, an denen ihr Geld am meisten erreichen konnte. Wenn er sie nur begleiten würde.

Die Finger ihrer linken Hand trippelten über den Zwischenraum, der sie trennte. Zu ihrer Überraschung hatte er keinen Sex gewollt, als er von seiner Verabredung zurückgekommen war. Stattdessen hatten sie einen leichten Snack zu sich genommen und sich dann ins Bett gekuschelt. Er gab zu, erschöpft zu sein, aber sie war davon ausgegangen, dass er seine Meinung ändern würde, sobald er neue Kräfte gesammelt hatte. Aber er war eingeschlafen und hatte einen Arm um sie gelegt. Sie hatte ihren Kopf an seine Brust geschmiegt und genoss den Klang seines Herzschlags in ihrem Ohr – bis er sie grunzend abwarf und sich auf den Bauch legte.

Sie berührte die Stelle zwischen seinen Schulterblättern mit ihrem Zeigefinger. Ray rührte sich nicht. Sie strich mit der Fingerkuppe sanft über seine Wirbelsäule bis hinunter in die Kerbe seiner Backen. Sie liebte seinen griffigen Arsch. Sie strich wieder von ganz oben hinunter. Wenn sie den Finger noch einen Zentimeter weiter zog, würde sie über seinen Anus gleiten.

Rays Gesicht war von ihr abgewandt, aber sie hörte ihn im Schlaf murmeln, und rasch zog sie ihren Finger zurück.

Victoria glitt aus dem Bett, die Wangen vor Aufregung gerötet. Sie hatte einen Plan! Sie schaute auf die Uhr; er hatte jetzt fünf Stunden geschlafen. Das musste doch ausreichen für einen Mann, der ein reines Herz hatte, oder?

Minuten später kniete Victoria auf dem Bett. Sie hatte ihr Gesicht gewaschen, die Haare gebürstet, die Zähne geputzt und die Nägel getrimmt. Ihr nackter Körper duftete. Sie befeuchtete die Spitze des linken Mittelfingers mit einer Creme. Sie wollte Ray überraschen. Nein, berichtigte sie, sie wollte mehr als ihn nur überraschen.

Der nasse Finger glitt die Wirbelsäule entlang und hielt erst zwischen den Backen inne, genau auf dem Anus. Victoria rieb über die gerunzelte Öffnung, bis die Fingerkuppe einzudringen begann. Es war erregend zu erleben, wie sein Fleisch nachgab. Er rührte sich, aber sein Atem blieb gleichmäßig. Sie würde bald wissen, ob er wach war und den Schlaf nur vortäuschte.

Victoria verstärkte den Druck ihres Fingers, der noch ein wenig tiefer eindrang. Sein Fleisch umklammerte den Finger. Sie zählte seine Atemzüge. Am Ende des dritten Atemzugs schnaufte er nicht – er war wach.

Sie unterdrückte ein Kichern. Männer waren eine komische Spezies. Sie wollten wahrscheinlich alle einen Finger in dieser Öffnung spüren, aber niemand würde das zugeben, nicht einmal ein sexuell so erfahrener Mann wie Ray. Es überraschte sie nicht, dass er den leichten Ausweg wählte und so tat, als schliefe er.

Victoria stieß die Fingerspitze bis zum ersten Glied hinein. Er erschauerte. Sie zog den Finger leicht zurück, dann stieß sie wieder zu, weiter diesmal, bis ihre Hand gegen seine Backen drückte. Sie stöhnten beide.

Er drehte den Kopf auf dem Kissen, und ihre Blicke trafen sich. Victoria veränderte ihre Position nicht und versuchte ein unsicheres Lächeln. Zu ihrer Erleichterung lächelte er zurück.

»Was machst du?«, fragte er.

»Ich wollte dich besser kennen lernen, von außen nach innen. Ich wollte dich kennen, wie du mich kennst«, sagte sie und schaute ihn bittend an.

»Ich glaube, du solltest zuerst um Erlaubnis nachsuchen«, antwortete er.

»Tut mir leid. Darf ich?«

»Das ist jetzt ein bisschen spät.«

»Darf ich es wieder tun?«

»Was tun?«

»Das hier.« Sie fuhr mit dem Finger vor und zurück. Sie hatte noch nie etwas so Warmes und Enges gefühlt. Es erstaunte sie, einen Teil von ihm das erste Mal zu ertasten.

»Du musst formulieren, was du tun willst«, sagte er.

»Bitte, Ray, darf ich meinen Finger in dich stecken und ein bisschen damit ein und aus fahren?«

»Ja, okay.« Er schloss die Augen.

Victoria zog den Finger zurück und labte sich an dem

Gefühl, wie seine Haut sich um ihren Finger wand. Als sie fühlte, wie sich die Öffnung gegen den drohenden Verlust wehrte, stieß sie den Finger hart und schnell in ihn hinein; das war fast eine Imitation seiner Bewegungen, wenn er sie nahm.

»Es gefällt mir«, flüsterte sie. Sie schmiegte sich an ihn und küsste seinen Mund. »Es gefällt mir sehr. Kann ich es noch einmal machen?«

»Wie du mir, so ich dir«, raunte er. »Knie dich hin.«

Victoria erschauerte, als sie seinen dominanten Befehl hörte. Sie kniete sich, ohne ihre linke Hand zu behindern. Ray glitt mit seiner rechten Hand zwischen ihre Schenkel und spreizte sie mit den Fingern noch etwas mehr. Sein Mittelfinger, den er eingespeichelt hatte, glitt zwischen ihre Backen und tastete nach ihrer hinteren Öffnung.

Victoria hatte nur ein paar Sekunden, um diese Position auszukosten, dann erhielt sie einen neuen Befehl, der aber wegen des lieben Tons köstlich klang. »Setz dich«, sagte er.

Es war nicht leicht, denn er hatte den Finger nicht eingecremt. Victoria stöhnte, als sie sich auf den Finger spießte. Es schmerzte, als würde sie von einem kleinen Dolch durchbohrt, aber weil sie wusste, dass sie nicht verletzt war, verwandelte sich der Schmerz sofort in Lust. Als sie auf seiner Hand saß, öffnete sie die Augen und blickte in seine. Sie lächelten sich an, als wollten sie die Wildheit ihrer Blicke besänftigen.

»Bereit?«

Sie nickte.

Victoria hob sich von seiner Hand, bis sein Finger fast frei schwebte, und gleichzeitig zog sie ihren Finger ebenfalls zurück, bis er beinahe draußen war. Dann, genau in dem Moment, in dem sie ihren Finger in ihm versenkte, versteckte auch er seinen Finger wieder in ihr.

Ihr Körper prickelte überall. »Wunderbar«, gurrte sie.

»Genug gealbert«, knurrte er, zog seine Hand zurück und rollte sich von ihr weg, um außerhalb ihrer Reichweite zu sein. »Komm, setz dich auf mein Gesicht.«

Victoria kicherte und rutschte auf dem Bett herum, bis sich ihr Delta über seinem Gesicht befand. Sie grinste auf ihn hinab. »Du magst mich nur, weil ich so schamlos bin«, sagte sie und zog einen vorgetäuschten Schmollmund.

»Und wie schamlos du bist«, stimmte er zu, während er die Zunge herausstreckte, um sie zu schmecken. »Aber das ist nicht der Grund, warum ich dich mag. Ich mag dich wegen deiner schönen, köstlichen Muschi.« Sein heißer Atem streichelte sie. Er rutschte noch ein wenig nach unten.

Victoria wusste, was er jetzt sehen konnte. Sie hielt sich mit beiden Händen an den Bettpfosten fest und zwang sich, nicht zu protestieren. Sie fühlte seinen heißen Atem wieder, dann drang die Zunge nass und glitschig in sie ein.

Zwanzig Minuten später stand Victoria übers Bett gebeugt, ihre Beine ein zitterndes V. Zweimal war sie schon gekommen; einmal von seiner wunderbaren Zunge und von den Fingern, die ihre Klitoris gereizt hatten, und dann, als er sie von hinten genommen hatte.

»Du bist so schön, wenn du kommst«, sagte er.

Sie lachte. »Als ob du mein Gesicht hättest sehen können!«

»Selbst dein Hinterkopf verrät mir, wann es dir kommt. Du wirfst dann den Kopf voller Wucht zurück, und deine Ohren fangen an zu zittern.«

Sie lachte wieder. »Meine Ohren fangen an zu zittern?«

»Bring mich nicht aus dem Rhythmus«, sagte er und stieß behutsam in sie hinein, während er sie zwischen den Schultern küsste und über die Wirbelsäule leckte. »Sage mir, was du bist«, forderte er sie auf.

»Ich bin ein unanständiges Mädchen«, murmelte sie. Sie konzentrierte sich auf das Gefühl, wie er ihr Gewalt antat. Analsex war eine schwierige Sache. Ihr stand jetzt nicht der Kopf nach dummem Zeug. Aber er bestand darauf.

»Das weiß doch jeder. Erzähl mir was Neues.« Er veränderte den Rhythmus seiner Stöße und legte an Tempo zu.

»Mmmm ...« Angst vermischte sich bei ihr mit Erregung. Es rumorte in ihrer Magengrube. Sie ließ sich auf die Ellenbogen nieder und legte den Kopf in ihre Hände. Dabei streckte sich der Po noch etwas weiter und höher. Das war die perfekte Position.

Das Tempo nahm zu und die Wucht seiner Stöße auch. Sie streckte die linke Hand zwischen ihre Schenkel und ließ sie in der Pussy tanzen. Sie benetzte die Finger und begann sich zu reiben. »Mmmm ...« Ihre Klitoris reagierte sofort auf ihre Berührung. Sie spürte, dass sich in ihr ein gewaltiger Orgasmus aufbaute, und wollte ihn so schnell wie möglich erleben. Sie rieb hart und schnell. »Ich bin gierig«, stöhnte sie.

»Mehr.« Seine Hüften klatschten gegen ihren Po. Er zog sich nicht mehr weit aus ihr zurück, nur noch ein kleines Stück, um genug Kraft für den nächsten Stoß zu haben.

»Mmmm ...« Victoria hielt ein paar Momente inne, bis sie die Energie fühlte, die sich in ihr zusammenbraute und ihr sagte, dass der Orgasmus unvermeidlich kommen würde. »Ich bin gierig, und ich liebe es im Po ...«

Er grunzte und stöhnte. Er rammte jetzt mit einem wütenden Tempo in sie hinein. Er hatte die Augen fest geschlossen, deshalb sah er nicht, wie sie über die Schulter schaute und grinste. Es erregte sie ungeheuer, ihn im Moment seines Höhepunkts zu sehen.

»Ray? Ich bin lüstern und gierig und geil!« Sie rief jedes Wort so laut, dass es die gestöhnten und gekeuchten Laute übertönte, denn in diesem Augenblick kam es ihm, und sein Orgasmus löste ihren aus. Sie schwebten gemeinsam hoch auf ein Plateau, wo die Luft dünn war und der Himmel elektrisch und mitternachtsblau. Ein Ort, wo zwei eins sein können, wenn auch nur für einen Moment, und wo Schmerz zur Lust wird und Gier zum Geschenk. Es war ein Ort, an dem sie lange Zeit nicht mehr gewesen war, aber wenn man einmal dort war, würde man ihn nie wieder vergessen können.

Siebtes Kapitel

Penny nahm einen langen Zug von ihrer Zigarette und setzte sich auf den Muschelsitz ihrer Badewanne. Nachdem sie zwölf Stunden geschlafen hatte, fühlte sie sich träge und brauchte dringend was zu essen, aber in ihren Schränken fand sie nur ein paar Flaschen Wasser und eine halbe Schachtel Zigaretten. Sie hätte intensiver planen sollen, dachte sie, einschließlich eines Einkaufs im Supermarkt, neuer Kleidung und einem zusätzlichen Tag im Fitnesscenter.

Wer hätte aber auch gedacht, dass ein kleines privates Spiel mit einem Dutzend Spielern so lange dauern würde, bis feststand, dass sie gewonnen hatte? Sie seufzte tief und hob ein langes Bein aus dem Badewasser, um es kritisch zu betrachten. Sie durfte sich nicht so lange hängen lassen, ganz egal, wie hoch der Pot stand, den es zu gewinnen gab. Noch ein Seufzer. Sie hatte eine Menge zu tun, ehe sie bereit war, Ray Torrington unter die Augen zu treten.

»Das Leben ist ein Pokerspiel«, sprach sie laut aus. Sie drückte die Zigarette aus und dachte über die erstaunliche Wahrheit ihrer Bemerkung nach. Du schlenderst durch die Welt, hast gerade eine Glückssträhne, und dann schanzt dir das Leben einen König zu. Gehst du aufs Ganze, oder ziehst du dich zurück und gibst dich mit dem kleinen Gewinn zufrieden, statt später als großer Verlierer dazustehen? Ah, und wenn du den Herz-König auf der Hand hast? Was machst du dann?

»Wenn du so bist wie ich, wirst du immer aufs Ganze

gehen.« Sie hatte wieder laut gesprochen. Verlegen rief sie ihre Katze Mitzu. Wenn sie mit der Katze redete und sie ihr antwortete – was Siamkatzen gern tun –, würde sie sich nicht als völlig verrückte Frau vorkommen. Aber die Katze, die es sich wahrscheinlich im viktorianischen Sessel gemütlich machte, den sie beide für sich beanspruchten, ignorierte ihre wehleidige Stimme.

Musste man Mitleid mit ihr haben? Penny setzte sich entschlossen auf. Wasser schwappte über den Wannenrand, als sie die Hand nach dem Rasierschaum ausstreckte. »Überhaupt nicht«, beantwortete sie diese Frage. Sie war lediglich schon zu lange allein.

Abgesehen davon war sie eine Gewinnerin. Wenn sie am Pokertisch saß, kleidete sie sich wie eine zurückhaltende Frau. Lass mich in Ruhe, sagte ihr Blick, der von den zerzausten Haaren und den Killerstiefeln mit den Stöckelabsätzen noch verstärkt wurde. Sie waren die Hölle für ihre Waden, aber sie formten ihre Beine auf eine spektakuläre Art.

Ihre Strategie, sich als zäh und unnachgiebig zu verkaufen, brachte den zusätzlichen Bonus, dass sie ihre Gegner veranlasste, ihre Wachsamkeit zu vernachlässigen – schließlich war sie nur eine Frau. Penny wusste genau, was sie tat. Auch heute. Wieder einmal musste sie sich dem Anlass entsprechend kleiden. Nur, dass ihre heutige Rolle und die Etikette der Verführung einen ganz anderen Auftritt erforderten.

Eine halbe Stunde später ging sie aus dem Bad und ließ die Dampfschwaden hinter sich, intensiv gereinigt und bereit für eine Kopf-bis-Zehen-Massage. Ihre glänzende, kastanienbraune Mähne war quietschend sauber, und es gab kein einziges störendes Haar an ihrem Körper. Sie fühlte sich großartig, wie die perfekte Ausgabe einer exotischen Frau, die als echte Rothaarige durchging. Voller Ungeduld schritt sie ins Schlafzimmer.

»Beachte die durchsichtige Haut«, rief Penny dem Raum zu und warf ihr Badetuch auf den Sessel. Es landete beinahe auf Mitzu. »Entschuldige, Kätzchen«, rief sie, aber Mitzu war so nicht zu besänftigen. Sie sprang auf den Boden, schritt voller Verachtung vorbei, miaute klagend und ließ zum Schluss ein luxuriöses Gähnen hören.

Penny tupfte Augencreme auf und massierte eine andere Creme auf Gesicht und Hals. Sie rieb eine Feuchtigkeitscreme auf Brüste, Bauch, Po und Schenkel, dann setzte sie sich und massierte die Creme in die nackten Füße ein, besonders auch zwischen die Zehen.

Für Penny gab es nichts Größeres, als den Luxus der vielen unterschiedlichen Cremes, obwohl ihr bewusst war, dass die meisten voller Chemie steckten. Penny schaute auf die Uhr. Sie hatte noch viel Zeit.

»Hast du meine edlen Knöchel schon mal bemerkt?«, fragte Penny die Katze. Sie sprang auf die Füße und tanzte ein paar Schritte über den polierten Holzfußboden. Mitzu reagierte auf typische Siamkatzenart und gab zu verstehen, dass sie Pennys Knöchel natürlich längst bemerkt hatte.

»Ja, Mitzu, ich weiß, deine Knöchel sind auch ganz wunderbar«, sagte Penny in einem Anflug von Großzügigkeit.

Sie versuchte, mit gespreizten Fingern durch die welligen, nassen Haare zu fahren, und zog eine Grimasse. Manchmal kehrte der jugendliche Hass auf ihre Haare zurück. Sie gab ein paar Spritzer Haarfestiger dazu und verteilte sie sanft. Sie widerstand dem Versuch, einen Kamm durch die Wellen zu ziehen. Sie ließ die Haare am besten antrocknen, ehe sie mit so etwas Radikalem begann, wie eine Frisur hinzukriegen. Wie viele Rothaarige hatte sie die ersten Jahre irgendwie überstanden, und als Heranwachsende hatten die Komplimente begonnen. Viele Frauen sagten, dass sie für solche Haare töten könnten. Aber manchmal trieb es sie in den Wahnsinn, mit ihren Haaren etwas anzufangen, bevor sie aus dem Haus ging.

Das Telefon läutete. Penny hob den Hörer auf. »Hallo?«

»Leg nicht auf!«

»Wer ist da?« Verdammt, wieder ein obszöner Telefonanruf! »Hör zu, du kleiner Wichser …«

»Ich bin kein Wichser.« Der Mann am anderen Ende der Leitung unterdrückte ein Lachen. »Ich weiß nicht einmal, was das sein soll. Hier ist Bryce Stafford junior. Ich versuche schon seit einer Weile, Kontakt mit Ihnen aufzunehmen, aber erst jetzt habe ich Ihre Telefonnummer erhalten …«

»Von wem?«

»Oh, ich habe da meine Quellen.«

»Es ist zu früh für solchen Unsinn. Ich glaube keine Sekunde lang, dass ein großer amerikanischer Filmstar eine Pokerspielerin engagieren will, damit sie ihm das Spiel beibringt.«

»Dann schauen Sie doch mal aus dem Schlafzimmerfenster.«

»Ach, ein Spanner ist er auch noch.«

Er lachte laut auf. »Ich verspreche Ihnen: Schauen Sie aus dem Fenster, und Sie werden Bryce Stafford sehen. Ich hoffe, Sie erkennen mich.«

»Ich weiß, wie Bryce Stafford junior aussieht«, knurrte Penny. »Einen Moment.« Penny legte den Hörer aufs Bett, dann warf sie sich ein viel zu großes schwarzes T-Shirt über und zog am Saum, damit es auch ihren Po bedeckte. Sie nahm den Hörer mit sich, als sie zum Fenster ging.

Sie hob den Rollladen, und auf der Straße sah sie Bryce

Stafford junior in Lebensgröße in einem silbernen Porsche Cabrio sitzen. Er winkte ihr mit einer Hand zu. In der anderen Hand hielt er sein Handy.

Pennys berühmtes Pokergesicht kam ihr zunutze. Obwohl das Blut in ihren Schläfen pochte und das Herz plötzlich zu rasen begann, war ihre Stimme ganz kühl. »Hübsches Auto«, sagte sie.

»Danke. Lust auf eine Spazierfahrt?«

»Nein.« Penny starrte ihn immer noch an. Ihr kam es fast so vor, als schaute sie sich einen Film von ihm an. Wie er die Liebe seines Herzens in den ersten rosigen Stunden des Tages betörte. Nur irgendwie blöd, dass sie in diesem Film gelandet war, und keiner hatte ihr ein Drehbuch gegeben. Penny blinzelte rasch hintereinander. Er war immer noch da. Penny fragte sich, ob sie gestern Abend zu viel getrunken hatte. Das schien auch eine gute Frage für ihn zu sein. »Haben Sie Alkohol getrunken?«

»Keinen Tropfen. Ich weiß nicht, wie viel Sie über mich wissen, aber ich rühre keinen Alkohol mehr an. Nur Wasser und Kaffee.« Er griff nach irgendwas, dann hielt er einen Pappkarton hoch, auf dem zwei Plastiktassen standen. »Kaffee?«

»Hm.« Penny hörte auf, sich gegen die Wirklichkeit aufzulehnen, auch wenn ihr gesunder Menschenverstand ihr sagte, dass das alles unmöglich war. Bryce Stafford junior brachte ihr Kaffee nach Haus. Nach dem Pokerspiel war Penny so müde gewesen, dass sie direkt nach Hause gegangen war, ohne die Dinge einzukaufen, die für ihr Wohlbefinden so wichtig waren – Kaffee, Kaffeesahne und Schokolade. »Haben Sie auch Schokolade?«

»Ich habe gerade erst mit dem Trinken aufgehört. Natürlich habe ich Schokolade dabei.« Er öffnete das Handschuhfach. »Irgendwo hier muss eine Tafel Schokolade liegen.«

Penny lachte. Er schien kein Drehbuch zu benötigen. Er trug die Szene ganz allein. »Wo ist denn Ihr ganzes Gefolge?«

»Ich habe alle gefeuert. Das musste sein. Wie gesagt, ich habe gerade die Entwöhnungskur hinter mir. Selbst die Paparazzi wissen nicht, wo ich bin. Ich schwöre auf einen Stapel Karten, dass ich ein harmloser Bursche bin.«

Penny nickte. Nachdem er es erwähnt hatte, fiel ihr ein, dass sie eine Notiz über seinen Aufenthalt in der Suchtklinik gelesen hatte. Zum ersten Mal überlegte Penny, dass er echt sein könnte. »Das ist ein Ding«, stieß sie hervor.

»Bitte, lassen Sie mich zu Ihnen kommen. Ich verspreche auch, dass ich mich brav verhalten werde.« Bryce hatte eine angenehme Stimme, die süß wie Ahornsirup klingen konnte.

»Okay.« Was soll ein Mädchen auch sonst sagen?

»Ich will Ihnen nur ein Geschäft vorschlagen«, meinte er.

»Ich werde der Hausverwalterin sagen, dass sie Ihnen die Tür öffnen soll«, sagte Penny. Ein Geschäft vorschlagen? Das war nicht das, was Penny vorschwebte.

Der Kaffee war köstlich. Und aus der Nähe sah Bryce Stafford junior auch ganz köstlich aus. Er war groß und kräftig, hatte braune Haare und große, dunkelbraune Augen und den gepflegten Fünf-Uhr-Schatten, der bei manchen Männern wirklich sexy aussah und bei anderen gar nichts bewirkte.

Die Armmuskeln wölbten sich ein wenig, und die kurzen Ärmel seines engen, weißen T-Shirts schmiegten sich um den Bizeps. Wenn er redete, strich er gedankenlos über seine Bauchmuskulatur, manchmal über dem T-Shirt, manchmal auch mit der Hand darunter. Sie war nicht sicher, ob er ihre Aufmerksamkeit auf seinen Waschbrettbauch lenken wollte, oder ob es sich um eine maskuline Geste handelte, die sagte: Ich liebe meinen Körper.

Da der Schauspieler sie nun gefunden hatte, fragte sie sich, warum sie die Kommunikation mit ihm stets abgelehnt hatte. Auf einmal war es nicht mehr so unwirklich, mit ihm zu reden. Vorher hatte sie an einen Riesenulk geglaubt, den sich irgendeiner mit ihr erlaubte, deshalb hatte sie auch nie erwogen, die Anfrage ernst zu nehmen. Außerdem war sie keine Pokerlehrerin und würde auch keine werden. Aber es gefiel ihr, das einem Filmstar persönlich zu sagen.

Er streckte seine langen Beine aus und sah in seinen verwaschenen Jeans und den abgelaufenen Tretern bequem und selbstsicher aus. Er erzählte ihr von einem Skandal, in den er, eine Anzahl französischer Stripperinnen und eine für den Grammy nominierte Sängerin verwickelt waren, mit der er so gut wie verlobt war. Danach war er endgültig reif für die Klinik.

Penny presste ihre Knie zusammen und schlug die Füße unter ihrem Stuhl zusammen. Ihr T-Shirt, bestenfalls angemessen für einen Blick aus dem Fenster, schien beschlossen zu haben, an ihrem Leib immer höher zu kriechen. Sie nippte an ihrem Kaffee und lauschte intensiv, und wenn er eine Pause einlegte, ermunterte sie ihn, mehr von sich zu erzählen. Sie konnte am Kaffee nippen und stundenlang dieses fabelhafte und berühmte Gesicht anschauen.

»Ich weiß nicht, was Sie über mich wissen, aber ich wollte einiges von den Gerüchten über mich geraderücken«, sagte er.

»Nun, jetzt weiß ich eine Menge mehr über Sie, Bryce. Aber ich habe Ihr Angebot nicht wegen Ihrer Reputation abgelehnt. Ehrlich. Es ist nur – nun, Sie wissen nichts über mich, und das, was für Sie wichtig sein dürfte, heißt: Ich bin keine

Pokerlehrerin.« Die Schulter des zu großen T-Shirts rutschte den Arm entlang. Sie fühlte seinen Blick, noch bevor sie ihn auf ihrer Schulter wahrnahm.

»Ich weiß eins über Sie«, sagte er. »Sie haben eine unglaubliche Haut.«

Penny errötete. Sie dankte den Göttern, dass sie gerade das Eincremen abgeschlossen hatte, als er anrief. Sie hatte nur fünf Minuten Zeit gehabt, bevor er vor ihrer Tür stand, und die hätte sie gern mit Lidschatten und Lippenstift genutzt, aber der Rest ihres gesunden Menschenverstands hatte ihr eingegeben, dass sie die Zeit nutzen sollte, um ein Pessar einzusetzen. So war sie an diesem Morgen eine ungeschminkte und barfüßige Verführerin.

Penny konnte das Ausmaß seiner Attraktivität nur bestaunen. Der vertraute Beat baute sich in ihrem Bauch auf, das rhythmische Tattoo der Begierde. Sie hatte geplant, sie für später aufzuheben, für Ray, aber Bryce war eine zu große Herausforderung – selbst für ihre besten Absichten.

Bryce blieb am Ball. »Vielleicht könnten wir uns ja ab und zu treffen, und dann spielen wir Karten. Nichts Offizielles. Wenn Sie sich vorstellen könnten, so etwa fünf Stunden am Tag Zeit zu haben, und das zwei Wochen lang ...«

»Ich habe Ihnen doch schon gesagt, dass ich nicht zur Verfügung stehe.«

»Ja, gut, sagen wir vier Stunden am Tag ...«

»Übrigens – was ist mit Ihrer streng geheimen Hochzeit auf der Insel?«

»Aha! Sie haben also gelesen, was die Boulevardzeitungen über mich schreiben!«

»Jeder weiß, dass Sie an diesem Wochenende heimlich heiraten werden.«

»Ach? Tatsächlich?« Er funkelte sie an. »Nun, ich glaube

nicht daran.« Er rieb sich über den Bauch und seufzte. »Das wissen Sie jetzt als Erste.«

»Ehrlich, sollten Sie Ihre Zeit nicht lieber mit Ihrer Verlobten verbringen?«

»Wirklich? Also, ich weiß nicht. Nein, das ist nicht wahr. Anna weiß nicht, was sie will. Ich meine, sie wollte, dass ich aufhöre zu trinken, und ich habe aufgehört. Ich muss zugeben, dass ich heftig an der Flasche gehangen habe. Ich habe die Premiere meines neuen Films verpasst, weil ich in der Klinik war.« Er beugte sich vor. »Haben Sie ihn zufällig gesehen?«

»Ich gehe in letzter Zeit ganz selten ins Kino. Wie heißt er denn?«

»›Radar Man‹.«

Penny kicherte. »Nein, den habe ich nicht gesehen.«

»Filme über Superhelden kommen bei den Leuten an. Obwohl ›Radar Man‹ kein Erfolg ist.«

»Das tut mir leid, Bryce.«

»Ach, das macht doch nicht. Ich denke darüber nach, zurück auf die Bühne zu gehen – nein, richtig muss es heißen: Ich möchte auf der Bühne mein Debüt geben, denn ich habe nie Theater gespielt. Den Superhelden wollte ich aber fürs Kino machen, schließlich wird man sensationell gut bezahlt. Aber es erfüllt einen nicht unbedingt. Der künstlerische Anspruch ist nicht sehr hoch. Außerdem mutet man seinem Körper eine Menge zu.«

»Ich kann mir vorstellen, dass Sie in engen Strumpfhosen eine gute Figur machen«, sagte Penny.

»Ja, nicht schlecht«, gab Bryce zu, »aber ich wette, dass Sie besser darin aussehen würden.« Er grinste in seinen Kaffee. »Also, was sagen Sie? Sie betreuen mich ein paar Wochen lang, und dann sehen wir, ob wir zusammenpassen, okay?« Er warf ihr einen bittenden Blick zu.

»Ich glaube, Sie sollten erst einmal herausfinden, ob Sie heiraten oder nicht. Das muss doch Priorität in Ihrem Leben haben, Bryce. Und ist Poker der richtige Zeitvertreib für Sie, so kurz nach dem Aufenthalt in der Suchtklinik? Man kann auch süchtig nach Poker werden.«

Er lachte. »Das beunruhigt mich nicht. Ich kann mir die Sucht erlauben. Poker bringt einen nicht um wie Drogen oder Alkohol.«

»Das müssen Sie entscheiden. Aber ich habe schon vor langer Zeit entschieden, dass ich niemandem Poker beibringe. Ich halte nichts davon, dass Pokerspieler anderen das Spiel beibringen. Ich finde, Sie sollten viel spielen und vielleicht ein Buch oder zwei darüber lesen. Dann werden Sie immer besser, und bald schon werden Sie in der Prominentenrunde dabei sein.«

»Nein, nein.« Bryce beugte sich vor und tupfte zweimal auf ihr nacktes Knie, einmal für jedes Nein. Nach dem zweiten Tupfer hob er seine Hand, sie berührte ihre Haut nicht mehr, aber sie war so nah, dass Penny sich einbildete, seine Wärme zu spüren. »Sehen Sie«, fuhr er fort, »ich will kein Promipokerspieler sein. Ich will so sein wie Sie, ein richtiger Pokerspieler.« Jetzt nahm er ihre Hand, hielt sie fest und rieb den Daumen über ihre Handfläche. »In der Klinik habe ich begriffen, dass dieser ganze Promistatus mich vernichtet. *Ver-nich-tet*.«

Penny starrte ihn an, denn sein Blick war fast hypnotisch. Es war unglaublich, wie gut er aussah, viel besser als auf Bildern und auf der Leinwand. Wenn du ihn auf der Straße in London siehst, würdest du anhalten und rufen: »Himmel, du siehst so gut aus, du müsstest ein Filmstar sein!«

Kein Wunder, dass man ihm Millionen Dollar zahlte, damit er in Filmen mitspielte. Seine Intensität war erstaunlich. Seine

Augen waren so dunkel, dass sie fast wie Onyx aussahen, und sie funkelten. Nasser Onyx. Penny rutschte unruhig auf ihrem Stuhl herum. Spielte er ihr etwas vor? Er war jung, aber er war nicht so jung, vielleicht ein paar Jahre jünger als sie, drei- oder vierundzwanzig. Er war auch alt genug zu wissen, dass es schon gefährlich für ihn war, so einfach in eine Wohnung zu gehen. Sie zog ihre Hand zurück, aber er hielt sie fest. Wo sie sich berührten, an Fingerspitzen und Handfläche, entstand eine Elektrizität, die sie verdutzte.

»Ich glaube, dass die Prominenz das bisschen Talent, das ich als Schauspieler in mir habe, zerstört. Der so genannte Ruhm löscht auch alles aus, was zwischen Anna und mir hätte laufen können. Die Berühmtheit, die man wird, macht ein normales Leben unmöglich. Deshalb sage ich, dass die Prominenz mein Leben vernichtet.«

»Das muss schrecklich sein«, murmelte Penny. Sie war natürlich längst nicht so berühmt wie der Filmstar Bryce Stafford junior, aber ein gewisser Ruf hatte begonnen, auch ihre Freiheit einzuschränken. Sie fühlte sich nicht mehr so anonym wie vorher, selbst im Herzen von London nicht.

Sie hatte seit Jahren keine ernsthafte Beziehung mehr, und seit Monaten hatte sie nicht mehr mit einem Mann geschlafen. In ihrem Gewerbe fand sie es nützlich, von einem geheimnisvollen Schleier umgeben zu sein, deshalb lebte sie so zurückgezogen. »Ich verstehe«, sagte sie. »Ich selbst bin eine scheue Person, Bryce. Mir behagt nicht einmal der bescheidene Ruf, den man sich als Poker Champion erwirbt.«

»Das hört sich so großartig an. Poker Champion. Ich möchte auch einer sein. Die Schauspielerei ist so oberflächlich. Ich will etwas Richtiges unternehmen. Bringen Sie mir bei, wie man Karten spielt.« Bryce lehnte sich nach vorn, und seine Jeans-Knie berührten ihre nackten Knie. Sie konnte ihn riechen, sauber und würzig wie eine Moschuswolke, die zu Beginn der Dämmerung herangeweht war.

»Ich kann nicht. Es tut mir leid. Ich habe andere Pläne. Und Sie auch. Bryce, das Einzige, was ich tun kann, ist dies ...«

»Ja?« Er presste seinen vollen Mund auf ihren Handrücken. Dann sah er sie seelenvoll an, und ihre Nippel begannen zu prickeln.

»Man sagt, wenn man Sex mit einem Pokerspieler hat, kann es geschehen, dass sich sein Glück auf dich überträgt.«

»Tatsächlich?« Er versuchte, nicht zu lächeln, aber auf seinen Wangen bildeten sich zwei Grübchen.

»Ja.« Penny glitt von ihrem Stuhl auf seinen Schoß. »Aber diesen Spruch musst du schon mal gehört haben.«

»Nein.« Er wiegte sie auf den Knien und zog sie fest an sich heran. »Aber vielleicht ist es auch nur ein englischer Spruch. Wir in Hollywood sagen: ›Küss einen Filmstar am Morgen.‹ Kennst du den?«

»Nein, aber er gefällt mir.« Penny lachte. Sie küsste seine phantastischen Lippen. Sie fühlte, dass sie in seinem Mund schmelzen konnte, als wäre sie nur ein Riegel Schokolade, eigens für ihn geschaffen.

»Puh«, sagte er, als der Kuss endete. »Wir passen zusammen.« Er glitt mit einer Hand unter ihr T-Shirt. »He, kein Höschen! Du musst mich erwartet haben!«

»Sei still. Ich habe sonst immer ein Höschen an, aber ich habe gerade gebadet.«

Penny zupfte an seinem T-Shirt, bis es ihr gelungen war, es von seinen Armen zu lösen, bevor sie es ihm über den Kopf zog. Sie warf es auf den Boden. Er sah wie von einem Bildhauer geschaffen aus. Er musste ein Vermögen für Fitnesstrainer ausgegeben haben, um zu so einer Gestalt zu kommen. Sie strich mit den Fingerkuppen über seine Bauchmuskeln. Es war, als spielte man mit einer Harfe, die noch in der Verkleidung steckte. Kleine wohlige Schauer rieselten in ihrem Bauch. Oh, Mann, wie scharf sie auf ihn war!

Penny wand sich auf seinem Schoß. Sie schlang die Schenkel um seine Hüften und drückte ihren Mund auf seinen. Himmel, sie hatte nicht einmal Lippenstift aufgetragen. Aber seine Lippen waren so hungrig wie ihre. In seiner Gegenwart fühlte sie sich wie eine Sirene.

Unter dem T-Shirt legte er seine Hände unter ihre Brüste. »Hübsch«, murmelte er und nagte durch den Stoff an ihnen.

»Oh, Mann«, stöhnte sie und wölbte den Rücken. Ihre Brüste waren klein, aber dadurch wirkten die Nippel im Vergleich sehr groß und so lang wie das erste Glied ihres kleinen Fingers.

Penny drückte sich gegen den dicken Stoff des Hosenstalls. Wie lange war es her, seit sie zuletzt mit einem Mann geschlafen hatte? Sie hatte das Gefühl, die fünf Minuten nicht mehr warten zu können, die es dauern würde, bis sie ihm die Jeans ausgezogen und seinen Schaft hart und tief in sich aufgenommen hatte.

»Du bist heiß drauf, was, Penny?«

»Ja, bin ich. Komm schon, jetzt sofort.« Sie brabbelte immer weiter. Nie mehr, schwor sie stumm, würde sie es zulassen, derart ausgehungert nach Sex zu sein. Sie hatte ihre weiblichen Nöte viel zu lange ignoriert – und schau doch nur, wohin das führt, schalt sie sich. Ein gut aussehender Filmstar kommt vorbei, gibt ihr einen Kuss, grabscht an ihr herum, und sie wird halb verrückt vor Verlangen.

Er steckte den Kopf unter ihr T-Shirt und leckte über die linke Brustwarze. Er nahm sie zwischen Zähne und Lippen und zog sie in die Länge, bis sie die volle Größe erreicht hatte. Dann nahm er sich den rechten Nippel vor. Es ärgerte sie, dass sie sein berühmtes Gesicht nicht sehen konnte, aber das Gefühl seines Mundes auf ihren Brüsten hielt ihren Ärger im Zaum.

Penny zerrte an seiner Gurtschnalle. Sie war ihm so dicht auf dem Leib, dass sie nur mit einer Hand zwischen Hosenstall und ihrem Bauch arbeiten konnte. Er nutzte die Gelegenheit, seine Hände einzusetzen und zog ihr das übergroße T-Shirt über den Kopf.

»Schau dir diesen brennenden Busch an«, sagte er, als er ihre feuerwehrrote Pussy sah.

Penny kicherte.

»Wer hätte gedacht, dass ich an diesem Morgen eine echte Rote vor die Flinte kriege?«

»Zeig mir lieber, was du zu bieten hast, mein Filmstar.« Penny strich mit der Hand über seine Shorts, dann nahm sie die Beule in die Hand. »Hübsch«, sagte sie.

»Steck mich weg, Penny«, raunte er. »Nimm mich auf in deine warme Pussy, bitte.«

Er war so kräftig, wie er aussah, deshalb war es kein Problem, sich festzuhalten, während er sich leicht anhob, damit sie ihm Jeans und Shorts abstreifen konnte. Sie küssten sich, als fürchteten sie zu verdursten. Penny nahm ihn wieder in die Hand. Es schien, dass Bryce Stafford junior so heißblütig war wie sie und dass er keine Sekunde länger warten wollte.

Penny hielt sich mit den Fersen auf den Querstangen des Stuhls fest. Sie streckte die Knie und hob sich ein wenig von seinem Schoß hoch. Sie unterbrachen den Kuss und schauten nach unten. Ihre Schöße waren viel zu weit auseinander. Wieder hatte Penny das Gefühl, in irgendeinen Film gestolpert zu sein, obwohl dies hier keine Liebesromanze war.

Sie grinste Bryce lüstern an. »Besorg es mir auf der Stelle«, sagte sie.

Er ruckte mit den Hüften vor. Der dicke, nasse Kopf seines Schafts verschwand in ihr. »So warm«, stöhnte er.

»Ja!« Penny klammerte sich an seine Schultern. Sie ließ sich wieder in seinen Schoß fallen, und seine Hüften ruckten wieder vor. »Ja!«, schrie sie, weil ihre Leere seit langer Zeit noch einmal von hartem Männerfleisch gefüllt wurde. »Das tut so gut...«

Sie mahlte gegen ihn. Die Befriedigung, die sie vom ersten Moment an empfand, musste von der Urlust stammen.

Sie konnten nicht genug von ihren Küssen bekommen. Als wollten sie sich eine Intimität beweisen, drückten sie ihre Münder aufeinander, wann immer sie nicht nach Luft schnappten oder keuchten.

»Oh, oh...« Bryce hatte die Augen fest geschlossen. Er pumpte mit harten, heftigen Stößen in Penny hinein, und sie verstand nicht, wie lange er das noch durchhalten wollte. Aber er verfügte über eine erstaunliche Ausdauer und setzte seine ganze Kraft ein, wenn er sie an den Hüften packte und auf und ab schob.

»Oh, Baby, ja, ja...« Pennys Orgasmus durchzuckte sie wie ein Riss, der durch Seide geht.

»Ah, ah, ah!« Bryce kam in wuchtigen Zuckungen; er stieß immer noch tief in sie hinein. Dem Himmel sei Dank für junge Männer, dachte Penny.

»Du hast dir deinen Höhepunkt verdient«, raunte sie in sein Ohr und schlang ihre Arme um seine Schultern. Dann küsste sie ihn, bis er gekommen war.

Als sie beide nicht mehr keuchten und zuckten, hob er sie von seinem Schoß. »Puh«, sagte Bryce, »was war das denn?«

»Das war nichts als gut«, sagte Penny. Sie hob ihr schwarzes T-Shirt vom Boden auf und warf es über.

Er zog seine Jeans an, schloss den Reißverschluss und den

Gürtel. »Das kannst du ruhig laut sagen. Sex hat was, wenn man nüchtern ist.«

»Freut mich zu hören.« Penny öffnete den Kühlschrank. Sie griff nach einer Flasche Wasser und ließ es glucksend durch die Kehle fließen. Ihre Hände zitterten. Sie wollte ihm die Flasche reichen, aber er schüttelte den Kopf.

»Du willst mir also nicht beibringen, wie man Poker spielt?«

»Nein, ich möchte dir das Pokerspiel nicht beibringen.« Penny drückte die Kühlschranktür zu. »Aber ich gebe einer Kollegin von mir deinen Namen. Vielleicht nimmt sie dich als Schüler.« Sie holte eine Visitenkarte aus der Schublade und schrieb eine Nummer auf die Rückseite. »Hier hast du meine Karte. Lass mich wissen, was daraus geworden ist.«

»Hier hast du meine«, sagte er. Seine Hose war so eng, dass er sich strecken musste, um eine Hand in die Tasche stecken zu können.

»Übrigens, ich reagiere sonst nicht so«, sagte Penny und legte seine Visitenkarte auf den Schreibtisch.

»Ich auch nicht. Ganz egal, was du über mich gehört oder gelesen hast.«

Sie nickte. »Ich glaube, wir verstehen uns. Und weißt du was?«

»Ja?«

»Ich werde mir alle deine Filme ansehen, Bryce.«

»Das ist mehr, als ich erwarten kann.«

Penny musterte ihn von oben bis unten, als wollte sie sich jedes Teil von ihm einprägen. Sie hob sein T-Shirt vom Boden auf und warf es ihm zu. »Keiner braucht das hier zu erfahren, okay?«

»Ja, gut.« Er zog sein T-Shirt an. »Teufel, gut möglich, dass ich an diesem Wochenende heirate.«

»He! Das ist nicht das, was du erst vor ein paar Minuten gesagt hast!« Penny drohte ihm mit einem Finger.

»Ja, klar. Ach, ich weiß nicht. Vielleicht sollte ich das bald herausfinden.« Er sah sie verschämt an und hob die Schultern. Aber als er sich umdrehte und zur Tür ging, wirkte sein Schritt unbekümmert.

Penny musste lachen. Sie vermutete, falls es wirklich eine Hochzeit gab, würde die Ehe kaum die Flitterwochen überdauern. Bryce Stafford junior war ein Gauner, dem keine Frau über den Weg trauen sollte. Vielleicht dachte er über sie genau wie sie über ihn.

Als sie sich an der Tür mit einem Kuss voneinander verabschiedeten, waren sie nicht Filmstar und Poker Champion, sondern Bryce und Penny, zwei einsame Menschen, die sich für ein paar Stunden an einem Morgen in London gefunden hatten.

Achtes Kapitel

Heiße Körper wanden sich und pressten sich so fest zusammen, dass sie eine glitschige Einheit bildeten, die in Clubs auf der ganzen Welt als Samstagabendmeute bezeichnet wird. Lonnie konnte kaum atmen, aber das spielte keine Rolle, nichts spielte eine Rolle außer der Musik und den Lichtern und dem Gefühl von Haut auf Haut in der Öffentlichkeit.

Sie hatte schon lange ihr Cheongsam abgelegt und trug nur noch das purpurne Seidenhöschen und den passenden BH mit den Halbschalen. Und natürlich ihre Stöckelschuhe sowie die schwarzen Strümpfe. Sie war nicht im Geringsten gehemmt, im Gegenteil. Viele Gäste trugen noch weniger als sie, und außerdem gehörten sie hier dazu, eine schicke Gemeinschaft, die zum Beat der Musik pulsierte.

Links von Lonnie tanzte eine kleine, dralle Brünette, deren nackter Körper unter einem schwarzen Netz-Mikro-Kleid, das nicht einmal den Schein des Anstands wahrte, in alle Richtungen wackelte. Sie tanzte mit einer großen, ausgezehrten blonden Frau in Jungen-Shorts mit einem kurzen Hosenlatz.

Ein Paar junger Männer mit Ringellöckchen, falschen Wimpern und Lederhosen ergötzte sich an einem Paarungsritual, das nach strengen Regeln ablief – die Hände auf den Rücken und die Hüften nach vorn gestoßen.

Rechts von Lonnie tanzten ein Junge und ein Mädchen sehr eng zusammen. Ihre Hände griffen an den Po seiner blauen Seidenhose und kneteten seine Backen. Seine Hände hielten ihren kurzen plissierten Rock auf der Rückseite hoch und zeigten ihren perfekten Po und den Hauch von Seide zwischen den Backen.

Die Partei hatte sie gewarnt, dass Englands Kultur die dekadenteste im Westen, London seine Hauptstadt und Soho der dekadenteste Bezirk war. Sie war dankbar für die Warnung – ohne sie hätte sie vielleicht nie Absinthe gefunden, einen köstlich verruchten, verderbten Club, der nie schloss.

Lonnie bewegte sich schneller. Ihr Körper war wie ein Schemen. Das Lied, zu dem sie tanzte, hämmerte sich zu einem Crescendo hoch. Die gespreizten Beine gestatteten einen intimen Einblick, wenn sich jemand vor sie gekauert hätte. Aber zu ihrer Enttäuschung tat das niemand.

Mit schockierender Abruptheit hörte die Musik auf. Lonnie tänzelte auf der Stelle, drehte sich im Kreis und hielt nach ihren Begleitern Ausschau. Sie winkte, als sie alle zwölf an ihrem Tisch sitzen sah. Sie winkten zurück. Im Gegensatz zu ihren Freundinnen liebte Lonnie den Tanzboden. Aber ihr war wichtig, dass sie immer wusste, wo sich die anderen gerade aufhielten, und die anderen vergewisserten sich, dass es Lonnie gut ging.

Sudang schlängelte sich auf sie zu und hielt eine Plastiktasse hoch über seinem Kopf. Er war ein Thai, ein verrückter Kapitalist, der für eine Wohltätigkeitsorganisation arbeitete, bei der er einen Teil seines unglaublich hohen Gehalts ließ.

Aber er arbeitete hart dafür, genau wie Lonnie, und hinzu kam, dass sein dichtes Haar genau die blauschwarze Farbe hatte, die Lonnie bei einem asiatischen Mann liebte. Sie waren mal eine Weile zusammen gewesen, hatten sich dann aber in aller Freundschaft getrennt.

Er rief ihr etwas ins Ohr und hielt die Tasse an ihre Lippen. Der DJ war noch dabei, die nächste Runde zusammenzustellen, deshalb hätte sie Sudangs Worte verstehen können, wenn sie gewollt hätte. Gierig trank sie das flüssige Koffein, das zusammen mit dem Ginseng durch ihren Körper raste. Sie empfand eine Welle der Zuneigung für Sudang, weil er sich durch die Menge gekämpft und ihr den Energietrunk gebracht hatte.

Über ihnen wirbelten die Spotlights, die die Menge in wilde Farben hüllten, blau, grün und rosa. Laser blitzten aktinisches Blau, limonisches Grün und fast unsichtbares Zinnoberrot. Sudang stellte die Tasse ab, dann umkreiste er Lonnie und schob sich von hinten an sie heran. Als der elektronische Beat begann, pulsierte er durch ihre Fußsohlen, durch die Waden, Oberschenkel und Lenden. Das Pochen wurde Teil von ihr und trug sie mit. Da sie nun einen Partner hatte, gab sie sich den zuckenden Bewegungen des Dirty Dancing hin.

Sudang schlängelte sich gegen ihren Rücken. Er war schon so hart, denn sie spürte seinen Hosenstall zwischen ihren Pobacken; dabei hatten sie doch gerade erst begonnen, der geile Bock. Er legte die Hände auf ihre Hüften und zog Lonnie fest an sich heran. Er beugte sich vor und schrie wieder etwas in ihr Ohr.

Es war unmöglich, ihn zu verstehen, und sie war leicht verärgert, dass er es überhaupt versuchte. Er sollte wissen, dass sie nichts duldete, was sich zwischen sie und ihre Musik stellte. Sie hatte eine Ahnung, was er anregte, denn er kannte ihre Schwäche für Sex in der Öffentlichkeit. Er kannte alle ihre Lustpunkte, was gut war, und sie kannte seine, was nicht so gut war. Trotzdem, ihr Spiel mit Ray hatte sie mehr erregt, als sie gedacht hätte.

Sie löste sich von Sudang, dann tänzelte sie einen halben Schritt zurück, sodass sie sich noch fester an ihm reiben konnte. Er war nicht viel größer als sie, deshalb drückte sich ihr Po gegen seinen Schoß. Vielleicht war es das, was er ihr hatte sagen wollen. ›Erinnerst du dich, wie gut wir zusammenpassen?‹

Es stimmte, wenn er in sie eindrang, hatte alles genau gepasst, als ob seine Maße exakt für sie angefertigt worden wären. Vielleicht war das ihr Problem gewesen. Lonnie liebte das Gefühl, ein bisschen überwältigt zu werden. Aber ein perfektes Zusammenpassen musste besser sein, als einen Mann aufzunehmen, der viel zu groß war, oder? Sie erschauerte leicht, als sie sich an Länge und Umfang von Rays Penis zwischen ihren Füßen erinnerte. Es gab nicht viel, wovor Lonnie Angst hatte, aber auf einem solchen Apparat gepfählt zu sein, also, darüber musste sie nachdenken. Was war, wenn sie ihn gar nicht aufnehmen konnte?

Lonnie lehnte sich weit nach hinten und ließ sich von Sudangs Oberkörper und Beinen stützen. Er leckte den Schweiß von ihrer Schulter, dann badete er ihr Ohrläppchen mit seiner Zunge. Sie schüttelte sich, als er mit der Zungenspitze in ihr Ohr drang. Es gab so viele Stellen, die nur ein Mann erreichen konnte. Sie legte den Kopf schief und genoss.

Seine Hände umfingen ihre Taille, die Finger gespreizt, die Daumen auf den Rippen. Dort würden sie nicht lange bleiben, wusste sie. Und tatsächlich rieben seine Handflächen über ihre Brüste. Sudangs dünne Finger streckten sich nach ihren Nippeln aus, die gerade noch von der roten Spitze ihres purpurnen BHs bedeckt wurden.

Seine Nägel kratzten durch den Stoff über die Brustspitzen. Guter Mann! Vor langer Zeit hatte es mal einen Abend gegeben, als sie auf seinen Oberschenkeln gelegen hatte, die Brüste nur mit einem T-Shirt bedeckt. Sie hatten ein Spiel begonnen: Er sollte ihre Nippel sanft kratzen – und zwar so lange, bis er nicht länger an sich halten konnte und die Nippel zwicken musste, oder bis sie ihn darum anbettelte. Nach einer Stunde und vierzig Minuten, gerade als Lonnie ihn bitten wollte, hatten seine Finger ihr zartes Fleisch gequetscht. Der Schock hätte sie beinahe zum Höhepunkt gebracht.

Sudang ruckte unter ihr in eine Kimbo-Tanzbewegung, die sie von den Füßen holte, ihre Beine auf seinen muskulösen Oberschenkeln, der glühende Schaft zwischen ihren Backen. Es war belebend, diese Schwerelosigkeit zu empfinden, die ihr zusammen mit den wirbelnden Lichtern und der ausgefallenen Musik ein Gefühl gab, nicht von dieser Welt zu sein, was sie ganz entzückend fand.

Da sie nicht mehr auf dem Boden stand, konnte Lonnie ihrem Exhibitionismus noch ein bisschen mehr frönen. Steifbeinig hob sie ihre Füße auf Hüfthöhe und spreizte sie langsam. Die dünne Seide des Höschens war feucht geworden und schmiegte sich an die geschwollenen Schamlippen.

Selbst in einer Menge wie dieser wurde ihre lüsterne Zurschaustellung bemerkt. Drei Harajuku-Mädchen hatten sich bis zu Lonnie und Sudang durchgezwängt und bildeten jetzt ein schwankendes Kichertrio. So hübsch und niedlich, diese Mädchen, diese Gothic Lolitas. Sie mussten achtzehn sein, um überhaupt in den Club eingelassen zu werden, aber sie sahen wie verdorbene kleine Mädchen aus. Das war es natürlich, was ihre Verkleidung suggerieren wollte.

Wahrscheinlich waren nicht alle Japanerinnen, aber wegen der dicken Schminke konnte man nicht sicher sein. Lonnie hatte gehört, dass der Club viele Studenten aus dem pazifischen Raum anzog.

Eines der Mädchen trug ein Seemannskostüm, aber kein Seemann trug einen Minirock. Bei jeder Drehung des Körpers flatterte der Rock und ließ ihr pinkfarbenes Höschen sehen.

Ein anderes Mädchen trug die Parodie eines Nonnenhabits, ebenfalls mit Minirock, dazu lange Strapse, die ihre dunklen Strümpfe hielten. Auf einer kreidebleichen Wange war ein Kreuz aufgemalt, auf der anderen eine schwarze Träne.

Das dritte Mädchen war als Braut in weißem Satin und weißer Spitze verkleidet. Das Kleid ließ eine Schulter und ein Bein bis zur Hüfte frei. Sie hatte ihr Gesicht geschminkt, als wäre sie verletzt: ein Auge purpurn, das andere pink und schwarz. Lonnie fand das nicht sehr geschmackvoll.

Auf der anderen Seite gaben sich die drei bemalten Puppen sehr fröhlich und bewunderten die intime Haut, die Lonnie beinahe zeigte.

Ihre Füße berührten wieder den Boden. Sie drehte sich um und sah Sudang an. Er lehnte sich vor, bis sein Körper höchstens einen Zentimeter von ihrem entfernt war. Ihre Gesichter waren sich so nahe, dass der Schweiß von seiner Braue auf ihrer Wange tropfte. Sie schleckte den Tropfen mit der Zunge auf.

Sudang packte sie an den Hüften und hob sie an. Lonnie spreizte die Beine, und als Sudang sie wieder auf den Boden stellte, schlang sie die Beine um seine Hüften. Der dünne Satinschoß drückte gegen den Hosenstall seiner Jeans. Sie spürte ihn, starr und steif unter dem rauen Stoff.

Lonnie packte ihn an seinen Schultern und lockerte die Umklammerung seiner schmalen Hüften durch ihre Schenkel. Wie eine Reiterin auf einem trottenden Pferd schnellte sie gegen ihn. Ja! Ja! Das war ein erstaunlich direkter Angriff auf ihre Klitoris, wenn man bedachte, dass sie schließlich beide noch bekleidet waren.

Lonnie warf den Kopf zurück und verwischte absichtlich ihr Blickfeld, dass die Lichter und Körper und Gesichter alle zu Schatten verschmolzen. Ja! Ja! Die Gesichter der Harajuku-Mädchen, drei perverse kleine Puppen, starrten sie mit weit aufgerissenen Augen und offenen Mündern voller Ehrfurcht an. Wie niedlich!

Lange bevor es ihr recht war, packte Sudang ihre Hüften und korrigierte den Rhythmus, sodass sie wieder miteinander tanzten und nicht mehr gegeneinander. Er lehnte sich wieder zurück wie beim Limbo, und ihre Zehen berührten den Boden direkt neben seinen Füßen.

Die drei Mädchen schlichen sich etwas näher heran. Lonnie begriff nicht die Philosophie hinter den Harajuku-Mädchen – falls es überhaupt eine Philosophie gab. Vielleicht liefen sie auch nur einer Mode hinterher. Waren sie hinter Paaren her, oder interessierten sie sich mehr für Sudang? Gaben sie sich zufrieden mit dem Zuschauen, oder wollten sie selbst Teil der Action sein?

Lonnie hatte nichts dagegen, beobachtet zu werden. Aber wenn sie mehr wollten, würden sie enttäuscht sein: Lonnie hatte noch nie Sex mit einer Frau gehabt. Nicht, weil sie bisher noch keine Gelegenheit gehabt hätte oder weil die Partei das bestenfalls widerwillig duldete, sondern weil es ihrer Meinung nach sinnlos war.

Beim Sex ging es um die Begegnung der beiden Geschlechter. Was konnte sie schon mit einem Mädchen anfangen? Und warum sollte sie Sex mit einem Mädchen haben, das einen Gummischwanz umgeschnallt hatte, wenn sie Sex mit einem Mann haben konnte, der das Original in der Hose trug?

Sie traf Sudangs Blick. Er zeigte mit dem Kopf auf die Harajuku-Mädchen, als wollte er sagen: ›Was hältst du von ihnen? Sollen wir?‹ Aber er hielt den Blick auf Lonnie gerichtet. Er keuchte, und dann erst fiel ihr auf, dass sie auch keuchte. Sie griff in seine dichten Haare und zog seinen Kopf heran, damit sie ihre Lippen auf seinen Mund pressen konnte. Ihre Zungen tanzten in einem wilden, nassen Kuss zusammen, der erst endete, als sie keine Luft mehr bekamen. Die Harajuku-Mädchen hüpften vor Freude und Übermut.

Sudang und Lonnie schüttelten im gleichen Takt ihre Schultern und tanzten weiter. Obwohl Lonnie versuchte, sich auf ihren attraktiven Partner zu konzentrieren, mischte sich immer wieder die Neugier über die Motive der Mädchen in ihre Gedanken ein. Sie hatte noch nie ein Harajuku-Mädchen allein gesehen. Auch paarweise waren sie ihr noch nicht aufgefallen. Immer drei oder mehr. Wie fängt man an? Sie stellte sich vor, wie es bei ihr wäre, wenn sie Japanerin und vielleicht fünfzehn oder sechzehn wäre und sich gezwungen fühlte, sich wie eine Harlekin-Puppe oder wie eine Lumpen-Puppe zu verkleiden. Musste sie zuerst zwei Mädchen finden, die dieses Interesse teilten, bevor sie sich in ihrer Verkleidung in der Öffentlichkeit sehen lassen konnte? Und wenn ja, wie funktionierte die Absprache? Über das Netz? Gab es ein Schwarzes Brett mit Suchnachrichten wie ›Gothic Krankenschwester sucht Zombie-Prinzessin oder Geisha-Vampir, Dope ist okay, lesbisches Knutschen auch‹?

Lonnie kicherte bei diesen Vorstellungen. Sudang hob eine Augenbraue, und Lonnie schüttelte den Kopf – ihm den Grund für ihre Heiterkeit zu erklären, wäre zu kompliziert gewesen und bei dem Getöse völlig unmöglich.

Sudang führte sie zurück an den Tisch. Als sie sich näherten, streckten sich alle, als wollten sie zeigen, wie angeregt sie waren. Das geschah ihr zuliebe. Es gab niemanden am Tisch, weder Mann noch Frau, der nicht scharf auf Lonnie war. Drei der zwölf Anwesenden standen rangmäßig höher als sie, sieben waren älter und hatten sich den Respekt verdient. Aber alles das spielte keine Rolle.

Wenn man begehrt, gibt es keine hierarchische Struktur mehr. Der höchste Boss ist ein Sklave des geringsten Büromädchens, wenn er verrückt nach ihrem Körper ist und sie seinen nicht haben will.

Lo Song, Lonnies direkte Vorgesetzte, saß links von ihr und beugte sich zu ihr. Sie versuchte, ihr irgendwas zu sagen, aber Lonnie machte eine ungeduldige Geste, mit der sie zu verstehen gab, dass eine Unterhaltung unmöglich war. Außerdem wollte sie den Tisch der Harajuku-Mädchen im Auge behalten. Gut, Lo Song war offiziell Lonnies Boss, aber die Kraft von Lonnies Persönlichkeit verschob rasch die Verhältnisse. Jetzt beschränkte sich die etwas füllige Frau auf quengelige Fragen, wo kurze, knappe Befehle erforderlich gewesen wären.

Das Trio hatte den Tanzboden gleich nach Lonnie und Sudang verlassen. Sie konnte sie nicht beschuldigen, ihr nachzustellen, aber auf eine gewisse Weise waren sie Stalker. Sie zogen ihre Stühle alle auf eine Seite des Tischs, weil sie von dort einen ungehinderten Blick auf Lonnie hatten.

Sie bedachte ein Mädchen nach dem anderen mit einem langen, kühnen Blick, dann leckte sie sich langsam die Lippen. Die Mädchen begannen zu kichern und flüsterten sich gegenseitig etwas zu.

Lonnie spürte ein Gefühl von Macht. Sie stand nicht auf Mädchen, aber das konnten die drei nicht wissen. Sie brauchte nur anzudeuten, dass sie sie interessant fand, dann würden sie sich ihr zu Füßen werfen. Wenn sie nicht schon bis auf die Wäsche ausgezogen wäre, hätte sie ihnen ihren Slip zuwerfen können. Sie war nicht bereit, unten ohne zu gehen, vor allem nicht wegen Lo Song, aber der Gedanke ließ kleine Schauer über ihren Rücken laufen.

Alle drei kleinen Lieblinge beäugten sie offen und begannen nun ihrerseits, ihre Lippen zu lecken. Solche Bewunderung sollte nicht unbelohnt bleiben. Lonnie wandte sich an Sudang. »Gib mir dein Jackett.«

Er warf ihr einen Blick zu, der ihr sagte: ›Ich verstehe kein Wort.‹

Sie bezahlte mit einem Lächeln, als sie sein Jackett vom Rücken seines Stuhls hob und über ihren Schoß drapierte.

Lonnie wandte sich wieder an ihre Zuschauer. Sie starrte in die Augen der geschundenen Braut und schob eine Hand unter Sudangs Jackett. Die Braut stieß ihre beiden Freundinnen an, die Augen weit aufgerissen. Lonnie nahm die unanständige Nonne in den Fokus und warf ihr feuchte Küsse zu. Die Nonne nickte so eifrig, dass sie beinahe ihren Schleier abgeworfen hätte. Alle drei Mädchen hüpften auf ihren Stühlen und trieben Lonnie mit stummen Rufen an, die sie nicht verstehen konnte, aber sie schätzte, dass sie sagen wollten: ›Ja, zeig uns, wie du es dir besorgst.‹

Also tat Lonnie ihnen den Gefallen. He, das machte Spaß! Okay, Lonnie stand nicht auf Mädchen, aber diese drei jungen Dinger zu necken, das war wie die Masturbationsphantasie, die sie am häufigsten heranzog: Ein Dutzend Männer konnte ihr zuschauen, durfte sie aber nicht berühren, und alle rieben sich in einer Agonie der Lust.

Es kam ihrer Phantasie noch näher, als die Seemannsbraut mit der flachen Hand unter den Minirock griff. Dieses Mädchen verdiente sich eine Belohnung wegen seiner Hemmungslosigkeit. Lonnie richtete den Fokus auf sie. Die Erotik brodelte zwischen den fünf Metern, als gäbe es da eine elektrische Leitung. Das Mädchen in der Seemannstracht nickte Lonnie zu, während die Hand unter dem Mini rhythmisch hin und her rieb. Lonnie hätte nur so tun können, als reagierte sie auf die Befriedigung des Mädchens, aber das wäre irgendwie nicht richtig gewesen. Lonnie musste sich ein wenig nach vorn bewegen, damit die Begleiter am Tisch nicht alles sehen konnten. Jetzt beschrieb sie winzige Kreise um ihre Klitoris.

Die Lippen des Seemanns wurden weich und öffneten sich ein wenig, dann warf sie den Kopf in den Nacken. Das Mädchen hatte offenbar eine ganz kurze Leitung, wenn jetzt schon der Orgasmus einsetzte. Sie ruckte und zuckte. Also, wenn Lonnie mal versucht sein sollte, es mit einem Mädchen zu probieren, dann nicht mit Seemann, ganz egal, wie schön sie war. Lonnie liebte Sexpartner mit Ausdauer. Sie selbst war noch weit entfernt von einem Orgasmus, aber sie war tropfnass, und mehr konnte man unter diesen Umständen nicht erwarten.

Als der Seemann sich halbwegs erholt hatte, konnte sie sich wieder auf Lonnie konzentrieren. Lonnie winkte sie mit einem gekrümmten Finger heran. Neugierig erhob sich das Mädchen und ging auf unsicheren Füßen auf Lonnie zu. Ohne ein Wort nahm Lonnie die Hand des Mädchens, mit der es masturbiert hatte, und steckte sie in den Mund. Sie leckte die kleinen Finger ab und stellte fest, dass sie gut schmeckte. Sie reichte dem Mädchen ihre Hand zum Schlecken.

Sudang war natürlich nichts entgangen. Er wandte sich an Lonnie und gab ihr Zeichen. »Du, ich, sie, ihre Freunde? Sollen wir?«

Es war eine Schande, aber sie musste ihren guten Freund enttäuschen. Sudang hob die Schultern. Er hatte schon vor langer Zeit gelernt, dass es klüger war, sich nicht mit Lonnie anzulegen. Sie gab ihm sein Jackett zurück und ging allein zurück auf den Tanzboden. Irgendwo im Gewühl der Körper stieß sie auf ein Paar schöner schwuler Männer in engen Lederhosen. Sie waren ihr schon früher aufgefallen, aber sie waren so mit sich selbst beschäftigt gewesen, dass sie gar nicht wahrgenommen hatten, wie heftig sich Lonnie um einen Flirt mit ihnen bemühte.

Für Lonnie war das eine Herausforderung. Nur weil sie schwul waren, mussten sie doch gegen ihren Charme nicht immun sein, oder? Lonnie wusste es nicht genau, aber als der Beat der Musik einsetzte, war sie entschlossen, es herauszufinden.

Neuntes Kapitel

Penny stand in ihrem begehbaren Kleiderschrank und schob Hänger auf Hänger zur Seite. Zu sportlich, zu sexy, zu grell, falsche Saison, falscher Stoff, falsch, falsch, falsch! Mitzu stand neben ihr und miaute fröhlich. Penny fragte sich, ob sie verrückt wurde. Wieso hatte sie in ihrem Leben so viel erreicht, wenn sie kaum tragbare Kleider besaß?

Himmel, sie hatte keine Ahnung, was sie anziehen sollte. Ray hatte sie nie in Straßenkleidern gesehen. Jedes Mal, wenn sie bei ihm war, hatte sie sich mit Federn geschmückt oder mit Pailletten – oder sie hatte ihn nackt im Bett empfangen.

Vielleicht sollte sie sich für das weite, schwarze T-Shirt entscheiden, das sie auch getragen hatte, als sie dem netten Bryce Stafford junior begegnet war. Ihm hatte ihr Outfit gefallen. Penny unterdrückte einen mädchenhaften Kreischlaut, der durch die Erinnerung herauswollte. Sie quiekte nur, und Mitzu bedachte sie mit einem nachsichtigen Blick.

Nicht zum ersten Mal spulte sich das ganze Erlebnis noch einmal in ihrem Kopf ab. Sie hatte sich (zum Glück) gerade rasiert und eingerieben, als er angerufen hatte, und als sie sich meldete, hatte er gesagt: »Gehen Sie zum Fenster«, und so war sie ans Fenster getreten.

Das Problem war, selbst wenn sich der Film in Zeitlupe abspielte, dauerte er nur kurz. Wie lange war er in ihrer Wohnung gewesen? Zwanzig Minuten? Was hatte sie in dieser Zeit mit ihm angestellt?

»Ich war mit einem Filmstar im Bett«, sagte sie der Katze,

und die Katze miaute. »Ich weiß, Mitzu, sonst tue ich solche Sachen nicht, aber diesmal habe ich es eben getan. Wir müssen es also hinnehmen. Ich habe auch schon einen Plan. Ich vergesse, was geschehen ist. Dass ich es mit ihm getrieben habe, hat nichts damit zu tun, dass er ein Filmstar ist. Eher mit seinem guten Aussehen. Okay?« Mitzu miaute ihre Zustimmung.

Penny griff nach einem farbenfrohen Hemd und zog es über ihren Kopf. Sie betrachtete sich im Spiegel, stöhnte und zog das Hemd wieder aus. Sie hatte nichts anderes geschafft, als ihre Frisur in Unordnung zu bringen. Wütend floh sie aus dem Kleiderschrank.

Penny warf sich aufs Bett. Das Telefon lag noch da, wo sie es zurückgelassen hatte, nachdem sie die Hausverwaltung angerufen hatte, Bryce Stafford junior ins Haus zu lassen. Noch einmal ging sie das Geschehen des Morgens durch. Er war die Treppe hinaufgekommen, und sie hatten Kaffee getrunken, und sie hatte ihn mit den Augen bewundert, und er hatte ihr schöne Augen gemacht.

Tatsächlich hatte er schöne Augen, klare, feuchte schwarze Teiche, und sie hatte gesagt, es brächte Glück, eine Pokerspielerin zu vögeln, und er hatte gesagt, Glück hätte man auch, wenn man morgens einen Filmstar küsst.

»Himmel!« Sie wälzte sich übers Bett und dämpfte ihren Schrei durch das Kissen. Sie hielt das Telefon mit einer Hand umklammert und hielt sich mit der anderen Hand zurück. Oh, verdammt, sie wollte unbedingt jemandem von ihrem Erlebnis erzählen, aber sie und Bryce hatten vereinbart, dass dies ihr gemeinsames Geheimnis war, und sie war sicher, absolut sicher, dass Teil des quälenden Spaßes darin bestand, es weiter als Geheimnis zu hüten.

Außerdem gehörte sie nicht zu denen, die sich an Promis

heranmachten; sie war ein gutes Mädchen. Ein gutes Mädchen, das ein wohlgeplantes Abenteuer einging, das ihr mehr brachte als fünf Minuten heiße Lust – wenn sie sich nur entscheiden könnte, was sie anziehen sollte.

Nicht zum ersten Mal fragte sich Penny, ob Ray sie überhaupt erkennen würde. Es war lange her, dass sie sich im La Minx getroffen hatten, dem Club in Montreal, in dem sie seit knapp einem Jahr getanzt hatte an dem Abend, an dem er hereingeschneit kam, um ›Solidarität mit dem normalen Arbeiter‹ zu zeigen.

Penny grinste. Sie war damals auch nach kanadischen Gesetzen noch nicht volljährig gewesen. Gleich nach ihrem hervorragenden Abitur war sie über den großen Teich gehüpft und auf die Füße gefallen. Sie wollte schnell eine Menge Geld verdienen, und La Minx wollte ein sexy Mädchen haben, das gut und gern tanzte – sie waren füreinander wie geschaffen. Jedenfalls sah es eine Weile so aus. Als Ray sich dann zeigte, war Penny schon nicht mehr so sicher gewesen.

Sie hatte eine strenge Hand gebraucht, und die hatte er ganz gewiss, auch wenn er immer wieder mal Anfälle von Melancholie erlitt, weil er seine große Liebe verloren hatte. Er zitierte Marx oder Lenin – er zitierte fast immer Marx oder Lenin –, und das Zitat, an das sie sich erinnerte, warnte vor sexuellen Beziehungen, weil sie sich der Solidarität in den Weg stellten.

Teufel, wieso konnte sie sich nach zehn Jahren noch an solche Sprüche erinnern und dann vergessen, Kaffee und Milch einzukaufen? Ihr Magen knurrte und erinnerte sie daran, dass sie auch Brot und Butter vergessen hatte.

Was sie nicht alles für einen saftigen Hamburger geben würde! Sie fragte sich, ob Ray immer noch Vegetarier war. Als sie sich kennen lernten, hatten sie beide kein Fleisch gegessen, eine von mehreren Übereinstimmungen, die sie glauben ließen, dass sie gut zusammenpassten, wenigstens für eine Affäre. Vielleicht war Ray inzwischen ein dicker, alter Mann geworden. Penny rieb sich über den flachen Bauch, als wollte sie ihren Hunger vergessen.

Sie hatten eine gute Zeit gehabt, Penny und Ray. Für sie spielte es keine Rolle, ob er sie liebte oder nicht, deshalb interessierte es sie auch nicht, dass er so viel Zeit mit der Partei oder für die Partei verbrachte.

Er sah gut aus, war witzig und anders, und was juckte es sie, dass er ab und zu mürrisch wurde, wenn er daran erinnert wurde, dass eine andere Frau ihm den Laufpass gegeben hatte? Er würde sowieso bald weg sein, war bei seinen Eltern untergekrochen und wartete, bis die Papiere eintrafen, damit er nach Kuba reisen konnte.

In der Öffentlichkeit war er ihr größter Fan. Ein paar süße Monate lang konnte sie in die Gesichter der lechzenden, geilen Böcke sehen, bis sie sein liebes, leuchtendes Gesicht entdeckt hatte. Sie wusste, dass in dieser bösen Menge ein Mann auf sie wartete, der ihr nur das Beste wünschte. Ja, im La Minx trank er sein Bier, flirtete mit den Mädchen und tat sich mit anderen Kerlen zusammen, wenn es galt, die Girls anzufeuern.

Aber privat, während der Nächte, in denen sie großartigen Sex genossen hatten, redete er mit ihr über die Notwendigkeit des Ausstiegs, bevor sie gezwungen wurde, mehr zu tun als nur zu tanzen. Oft fragte er sie: »Wie viel Geld brauchst du für deinen ernsten Start ins Leben?« Sie hörte seine Besorgnis noch jetzt, auch wenn sie im Laufe der Jahre den Klang seiner Stimme vergessen hatte.

Penny schritt entschieden zurück zum begehbaren Kleiderschrank. Sie blieb stehen und betrachtete sich im Spiegel von Kopf bis Fuß. Es war ein Trick, den sie schon einige Male angewandt hatte, wenn die Modekrise über sie hereingebrochen war. Ray war nie jemand gewesen, der sich für das Outfit interessiert hatte; er wühlte sich nur ungeduldig durch, bis er auf blanke Haut stieß. Er würde vermutlich gar nicht registrieren, was sie am Körper trug, eher würde er wissen wollen, was sie über den Krieg gegen den Terrorismus dachte.

Plötzlich fragte sie sich, ob es das Risiko wert war, ihn zu sehen. Ray war einer der wenigen Menschen, die wussten, dass das ›Feuer von London‹ einmal als exotische Tänzerin in einer Bar in der Downtown von Montreal gearbeitet hatte. Wenn die Boulevardblätter das erfuhren, würden sie wahrscheinlich noch irgendwelche Fotos auftreiben, und dann musste sie damit rechnen, dass die Medien sie als Hure brandmarkten.

Nun, wenigstens konnte Ray bezeugen, dass sie nie einen Penny von ihm genommen hatte. Sie hatte sogar darauf bestanden, dass sie die Hälfte des Taxipreises zahlte, wenn sie mit ihm in seine Wohnung gefahren war: Er brauchte alles Geld für Kuba, hatte sie immer gesagt. Das könnte nützlich sein, wenn ihre Vergangenheit mal ans Licht kommen sollte. Früher, bevor Poker ein Promi-Sport wurde, war ihr Leben viel einfacher gewesen.

Penny richtete sich auf. »Das Feuer von London«, flüsterte sie ihrem Spiegelbild zu. Sie nahm eine sexy Pose ein, und schon stieg ihre Stimmung. Penny liebte ihren Körper.

Sie nahm ihre Brüste in die Hände. Man konnte sie als klein bezeichnen, aber Penny hielt sie für zierlich oder niedlich. Jede Brust passte in eine Teetasse. Sie zog die Hände weg und überprüfte die Elastizität des Gewebes. Flott wie eh und je.

Auf den ersten Blick mochte es so aussehen, als wären die Warzen zu groß für ihre Brüste, aber sie wurden im Erregungszustand nicht steifer, als sie jetzt waren, aber sie nahmen dann eine tiefrote Farbe an. Mehr als einer ihrer Liebhaber hatte die Schönheit ihrer Brüste und Nippel bewundert.

Sie strich sich mit den Händen den flachen Bauch und tauchte dann hinunter in den frisch getrimmten Busch der flammend roten Haare. Was war es, was Bryce Stafford junior gesagt hatte? »Halleluja, der brennende Busch!« Sie grinste. Als sie jetzt die Ereignisse des Morgens wieder abspulte, hellte es die benebelten Ränder ihrer Erinnerung auf. Gut.

Bryce Stafford junior. So ein hübscher Junge. Stell dir mal vor, in seinem Alter schon die Suchtklinik durchlaufen zu haben und kurz vor der Hochzeit zu stehen. Sie fragte sich, was seine Verlobte sagen würde, wenn sie wüsste, was an diesem Morgen geschehen war.

Penny hob die Schultern. Sie schuldete Anna Francisca nichts, und außerdem hatten Bryce und sie Stillschweigen vereinbart. Zum Glück hatte sie das bis jetzt durchgehalten, und von nun an würde es ihr immer leichter fallen. Sie hatte ihm die Telefonnummer einer anderen Profispielerin gegeben, nicht so schön wie Penny, aber zugänglicher für solche Anfragen. Damit war er aus ihrem Leben, wahrscheinlich für immer.

Immerhin: Bryce Stafford junior war genau das gewesen, was sie gebraucht hatte, um ihre sexuelle Not zu stillen. Penny hatte diesen Teil ihres Lebens vernachlässigt – aus guten Gründen. Sie glaubte, dass die Abstinenz sie mit einer sexuellen Energie erfüllte, die sie besonders wachsam sein ließ. Nun hatte sie bei Bryce eine Ausnahme gemacht. Ein Schauer lief durch ihren Körper, ein Schauer von erinnerter Lust.

Sie wandte sich wieder ihren Kleidern zu, und die Erinnerung an den Morgen sorgte für einen neuen Schuss Selbstbewusstsein. Sie würde jetzt nach einem Outfit greifen, und damit würde sie Ray Torrington vom klugen Kopf bis zu den Kampfstiefeln nichts als Bewunderung abnötigen.

Zwei Alternativen wählte sie aus, entweder das schwarze Spandex-Kleid mit dem hohen Kragen und einem schönen Rautenausschnitt, der ihre Brüste ins beste Licht rückte, oder das kurze, weiße Chiffonkleid, das mit seinen sexy Metallschnallen wie eine Toga aussah. Es betonte ihren langen Hals, und über den Brüsten kreuzten sich die Stoffbahnen.

»Mitzu?«, fragte sie und hielt der Katze die beiden Kleider hin. Mitzu miaute. »Ja, das glaube ich auch«, sagte Penny, hängte das Spandex-Kleid zurück und ging hinaus. »Komm, Kätzchen«, lockte sie Mitzu, denn sie wollte sie nicht einschließen, wenn sie nachher aus dem Haus ging.

Sie brauchte eine Stunde, bis sie ihr rotes Haar in die Unterwerfung gezwungen hatte, und als sie das erreicht hatte, fiel es in glänzenden Wellen auf ihre Schultern, wo es bei jedem Schritt verspielt hüpfte. Selbst der lange Pony fiel ihr glatt in die Stirn und fiel wie gewollt über ihre Augen.

Danach lenkte sie ihre Aufmerksamkeit aufs Gesicht und sorgte dafür, dass die dunkelblauen Augen und der volle, rote Mund am meisten auffielen. Sie polierte das Rund ihrer Wangen und ihre Lippen mit einem rosigen Puder.

Nach reiflicher Überlegung beschloss sie, weder BH noch Strümpfe zu tragen. Das einzige Wäschestück, das sie trug, war ihr neues, gazeartiges weißes Höschen, mit niedlichen Rüschchen verziert. Sie besprühte sich generös mit einem dezenten Cologne und warf sich das weiße Chiffonkleid über den nackten Körper. Der Stoff schmiegte sich genauso an ihre Haut wie vorher das Parfum.

Es war noch ein wenig früh, deshalb setzte sie sich aufs Bett und genoss ein paar Züge aus der Zigarette, von der sie schwor, dass es die letzte des Tages sein würde.

Es sei denn, dass Ray noch rauchte. Es gab ihr einen Kick, sich vorzustellen, dass sie beide nach dem Sex eine Zigarette teilten, wie sie es viele Male in den paar Monaten gehalten hatten, ehe er so abrupt verschwand.

Als sie das Haus seiner Eltern angerufen hatte und erfuhr, dass seine Papiere eingetroffen waren und er ohne Verabschiedung nach Kuba abgereist war, hatte sie den ganzen Nachmittag geheult. Ein paar Wochen später hatte sie eine Ansichtskarte aus Kuba erhalten. In seiner unleserlichen Handschrift hatte er ihr irgendetwas mitgeteilt. Sie hatte sich vorgenommen, ihn bei der nächsten Begegnung zu fragen, was er ihr geschrieben hatte, aber dazu war es nie gekommen. Vielleicht würde sie ihn heute Abend fragen.

Mitzu schmiegte sich an Pennys nackte Beine. »Liebe Mitzu«, sagte Penny, tief in Gedanken, und kratzte die Katze hinter den Ohren und unterm Kinn. Auf dem Boden schimmerte ein Lichtstreifen, der durch die Spitzengardinen fiel. Draußen schien die Sonne.

»Ich werde dir noch einen Grund sagen, warum das Leben wie ein Pokerspiel ist. Du wartest und wartest, und manchmal spielst du, und dann wartest du noch etwas länger, bevor du wieder spielst, und bevor du es registrierst, ist viel Zeit vergangen. Verstehst du, was ich meine? Und du fragst dich, ob du dein Leben vergeudest, wenn du dich zu einem Spiel hinsetzt … oder ob es genau umgekehrt ist.«

Mitzu wurde vom Quast am Ende der Schnur abgelenkt, die von Pennys Taille nach unten hing, deshalb war sie nicht wirklich am Thema interessiert. Vielleicht verzichtete sie auch auf einen Kommentar, weil sie mit Pennys Metapher nichts anfangen konnte. Penny seufzte. Sie nahm noch einen Zug aus der Zigarette und zog den Quast aus der Reichweite der Katzenpfoten.

Das schwarze T-Shirt, das sie am Morgen getragen hatte, lag zerknautscht auf dem Boden. Erst vor ein paar Stunden hatte Penny kichernd festgelegt, dass sie es ihr Glücks-Shirt nennen würde. Aber jetzt sah es vereinsamt aus, gar nicht glücklich. Was stimmte nicht mit ihr, dass sie eigentlich wichtige Dinge so schnell vergaß?

Penny schüttelte den Kopf. Es war ihre Idee gewesen, Bryce an die Wäsche zu gehen, genau wie Ray zu überraschen und nicht einen Termin für ein Treffen abzustimmen. Er liebte Überraschungen, hatte er gesagt, damals, als er gerade mal Ende zwanzig gewesen war. Er hatte auch gesagt, dass ihn nichts mehr überraschte. Wenn er damals schon abgestumpft war, musste er heute für die kleinste gute Nachricht dankbar sein. Und das war sie doch, oder? Eine gute Nachricht.

Aber sie konnte nicht verhindern, dass ihr eine kleine Stimme ins Ohr flüsterte: »Und was ist, wenn er das nicht so sieht?« Sie ignorierte die Stimme, was hätte sie auch sonst tun können? Sie zog an ihrer Zigarette und blies den Rauch wieder aus, der zur Decke stieg und verschwand.

Abrupt drückte sie die Zigarette aus. Sie steckte ihren Vorrat in ein goldenes Etui und ließ es in die Handtasche rutschen. Ihre Füße schlüpften in Schuhe mit metallischen Goldabsätzen, dann neckte sie Mitzu, indem sie mit einem Schuh über den Rücken der Katze strich. Mitzu, längst dem verspielten Alter entwachsen, legte sich aber gleich auf den Rücken und streckte alle Glieder von sich. Sie erwartete, dass Penny ihr den Bauch kraulte – und Penny erfüllte die Erwartungen der Katze.

»Man lebt und lernt«, murmelte Penny. Vielleicht hatte sich ihr Glück gewandelt, was Männer betraf. Wenn sie es richtig anstellte, würde sie nach dieser Nacht den Jackpot in Händen halten.

Zehntes Kapitel

Der Balkon von Victorias Hotelsuite in Park Lane zeigte nach Westen, sodass Ray vom Kaffeetisch aus Green Park sehen konnte, während er seine zweite Tasse Kaffee genoss und Victoria drinnen irgendwelche Dinge zu erledigen hatte. Der gestrige Abend war phantastisch gewesen.

Er wusste nicht, welcher Moment ihm der wertvollste war, vielleicht sein Höhepunkt, als er über Lonnies Füßen gekommen war, oder sein Erlebnis in der Nacht mit Victoria. Es bereitete ihm Spaß, in Gedanken von einem Ereignis zum anderen zu gehen und wieder zurück, während er den Kaffee in der Morgensonne genoss.

Durch die Glastüren des Balkons konnte er Victoria sehen, wie sie ernst und nachdrücklich mit ihrem enttäuschten Londoner Anwalt redete. Ihre kleine schwarze Lesebrille und der strenge Dutt am Hinterkopf ließen sie wie die perfekte Sekretärin aussehen. Vielleicht hoffte sie, dass er, Ray, später den ›grausamen Boss‹ spielte, der es der ›hilflosen Sekretärin‹ gnadenlos besorgen würde, aber er zweifelte daran.

Oh ja, er hätte ihren Po gern versohlt, aber ihre Herzinsuffizienz bereitete ihm Probleme. Lieber auf der sicheren Seite sein, als es später bereuen müssen.

Er könnte der Unterhaltung lauschen, wenn er wollte, denn er hatte eine Tür einen Spalt breit offen gelassen, als er auf den Balkon getreten war. Tatsächlich hatte er auch ein paar Minuten zugehört, bevor er das Interesse an ihren finanziellen Erörterungen verlor. Aber offenbar war Victoria in der Tat eine sehr wohlhabende Witwe.

Beim Frühstück fiel ihm wenigstens zweimal auf, dass sie sich zurückhalten musste, um ihn nicht zu fragen, ob er sich zur Reise nach Kuba entschlossen hatte. Er hätte ihr gern geantwortet, aber wie immer fiel es Ray sehr schwer, sich auf etwas festzulegen, was so weit in der Zukunft lag wie morgen. Er hatte Dinge zu tun! Er hatte immer das Gefühl, etwas Wichtiges vergessen zu haben. Außerdem konnte heutzutage hinter jeder Ecke ein Terrorist lauern, der darauf aus war, das Leben unschuldiger Menschen wie Ray und Victoria zu beenden.

Selbst wenn er jetzt nachgab und zustimmte, Victoria zu begleiten, würden sie vielleicht nie das Flugzeug verlassen können. Es konnte Naturkatastrophen geben, Unfälle und Aneurysmen, und dann gab es auch noch ihr krankes Herz zu berücksichtigen – wenn er denn unterstellte, dass ihre Aussagen stimmten. Nein, es war albern, sich um den morgigen Tag zu sorgen, wenn der heutige gerade erst begonnen hatte.

Ray wusste, dass dies eine verrückte Macke von ihm war. Er benutzte sie nicht als Ausrede, jedenfalls heute nicht mehr, und sie hinderte ihn auch nicht, sich zu Treffen oder Konferenzen zu verabreden, also Dinge, die mit seiner Arbeit zu tun hatten.

Aber es würde ihm sehr schwerfallen, ihr zu sagen: »Okay, machen wir Urlaub auf Kuba. Die Obdachlosen können noch ein paar Wochen ohne Dach überm Kopf leben.« Heute Morgen, als er versucht hatte, bei Victoria Verständnis für seine Situation zu wecken, hatte sie ihm eine neue Geschichte aufgetischt: Sie wollte auf dieser Reise Fakten finden, die ihr helfen würden, ihre Wohltätigkeiten genauer einzusetzen. Beinahe hätte er laut gelacht. Ganz egal, welche Summe sie für was und wen auch immer spendete, sie war nie eine im sozialen Bewusstsein verankerte Frau gewesen. Dafür war sie viel zu eigensüchtig.

Im Gegensatz zu anderen hatte Ray nichts gegen eigensüchtige Frauen einzuwenden. Sie waren meistens gut im Bett. Der weibliche Gegenpart von ihm. Bereite deiner Partnerin eine unvergessliche Nacht, und sie wird sich revanchieren. Es war schade, dass nicht jeder so ein geradliniges Konzept begriff.

Ray hörte einer Weile Victoria und ihrem Besucher zu. Victoria hatte eine sehr angenehme Stimme. Die Zahlen, mit denen sie um sich warfen, hörten sich so an, als wäre Victoria mindestens eine Multimillionärin. Wenn man dann noch ihr gutes Aussehen bedachte und die Tatsache, dass sie sexuell stark harmonierten, musste er ein Narr sein, wenn er die Reise nach Kuba nicht zu den Flitterwochen nutzte.

Die Vorstellung, von den Einkünften eines kapitalistischen alten Mannes zu leben, konnte Ray nicht abschrecken. Das hast du davon, du Kapitalistenschwein. Jetzt gehe ich mit deiner Frau ins Bett. Es lebe die Revolution. Ray grinste vor sich hin und trank den letzten Schluck Kaffee.

Das Zimmermädchen kam aus dem Bad und trug Reiniger und einen Haufen Hand- und Badetücher. Sie hatte glänzende, schwarze Haare und einen cremigen Teint und leicht schräg stehende Augen. Ganz sicher nicht die typische englische Rose. Ray sah ihr zu, wie sie den Reinigungswagen zur Tür der Suite schob. Selbst bei dieser Arbeit sah sie noch anmutig aus. Unter ihrem dunklen Rock und dem weißen Hemd verbarg sich ein biegsamer Körper. Selbst ein nur oberflächlich interessierter Beobachter hätte ihre Kurven gesehen, und Ray war nie ein nur oberflächlicher Beobachter von Frauen. Er warf einen Blick auf Victoria, und natürlich hatte sie sein Interesse am Zimmermädchen bemerkt. Verdammt. Er hasste es, so leicht durchschaubar zu sein.

Ray stand vom Tisch auf und trat an das Geländer des Balkons, wobei er dem Innern der Suite absichtlich den Rücken zuwandte. Er war plötzlich verlegen, dass er sich in seinem Morgenmantel in Victorias Zimmer herumtrieb. Wie ein Überbleibsel der vergangenen Nacht. Das gefiel ihm nicht.

Ray fühlte, wie etwas gegen seinen Schenkel vibrierte. Eine blecherne, elektronische Version von ›We Shall Overcome‹ drang an seine Ohren. Er fischte rasch sein Handy aus der Tasche des Morgenmantels und meldete sich leise.

Der unerwartete Klang der Stimme am anderen Ende der Leitung ließ seine eigene Stimme undeutlicher werden. Er versuchte, auf das überraschende Angebot zu reagieren, musste sich aber zuerst räuspern und probierte es dann noch einmal.

Eine halbe Stunde später trat Ray aus dem Bad, geduscht und gestriegelt, angezogen und gut gelaunt. Er pfiff eine fröhliche Melodie vor sich hin, aber daraus wurden bald Pfiffe der Bewunderung, als er bemerkte, dass der Anwalt gegangen war. Und an seiner Stelle stand eine stattliche Frau mit dem Aussehen und der Figur eines Models. Ein keckes, kleines weißes Schwesternhäubchen saß auf dem Kopf, mit Nadeln in der kastanienbraunen Haarpracht befestigt.

»Was ist denn …?« Rays Erstaunen über die Anwesenheit der unerwarteten Besucherin steigerte sich noch, als sie den Gürtel öffnete und den Trenchcoat auszog und darunter die klassische weiße Tracht einer Krankenschwester zeigte, weißer Rock und weiße Bluse. Aber dieser Rock war recht kurz, und der V-Ausschnitt der Bluse war etwas tiefer als bei den gängigen Krankenschwestern und schmiegte sich wunderbar an die üppigen Kurven.

»Ich hoffe, ich bin nicht zu spät.« Sie hatte einen russischen Akzent. Sie schaute auf die Uhr, die an einer Halskette hing, dann ließ sie die Uhr zufrieden fallen. Sie blieb neben einem blauen Namensschild hängen, das sie als Veruschka Tartelova, diplomierte Krankenschwester, auswies.

»Jetzt begreife ich!« Ray grinste breit. »Victoria, meine hübsche Puss, du hast dich selbst übertroffen! Victoria und Veruschka, oh, wie lecker!« Er zwinkerte ihr zu.

»Hör auf, Ray, du bringst dich nur in Verlegenheit. Veruschka ist meine private Krankenschwester. Erinnerst du dich, dass ich sie erwähnt habe?« Victoria sah ihn streng an.

»Aber du hast nicht gesagt, dass sie mehr wie eine Stripperin aussieht und überhaupt nicht wie eine Krankenschwester.«

»Ich meine das ernst, Ray«, tadelte Victoria ihn. Sie wandte sich an Veruschka. »Es tut mir leid. Er ist Ray Torrington und scheint den Grund deines Besuchs falsch zu interpretieren.«

»Vielleicht sollte ich lieber Ihre Temperatur messen und nicht die Victorias«, sagte Veruschka und stellte ihre schwarze Tasche aufs Bett.

»Das kommt darauf an, welche Art von Thermometer Sie benutzen. Da ich Victoria kenne, verwenden Sie bestimmt kein Thermometer, das unter die Zunge geschoben wird.«

»Ja, richtig.«

»Ich wusste es!«, gluckste Ray.

Veruschka öffnete ihre schwarze Tasche und kramte darin herum, bis sie ein elektronisches Thermometer herausnahm.

»Ray.« Victorias Stimme klang kühl. »Schaufle dir dein Grab nicht noch tiefer. Veruschka ist tatsächlich meine Schwester.« Sie legte eine kurze Pause ein, als Veruschka das Thermometer sanft ins Ohr schob, dann fuhr sie fort: »Ich habe ihre Dienste über Silver Shield Services hier in London in Anspruch genommen. Sie sind auf die Betreuung von Privatpatienten spezialisiert – gegen ein stattliches Honorar natürlich. Aber wenn du zugehört hast, als ich mit dem Anwalt geredet habe, weißt du, dass Geld kein Problem für mich ist.«

Das Thermometer piepste. Veruschka zog es aus Victorias Ohr und las das Ergebnis ab. Ihre dünnen, schwarzen Brauen hoben sich. »Die Temperatur ist zu hoch.«

Ray starrte immer noch auf die Frau. »Du bist echt eine Krankenschwester?« Ihm fiel die Kinnlade nach unten.

»Ich versichere Ihnen, Mr. Torrington, dass ich echt bin, hundertprozentig.« Veruschka warf ihm einen dunklen Blick zu. »So ...« – ihr russischer Akzent sprach es als ›zo‹ aus – »soll ich Ihnen die Temperatur messen?«

Ray schüttelte den Kopf. Er war rot im Gesicht geworden, aber das lag an seiner Verlegenheit und hatte mit Fieber nichts zu tun. Er hatte sich lange nicht mehr so peinlich verhalten.

»Veruschka wird mich jetzt untersuchen, Liebling. Möchtest du dabei helfen?«

»Was immer ich tun kann.«

»Kannst du meine Herzmedizin bringen? Ich möchte der Schwester gern zeigen, wie viele Tabletten ich noch habe.«

»Ja, Ma'am.« Er verdrückte sich ins Bad.

Ray war mehr als froh, den beiden Frauen für eine Weile zu entkommen. Verdammt. Er hatte die Frau, die er stets dominiert hatte, Ma'am genannt und eine diplomierte Krankenschwester mit einer Hure verwechselt. Schlimmer konnte es nicht kommen. Vielleicht sollte er ihr die Tabletten bringen und sich dann aus dem Staub machen. Schließlich hatte er eine Verabredung, die er auf keinen Fall verpassen wollte.

Im Spiegel sah er einen Jungen mit schamrotem Gesicht. Ray wischte sich mit einem der vielen Tücher, die das exotische Zimmermädchen ausgelegt hatte, durchs Gesicht.

»Mach langsam, Junge«, mahnte er sich. »Sieh die Sache doch mal gelassen.« Richtige Krankenschwestern sahen nicht so gut aus, oder? Er erinnerte sich an die Schwester, die ihn nach einem Armbruch versorgt hatte. Sie war ihm als Schönheit in Erinnerung geblieben, aber damals war er jung gewesen, vielleicht zwölf Jahre alt. Sie hatten ihm eine Spritze gegen die Schmerzen gegeben. Hatte er deshalb eine Anmut und Lieblichkeit gesehen, die es in Wirklichkeit gar nicht gab?

Ray nahm die Schutzkappe von einem Glas und füllte es mit Wasser. Wenn er jetzt an die Zeit dachte, als er ein kleiner Junge war, würde ihm das in der jetzigen Situation nicht helfen. Dass Veruschka so hinreißend aussah, sagte noch nichts über ihren Beruf aus.

Er schluckte das Wasser und sah sich im Bad um. Das niedliche Zimmermädchen hatte ihn wirklich beeindruckt, und sie ging ihrem Job gründlich nach: Das Bad war makellos sauber. Er schüttelte den Kopf, als müsste er Klarheit gewinnen.

Veruschkas Tracht war altmodisch, aber der Rock war kurz. Richtige Krankenschwestern tragen ihre Kleidung nicht so eng, sie tragen überhaupt keine Tracht mehr, oder? Das mochte bedeuten, dass sie doch nicht echt war. Es sei denn, der exklusive Service, für den sie arbeitete, stellte diese Tracht für die Mitarbeiter zur Verfügung. Und es war auch möglich, dass der Service seine Mitarbeiter nach dem Aussehen auswählte. Irgendwie würde das einen Sinn ergeben.

Ray griff nach den Tabletten. Im Spiegel sah er, dass seine blassblauen Augen vor Erregung glänzten. Die Situation war unvorhersehbar, und das allein war schon aufregend genug. Nie würde er jetzt die Suite verlassen. Manchmal war es gut, dass man lebte. Verdammt gut!

Als er die kleine Flasche mit den Tabletten Veruschka gab, ignorierte sie ihn und konzentrierte sich auf die Flasche. Sie schürzte die Lippen und zählte die verbliebenen Tabletten ab. Sie betrachtete ihre Patientin, die jetzt im Bett lag, das Laken bis zum Kinn hochgezogen, mit einem Stirnrunzeln.

»Du hast heute Morgen keine Tablette genommen«, sagte Veruschka anklagend.

Victoria senkte den Kopf. »Ich habe den ganzen Morgen mit meinem Anwalt reden müssen.«

»Anwälte!«, schnaufte Veruschka auf eine nicht sehr damenhafte Weise.

»Aus welchem Teil Russlands kommst du?«, fragte Ray. Er zog sich einen schlanken Lederstuhl heran und setzte sich. Falls es eine Show geben sollte, wollte er in der ersten Reihe sitzen. Und wenn es keine Show gab – nun, er hatte ja angeboten, auf jede erdenkliche Art zu helfen. Vielleicht würde Veruschka eine weitere Aufgabe für ihn finden.

»Moskau. Sie haben ein gutes Gehör, Mr. Torrington. Ich lebe jetzt seit fünf Jahren in England – es sind die besten fünf Jahre meines Lebens.« Veruschka schüttelte eine Tablette aus der Flasche in einen kleinen Pappbecher und reichte ihn Victoria, dann reichte sie ihr ein Glas Wasser, das auf dem Nachttisch stand.

»Oh? Macht Russland keinen Spaß mehr, seit der Eiserne Vorhang fiel?«

»Ach, Unsinn. Die Sowjetunion war viel schlimmer. Ich bin glücklich, dass ich mein eigenes Geld verdiene und es so ausgeben kann, wie ich will. Sobald ich herauskommen konnte, habe ich es getan, obwohl ich mich immer noch über die medizinischen Neuigkeiten informiere, die aus Moskau bekannt werden.« Sie legte sich das Stethoskop um den Hals.

»Aber sicher haben die Kommunisten für die Bevölkerung auch viel Gutes bewirkt ...« Rays Stimme ebbte ab, als er sah, dass sie die Stöpsel in ihre Ohren steckte.

Victoria stellte das Wasserglas ab und unterdrückte ein Lachen. »Lass sie ihre Arbeit verrichten, Ray«, sagte sie. Sie schob das Laken bis zur Taille und enthüllte ihre großen, cremigen Brüste, die von den schwarzen Satinhalbkörbchen kaum gehalten werden konnten.

Veruschka rieb die Metallscheibe des Stethoskops mit den Fingern, um sie zu wärmen, bevor sie sie auf Victorias Haut drückte. »Tief einatmen«, wies sie sie an. Sie lauschte intensiv, und die dunklen Brauen wuchsen wieder zusammen, als sie die Stirn so attraktiv runzelte. Sie nahm ihre Pendeluhr wieder in die Hand, dann musste sich Victoria auf die Seite legen, und Veruschka drückte die Stethoskopscheibe auf den Rücken und lauschte wieder genau.

»Du wirkst schwach«, erklärte sie dann und warf einen langen, dunklen Blick auf Ray, der an sich halten musste, um nicht den Kopf zu senken.

»Aber ich habe gut gefrühstückt, nicht wahr, Ray?«

»Obst und Cornflakes. Auch Saft.« Ray rutschte auf dem Stuhl herum. Diese russische Krankenschwester beunruhigte ihn auf mehrere Arten. Warum hatte er bisher nicht bemerkt, wie stark sie die Wimpern geschminkt hatte? Wahrscheinlich hatte er sich zu sehr auf die dünne Linie der dunklen Brauen konzentriert. Oder auf ihre großen, grauen Augen, in denen sich ihre Seele zu spiegeln schien. Ihr Blick war umwerfend.

Veruschka wandte den Blick von Ray und ließ ihrer Patientin wieder die volle Aufmerksamkeit zukommen. »Ich glaube, es ist die Folge zu großer Anstrengungen. Vielleicht zirkuliert das Blut nicht so flüssig, wie es sollte. Hast du Schmerzen?«

»Ein wenig«, gab Victoria zu.

Veruschka beugte sich über ihre schwarze Tasche. Ray bewunderte die Umrisse ihres knackigen Pos, der sich an die dünne Baumwolle des Rocks schmiegte. Man konnte nicht sehen, dass sich ein Höschen darunter abzeichnete, was wahrscheinlich bedeutete, dass sie einen Tanga trug.

Sie konnte keine richtige Krankenschwester sein! Er rutschte wieder von einer Backe auf die andere, und seine Erektion zuckte. Bei ihm zirkulierte das Blut jedenfalls ziemlich flüssig.

Victoria kicherte. Ray sah sie an. »Du bist einmalig«, sagte er. Seine Stimme klang warm und voller Bewunderung, und sie hob nur elegant die Schultern.

Veruschka zog ein Paddel aus ihrer Tasche und legte es aufs Bett. Sie schob das Laken noch weiter nach unten. Victoria war nackt bis auf einen winzigen Satintanga und den passenden BH. Veruschka ließ ihre Hand kreisen, und Victoria drehte sich um und kniete sich.

Ray sprang vom Stuhl hoch. »Ich wusste es!«, rief er, stellte sich hinter Veruschka und nahm ihre Backen in beide Hände. »Phantastisch!«

»Ich muss doch sehr bitten, Mr. Torrington!« Veruschka wich zurück, um seinen Griffen zu entkommen. Ihre Augen waren so zum Kampf entschlossen wie die einer Kriegerin. »Dies ist eine russische Technik zur Beseitigung von Schmerzen, und außerdem hilft sie bei der Blutzirkulation. Haben Sie noch nie davon gehört?«

»Nun hört schon auf«, stöhnte Ray, aber zur gleichen Zeit fiel ihm ein, dass er mal irgendwas darüber gelesen hatte.

»Bitte, Ray«, murmelte Victoria.

»Glauben Sie, dass ich solche schrecklichen Schuhe tragen würde, wenn ich das wäre, was Sie offenbar glauben?«, fragte Veruschka.

Tatsächlich hatte Ray ihre weißen Strümpfe bemerkt und die stabilen weißen Schuhe. Er hob beide Hände, als wollte er kapitulieren und ging zu seinem Stuhl zurück, hilflos angesichts ihrer grimmigen Entschlossenheit. Im Bett musste sie ein absoluter Tiger sein.

Ray legte die Hände in den Schoß und zeigte ihr seinen unschuldigsten Blick. Sie knurrte und begab sich wieder an die Arbeit.

Veruschka baute schweigend einen Kissenstapel vor ihre Patientin, dann drückte sie Victorias Kopf nach unten auf die Kissen, ihr Gesicht zu Ray gewandt. Sie strich mit einer Hand über Victorias Rücken und ließ sie auf der angehobenen Rückseite liegen. Ihre Hand hob und senkte sich auf Victorias linker Pobacke.

Wenn die Handfläche auf Victorias Haut traf, gab es einen klatschenden Laut – ein Geräusch, das Ray seit vielen Jahren nicht mehr gehört hatte. Er seufzte und verharrte auf seinem Platz. Wenn der Anblick nicht so verführerisch gewesen wäre, hätte er die Augen geschlossen, so entzückt war er, das Geräusch wieder zu hören.

Veruschka war eine Expertin auf diesem Gebiet, das stand für ihn schon nach den ersten Klatschern fest. Sie nahm sich die Backen abwechselnd vor, und wenn die Hiebe auch nicht als zart bezeichnet werden konnten, so waren sie doch keineswegs grausam. Veruschka war zufrieden mit dem leuchtenden Pink der Backen, die eben noch alabasterweiß gewesen waren. Erst jetzt griff sie nach dem Paddel.

Ray sah die Tränen in Victorias Augen. Er bedachte sie mit einem besorgten Blick, und sie reagierte kichernd und mit einem wackelnden Po.

»Bleib in dieser Position«, befahl Veruschka. Diesmal war ihr Zorn gegen die Patientin gerichtet. Victoria hörte auf, mit dem Po zu wackeln.

»Diese Technik ist besonders bei passiven Menschen anzuraten, wie bei meiner Patientin hier«, sagte Veruschka. Sie rieb das glatte Holz des Paddels mit der Hand, drehte es um und achtete darauf, dass beide Seiten gewärmt wurden. »Manchmal sind sie in ihrer Natur so träge, dass man sie verhauen muss, bevor sie wach sind. Und natürlich führt es dazu, dass Endorphine ausgeschüttet werden, die dem Patienten helfen. Weiten sich ihre Augen schon?«

»Ja, sehr«, antwortete Ray.

Victorias Augen hatten die Farbe eines schattigen Teichs im Sommer angenommen. Sie hatte den Mund leicht geöffnet, und sie fuhr sich reizvoll über die Lippen. Victoria schien sich schon halb im Unterbewussten zu befinden.

»Es ist sehr befriedigend, einen Patienten auf dieses Plateau der Erleichterung zu bringen, ohne Drogen anzuwenden«, erklärte Veruschka. »Finden Sie nicht auch?«

»Ja, natürlich.« Ray nickte. »Aber ich sorge mich um ihr Herz. Hält sie das durch?«

»Keine Sorge. Es hört auf zu schlagen, wenn ihre Zeit gekommen ist. Bis dahin sollte sie alles haben, was sie möchte.«

»Ich will das Paddel«, murmelte Victoria, bevor Ray etwas sagen konnte.

Veruschka lächelte das erste Mal, es war ein breiteres Lächeln, als Ray sich vorgestellt hatte. »Was sagst du?«, knurrte sie Victoria an.

»Bitte, Schwester, Sie müssen meinen Arsch mit dem Paddel versohlen.«

»Das hört sich doch schon besser an.« Veruschka hob den rechten Arm, und dann brachte sie das Paddel klatschend auf Victorias Po.

Victoria kreischte, ein Geräusch, das Anzahl und Heftigkeit der nächsten Schläge nicht beeinflusste.

Rays Erektion richtete sich steif auf. Er widerstand dem

Impuls, sich weiter vorzubeugen, um einen besseren Blick auf Victorias Po zu erhaschen, denn dann hätte er ihr Gesicht nicht sehen können und auch Veruschkas entschlossene Grimasse nicht, während sie zehn, zwölf, achtzehn feste Hiebe austeilte. Ray stieß die Luft aus, als Veruschka das Paddel fallen ließ. Ihm wurde erst jetzt bewusst, dass er die Luft angehalten hatte.

Victorias Gesicht war nass von ihren Tränen.

»Braves Mädchen«, lobte Veruschka. »Kommen Sie näher, dann können Sie besser sehen«, sagte sie zu Ray.

Er stand auf und stellte sich neben sie. Die Hiebe hatten beide Backen in ein flammendes Rot getaucht.

»Hübsch«, sagte er. »Aber keine Striemen.«

»Die sind bei meiner Behandlung auch nicht erforderlich«, sagte sie lächelnd. Sie beugte sich über Victoria. »Bis zum nächsten Mal«, flüsterte sie und küsste Victorias gerötete Wange.

Victoria streichelte Veruschkas Gesicht. Sie war so voller Endorphine, dass sie sich mehr flüssig als fest fühlte. »Du wirst immer meine liebste Schwester bleiben, Veruschka«, wisperte sie, und Veruschka beugte sich noch einmal hinunter und küsste sie wieder auf die Wange. »Musst du jetzt schon gehen?«, raunte sie ihr zu.

Veruschka nickte. »Ich habe mich für meinen nächsten Termin schon verspätet. Darf ich mich im Bad ein bisschen frisch machen?« Dann war sie auch schon verschwunden.

Ray starrte ihr nach, dann schaute er schuldbewusst auf seine Uhr. Er zog seine Schuhe an. Victoria lag bäuchlings da, so voller Glückseligkeit, dass sie nichts bemerkte.

»Du warst ein tapferes Mädchen«, sagte er und strich mit den Fingerkuppen über ihre Pobacken.

»Die anderen Schmerzen sind nicht mehr da«, murmelte

Victoria. Sie schien dicht vor dem Einschlafen zu sein. Das wäre am besten für sie. Und für ihn.

Veruschka kam aus dem Bad. Sie zog sich den Trenchcoat an und zog den Gürtel stramm. »Ich bin dann weg«, sagte sie.

»Darling«, flüsterte Victoria, der es gelang, verführerisch und mädchenhaft zugleich zu klingen, »kannst du Veruschka zur Tür bringen und dann zurück ins Bett kommen?«

»Ja, sicher. Aber ...« – Ray folgte Veruschka zur Tür – »ich bringe deine Krankenschwester gern zur Tür, Victoria, aber ich fürchte, danach muss ich auch weg. Es ist was dazwischengekommen ...«

»Was?« Victoria quälte sich in eine sitzende Position. »Du willst weg? Wohin denn?«

»Ich ... eh ... Ich habe einem Freund, also ein paar Freunden versprochen, dass ich sie zu ein paar Sehenswürdigkeiten bringen werde. Nun, unter uns, ich glaube, es wird eine ausgedehnte Stadtrundfahrt werden. Du weißt ja, wie das ist.«

»Das kann nicht dein Ernst sein! Ray, was ist mit der schönen roten Farbe? Sie könnte schon verblasst sein, wenn du zu spät zurückkommst.«

»Ich werde nicht so lange wegbleiben, das verspreche ich dir. Aber jetzt muss ich los.« Ray schob Veruschka aus der Tür und zog sie hinter sich zu, bevor der erstaunte Blick auf Victorias Gesicht sich zu Ärger verzog – oder schlimmer noch, bevor sich das Gesicht unter ihren Tränen auflöste.

Elftes Kapitel

Eine graue Limousine kurvte dicht an ihr vorbei, als sie an der Ecke von Regent Street und Oxford Street stand. Plötzlich hielt das Auto an, und die Beifahrertür wurde geöffnet. Ray zog sie in das angenehm gekühlte Wageninnere. »Spielverderber!«, rief sie, als sie in seinen Schoß fiel.

Lonnie trug einen Minirock aus Jeansstoff mit einem Ledergürtel, der fast so breit wie lang war. Cowboystiefel passten zum Gürtel, während ihr Top ein fast durchsichtiges Stück aus türkisfarbener Seide und Tüll war. Ihre Handtasche, auch aus dem Leder des Gürtels, war so schwer, dass sie drohte, zu Boden zu sinken. Sie wand sich auf seinem Schoß, und er schlang seine Arme um sie. Der Mann hatte vielleicht Nerven!

»Der ganze Klunker zieht dich runter«, mokierte sich Ray.

»Das hat nichts mit Klunker zu tun.«

»Nein? Was ist das denn?«

Lonnie rutschte wieder in seinem Schoß herum. Etwas Großes rührte sich in seinen Khakis. Sie versuchte, seine Arme abzuschütteln, aber er hielt sie im Griff. »Klunker sind Ringe und alles, was glänzt. Ich trag nur Leder und das Zeug, mit denen man Schnallen herstellt.«

»Silber?«

»Nein. Eher Zinn, glaube ich. Oder Stahl.« Sie rutschte weiter auf der Suche nach der süßen Stelle in seiner Hose. »Ich wollte, dass du mich und meine Freunde auf einer Bustour durch London begleitest.«

»Für das, was ich mit dir vorhabe, brauchen wir keinen

Bus.« Ray grinste sie an und drückte ihre Taille. »Nicht mal oben in einem Doppeldecker.«

»Pfui.« Lonnie schüttelte den Kopf. »Ich dachte immer, Sex in der Öffentlichkeit sei prima.«

Die gläserne Trennwand zwischen Fahrgästen und Fahrer fiel Lonnie sofort auf. Jetzt drückte Ray auf einen Knopf, der zusätzlich eine undurchsichtige Wand hochfuhr, sodass sie total unter sich waren. Er schmiegte sich an sie und küsste ihre nackte Schulter. »Wie ist das mit dir und dem Exhibitionismus?«

»Ich weiß es nicht.« Lonnie hob die Schultern. Die Küsse fühlten sich gut an. Allmählich entspannte sie sich. »Weißt du immer, warum dir bestimmte Sachen gefallen, sexuell, meine ich?« Ray dachte darüber nach, dann fügte Lonnie noch hinzu: »Was magst du sexuell?«

Lonnie wand sich, bis sie gespreizt auf Ray saß. Sie mahlte gegen seinen mit der Khakihose bedeckten Schoß und ritt ihn zur Erektion. Ein heißer Kick rann durch ihren zierlichen Körper – er war so groß, wie sie ihn in Erinnerung hatte.

Ray schlüpfte mit einer Hand zwischen ihre Körper, weil er den Reißverschluss öffnen wollte, aber sie legte ihre zarten Finger auf sein Handgelenk. »Warte.«

»Ich hoffe«, wisperte er, »dass du mich nicht wieder so auf die Schnelle abfertigst wie zuletzt.«

»Okay.«

»Versprochen?«

»Versprochen.«

Er zog seine Hand zurück. »Was willst du?«

»Schau mal«, rief sie. »Buckingham Palace!«

Ray tat ihr den Gefallen und schaute durchs Fenster auf den Palast. »Ein zutreffendes Beispiel für den unersättlichen Appetit der Monarchie für den Exzess.«

»Ich weiß. Aber sieht er nicht wunderbar aus?«

Ray lachte und fuhr mit den Händen durch ihre tintenschwarze Mähne.

»Ich sage dir, was ich will, okay?« Lonnie grinste ihn an. Ihre Erregung ließ ihre dunkelbraunen Augen spitzbübisch funkeln. »Sage dem Fahrer, er soll umdrehen und dann so langsam wie möglich noch einmal am Palast vorbeifahren. Und ich versuche, dir dabei einen zu blasen.«

»Versuchen?«

Lonnies Wangen erröteten. »Mein Mund ist nicht so groß.«

»Hast du Angst vor meinem Schwanz?«

»Ein bisschen.«

»Wie viel ist ein bisschen?«

Sie hob die Hände, bis zwischen ihnen eine Lücke von fast zwanzig Zentimetern entstand. »Etwa so viel.«

Ray stieß ein lautes, tiefes Lachen aus, das offenbar ansteckend wirkte, denn Lonnie lachte mit. Als er wieder sprechen konnte, drückte er auf einen Knopf und sagte: »Fahrer, tun Sie alles, was die Lady sagt.« Er nickte ihr zu.

»Bitte fahren Sie noch einmal am Palast vorbei, aber ganz langsam, wenn's geht«, wies sie ihn an.

Die Limousine gehorchte. Lonnie drückte gegen Rays Brust, und er ließ sich zurück in die gepolsterte Bequemlichkeit der Rückbank fallen.

»Da du es dir nicht hast nehmen lassen, diese sündhaft teure Limousine anzuheuern, um mich zu verführen«, sagte sie, »sollten wir auch alles mitnehmen, was wir kriegen können. Was hältst du von Champagner?«

Victoria entdeckte das Handy in der Tasche von Rays Morgenmantel, der an einem Haken im Badezimmer hing, als es gerade aufhörte zu klingeln. Das war schon gut so, denn es enthob sie der Entscheidung, ob sie sich melden sollte oder nicht. Jetzt hatte sie wenigstens etwas von ihm, für das er zurückkommen würde.

Er war ein schrecklicher Mann. Nur ein schrecklicher Mann konnte sie mit ihrem glühend heißen Po zurücklassen. Eigentlich mussten die Endorphine fließen wie brennende Lava, bis sie in einen Orgasmus mündeten, der einem Vulkanausbruch glich. Wusste Ray das nicht? Natürlich wusste er das! Victoria war nicht sicher, ob sie Ray küssen oder killen wollte, aber ihr gefiel, dass sie die Wahl hatte!

Sie barg ihr Gesicht in den Falten von Rays Frotteemantel und atmete tief ein. Kein Mann roch wie ein anderer. Ray roch nach Seife und Wasser, nach einem Hauch von Cologne und nach ganz viel Ray. Sie atmete aus. Sie würde eben ein bisschen länger warten müssen. Victoria warf einen Blick in den Spiegel und sah ihr zu bedauerndes Bild, wie sie sich an einen leeren Morgenmantel schmiegte. Es war doppelt peinlich, wenn man allein war und etwas peinlich fand. Dieser verdammte Kerl! Dieses Wochenende brachte das Ende ihrer Obsession – so oder so. Entweder begleitete er sie auf ihre Reise, oder diese Beziehung war für immer beendet.

Victoria rieb die Wange gegen den Frotteemantel. Für den Moment würde sie seine dünne Ausrede glauben, warum er sie verlassen musste. Sie würde geduldig sein und auf ihren Mann warten. Sie atmete noch einmal tief ein, dann trat sie zurück und wog sein Handy mit der Ledertasche in ihrer Hand. Er wird zurückkommen. Bis dahin würde sie sich selbst amüsieren.

Penny fühlte sich unbehaglich, als sie in der großen Halle des Plaza Hotels stand. Sie trieb sich in der Nähe der Aufzüge herum und trat von einem Fuß auf den anderen. Dann brach eine große Gruppe von Konferenzteilnehmern in die Halle ein, und jeden Augenblick rechnete sie damit, dass jemand sie erkannte und unbedingt ein Autogramm und ein paar Pokertipps von ihr haben wollte. Penny schreckte nicht vor der wachsenden Popularität zurück, aber sie kam ihr ungelegen. Schließlich war sie kein Mitglied des Königshauses und auch kein talentierter Künstler.

Aber immer häufiger kam es vor, dass sie und die anderen erfolgreichen Pokerspieler als Athleten betrachtet wurden, was Penny nun wirklich schwer verdauen konnte.

Nun, die Spielgewinne zahlten ihre Rechnungen, und wenn man Poker jetzt als Sport ansah, war das besser als die frühere Einstellung, dass es sich um eine Sucht handelte. Penny atmete tief ein, zog den Bauch ein und streckte sich. Die Aufzugtüren öffneten sich.

Bevor die Menschen die Kabine verlassen konnten, stürmten die flegelhaften Konferenzteilnehmer heran und drückten, schoben und zwängten sich in den Aufzug.

»Zum Teufel«, schimpfte Penny, die sich plötzlich unsichtbar vorkam und gar nicht mehr wie ein Promi. Ein Ellenbogen quetschte ihre Brust, und sie wankte rückwärts, wurde wütend und rief: »Verdammte Hölle!«

Eine kräftige Hand schloss sich um ihren Ellenbogen, dann wurde sie in den schützenden Schatten eines großen, schwarzen Gentlemans geführt. Er trug eine kunstvoll bestickte Dashiki und einen kleinen, ebenfalls bestickten Hut auf dem Kopf. Penny blickte in freundliche, braune Augen.

»Wir nehmen den nächsten«, sagte er in einem tiefen, melodischen Bariton. Er trat zur Seite und zog sie mit sich, und der

Aufzug fuhr ohne sie nach oben. Ob er sie kannte oder nicht – jedenfalls erkannte sie ihn.

Da Ray nicht da gewesen war, wo er hätte sein sollen, wollte Penny herausfinden, wo er sich aufhielt. Vielleicht versteckte er sich ja auf seinem Hotelzimmer, allein oder mit jemandem. Er ging auch nicht ans Telefon. Penny wusste, dass sie auf einem schmalen Pfad wandelte – hier war es noch die ›Ex-Geliebte, die ihn überraschen will‹, aber da war sie schon ›die Frau, die ihrem Ex keine Ruhe ließ‹. Und jetzt war auch noch ein gut aussehender Mann ins Spiel gekommen. Kein Ritter in glänzender Rüstung, sondern ein König.

»Das Feuer von London«, sagte er. »Ich bin Chief Nobatu.« Er legte den Kopf schief und gab ihr zu verstehen, dass er vor ihr die Kabine betreten sollte, die gerade angehalten hatte.

»Chief?«

»Keine Sorge, ich bin in dieses Amt gewählt worden.« Sein Lächeln war sinnlich und freundlich. Offenbar freute er sich, ihr begegnet zu sein. »Wohnen Sie im Hotel?«

Penny trat in den Aufzug, und er folgte ihr. »Nein«, antwortete sie, fügte aber nichts mehr hinzu. Er betrachtete sie bewundernd und ohne lüsternes Grinsen, eher wie man eine kostbare griechische Vase bewunderte. Da Penny noch keinen Knopf gedrückt hatte, legte er den Daumen auf die Zwanzig, und nach einem Moment schlossen sich die Türen.

»Ich glaube, es ist Ihnen nicht unbehaglich, allein mit mir zu sein. Ich versichere Ihnen, dass nichts Schlimmes geschehen wird.«

»Wie schade«, antwortete Penny und schaute zu Chief Nobatu hoch. Mann, sah er exotisch aus! Jede Zelle ihres Körpers öffnete sich für ihn. Sie war dankbar und erregt zugleich, eine sehr berauschende Mischung, die sie schon spürte, als sie die Kabine betrat und die sie dann auch zu der provozierenden Bemerkung verleitet hatte.

»Oh?« Er lachte laut, dann schlossen sich die Türen vor ihren lächelnden Gesichtern.

Ray schaute nach rechts und nach links und prägte sich die Bilder der Gebäude ein, an denen sie vorbeifuhren. Von seiner Position aus, die Füße auf die Rückbank weit auseinandergestellt, und Kopf und Brust durch das Schiebedach im Freien, hatte er einen perfekten Tribünenplatz, um an diesem sonnigen Tag einige Londoner Sehenswürdigkeiten zu genießen.

Wenn er direkt nach unten schaute, war die Aussicht auch nicht schlecht: Lonnie leckte an seinem besten Stück, als wäre es ein Eis am Stiel, das zu schmelzen drohte.

Aber es war nicht in der Gefahr zu schmelzen und auch nicht in der Gefahr zu explodieren. Er hatte das Gefühl, das ewig so aushalten zu können. Nicht, dass Lonnie sich nicht bemühte – ganz im Gegenteil. Es war so phantastisch mit ihr, dass er so lange wie möglich durchhalten wollte.

Es hatte einen kurzen Moment gegeben, nachdem sie ihn so platziert hatte, wie es für sie am bequemsten war, und seinen Reißverschluss geöffnet und die Erektion herausgeholt hatte, dass er fröhlichen Herzens begriff und gleichzeitig enttäuscht war: Sie war sehr talentiert, was den oralen Sex anging.

Aber Ray wollte sich nicht deprimieren lassen und ignorierte auch die Erkenntnis, dass sie dies schon oft praktiziert haben musste. Er beschloss, sich ausschließlich auf die Lust zu konzentrieren, die sie ihm bereitete.

Sie zelebrierte jetzt ihr ›Spiel auf der Flöte‹, und wie sie im

Restaurant mit ihren Zehen gespielt hatte, nutzte sie diesmal ihre Finger, deshalb fühlte es sich noch delikater und köstlicher an. Er spürte ein wärmendes Zucken im Bauch und schaute wieder auf den Palast.

Sie war gerissen, diese Bai Lon aus Hongkong. Irgendwie hatte sie geahnt, dass er die Embleme der Monarchie als perfekte Ergänzung zu einem Blowjob in einer Limousine betrachten würde. An einem solchen Tag war es großartig, in seinen Schuhen zu verharren, die Hose auf den Knien, und den Wind in den Haaren zu spüren. Er genoss Lonnies Berührungen und ihre Lippen, die sich wie das Flattern eines Schmetterlings anfühlten. Das Leben konnte kaum besser sein, und Ray bemühte sich immer noch, seinen Orgasmus hinauszuzögern.

Es stimmte, was Lonnie versprochen hatte: Er fühlte sich anonym und wie ein Tourist. Die meiste Zeit wurde er von anderen Verkehrsteilnehmern ignoriert – wahrscheinlich hielt man ihn für betrunken. Die Limousine fuhr auch schnell genug, dass er sich anonym fühlen durfte, und langsam genug, um sich sicher zu fühlen. Er hatte noch nie eine Stadtrundfahrt durch London unternommen.

Ray seufzte, als Lonnie anfing, ihn mit beiden Händen zu streicheln. Sie hatte ihn mit einer kühlenden, süß duftenden Lotion eingerieben. Die Flasche mit der Creme hatte sie aus einer Tasche geholt, die fast die Maße eines Schrankkoffers hatte.

Sie fuhren jetzt an den Palasttoren vorbei. Ray sah die Menge, die den Gardisten zuwinkte. Er hätte gern gewusst, wie viele Menschen ihnen täglich zuwinkten, und wie man sich fühlte, da zu stehen und niemanden zur Kenntnis zu nehmen und zu vergessen, dass Ray einen phantastischen Blowjob erhielt, während sie nichts hatten, worauf sie sich freuen konnten – und mussten dann auch noch die Auspuffgase der Autos schlucken.

Ray erschauerte, als Lonnie ihn ein Dutzend Mal streichelte. Rauf bis zur Spitze und runter auf der anderen Seite und wieder zurück. Phantastisch. Sie war so gut bei allem, was sie tat, dass er beinahe glaubte, er könnte sich in sie verlieben.

Ray schaute auf sie hinab. Die ganze Szene ›Du bist zu groß für meinen kleinen Mund‹ war längst vergessen. Sie blickte zu ihm hoch, die Augen weit geöffnet und die Lippen leicht geschürzt. Ein klassisches Pornogesicht. Er müsste das Mädchen wohl heiraten, wenn sie so gut blieb.

»Saug mich«, raunte er.

Lonnie leckte sich über die Lippen und öffnete die Lippen zu einem perfekten Rund. Ray war sicher, dass sie ihn aufnehmen konnte. Als sie ihn mit den Lippen umschloss, fühlte er sich wie in einem Tunnel, der mit nassem, rotem Samt ausgelegt war. Ihre lebhafte Zunge schmeckte seine Männlichkeit und neckte ihn wie eine kleine, tanzende Kurtisane. Ray schob die Hüften vor und glitt noch einen Zentimeter tiefer in ihren Mund. Sie stöhnten gemeinsam, dann versuchte er, sich wieder auf die Szenerie draußen zu konzentrieren.

Sie hatten den Palast jetzt hinter sich gelassen, aber er konnte sich nicht mehr auf die Bilder konzentrieren. Ihr Mund war köstlich, und ihre Lippen und die Zunge fühlten sich so weich an seiner Härte an.

Er spürte, wie sich die Hoden spannten. Es würde so leicht sein, sich von ihr durch den Strom der Leidenschaften tragen zu lassen. Er musste an den kleinen Orgasmus denken, den sie ihm nur durch den Gebrauch ihrer Füße beschert hatte. Wie musste dann dieser erst sein, wenn er ihn endlich geschehen ließ?

Lonnie stöhnte leise. Die Klangwellen ließen seine Haut vibrieren. Er sprach so empfindsam auf alles an, was sie tat, dass er manchmal glaubte, er wäre zwei Männer, einer, der zuschaute und einer, der das erlebte, was der andere gerade sah.

Ray richtete den Fokus auf eine Allee. Er versuchte, sich an den Namen der Bäume zu erinnern. Waren das Platanen? Er wusste es nicht. Lonnie behielt ihn jetzt im Mund und badete die Eichel mit Lippen und Zunge.

Er experimentierte, neigte die Hüften und schob noch einen guten Zentimeter in ihren Mund. Er wollte nicht, dass sie würgen musste, aber er wollte sehen, wie viel sie von ihm schlucken konnte, und jetzt wusste er, dass sie mehr als genug aufnehmen konnte.

Ein Drachen wurde erfolgreich in einem nahen Park gegen den Wind aufgelassen, und als der Himmel sich glänzend rot färbte, begann sich Ray zu entspannen. Er verkrampfte nicht länger und ließ sich von Lonnies talentiertem Mund einnehmen, während ihre Finger ihn dem Höhepunkt immer näher brachten.

Sie hielt ihn in der Schwebe, bis die Strömung ihrer Leidenschaft ihn mitriss. In diesem Moment schaute er nach oben zum leuchtenden Glanz des Himmels, dessen Blau nur durch ein paar weiße, flockige Wolken durchbrochen wurde – und von einem roten Drachen.

»Oh, Himmel!«, brüllte er, als die ersten Zuckungen ihn schüttelten. Er klatschte die flachen Hände auf das Dach der Limousine, um sich gleichzeitig auch daran festzuhalten. Das Luder saugte ihn aus!

»Phantastisch!«, rief er und zeigte mit ausgestrecktem Arm zum Himmel. Leute starrten auf ihn und glaubten, dass er den blauen Himmel und den roten Drachen meinte. Von seinem Orgasmus ahnten sie nichts; dabei hätte nicht viel gefehlt, und er wäre ohnmächtig geworden.

Wurde er aber nicht. Als die Zuckungen nachließen, glitt er aus ihrem Mund, schlüpfte zurück durchs Schiebedach und ließ sich auf seinen Sitz nieder. Er streckte sich aus, zog den Reißverschluss zu und sagte mit einem Aufstöhnen: »Du bist wahnsinnig gut, aber es ist fast zu viel.«

»Aber es macht Spaß, zu kommen, wenn Leute dir dabei zuschauen, oder?«

»Ja, das muss ich zugeben«, sagte er und grinste sie an. Sie küsste ihn auf den Mund, und er strich mit seiner Zunge über ihre Lippen. Ihr erster Kuss. Er brannte in seinem Mund wie Zimtherzen.

»Jetzt bin ich dran«, sagte Lonnie.

»Habe ich denn kein Wort mitzureden?«, fragte ein nackter Nobatu; das heißt, er war nackt bis auf seinen kleinen, viereckigen Hut. Penny hatte ihm das Hemd abgestreift, und jetzt verlangte sie den Hut, den sie im letzten Spiel gewonnen hatte.

»Wenn ich dir darauf antworte, wirst du mir nicht glauben«, antwortete Penny und grinste ihn über den runden Tisch in seiner palastähnlichen Suite an.

»Das ist mir höchst unbehaglich«, sagte er.

Nobatu sah seine Karten stirnrunzelnd an. Penny betrachtete ihre Hand, das Pokergesicht voll im Griff. Sie hatte nur ihr mit Rüschen besetztes weißes Höschen verloren, und das war auch nur ein Opfer gewesen, um Nobatu daran zu hindern, sein Herz zu verlieren, bevor sie ihn dazu bringen konnte, seine Hose zu verlieren. Er hatte einen phantastischen Körper, soweit sie das bisher feststellen konnte.

Er war zwar eigentlich nicht schüchtern, aber es war ihm gelungen, seinen Schoß unter dem Tischtuch zu verstecken. Sie sah, dass seine Haut durchgängig tintenschwarz war. Sie war schon mal mit einem Schwarzen zusammen gewesen, aber dessen Haut war an den Stellen, die von der Sonne nicht erreicht wurden, heller gewesen. Nobatu dagegen war überall mit dieser dunklen Schokofarbe ausgestattet. Wie hatte er das geschafft?

Als sie zuerst seine Suite betreten hatten, waren sie vom Geschnatter von Offiziellen begrüßt worden. Nobatu war Gast auf dem Symposium, an dem auch Ray teilnahm. Der Chief hatte noch ein paar Tage drangehängt, um sich – alle Spesen wurden bezahlt – die englische Hauptstadt anzusehen. Hinzu kamen Bankgeschäfte, Begegnungen mit Frauen und auch ein paar Sehenswürdigkeiten. Bevor es ihm jetzt gelang, seine Leute zu verjagen, musste er ein paar Briefe unterschreiben, Aufgaben verteilen und Termine neu festlegen. Als das beendet war, konzentrierte er sich voll auf Penny, als hätte er alle Zeit der Welt.

Natürlich war es seine Idee gewesen, Poker zu spielen, und ihre Idee, dass sie um Kleidungsstücke spielten, statt um Geld. Sosehr er sich auch bemühte, sein Gefühl der Überlegenheit zu verbergen, so fiel es Penny doch auf, und sie wollte damit fertig werden. Das war auch der Grund, warum sie Strippoker vorgeschlagen hatte, denn Geld zu verlieren hätte ihn nicht in Verlegenheit gebracht.

Vier Kleidungsstücke hatte er nach verlorenen Spielen abzulegen, nicht zwei, wie Penny vermutet hatte, dazu noch einige Medaillons und den Hut. Penny hatte nur ihre von Olympia inspirierte Toga an, ein Höschen mit weiten Beinausschnitten und Stöckelschuhe, was Nobatu vielleicht verleitet hatte zu glauben, leichtes Spiel bei ihr zu haben.

»Ich sehe, dass ich nun auch noch meinen Hut verliere«, knurrte er, als er seine Karten hinlegte. Nur ein Paar Buben war seine ganze Ausbeute.

»Wenn sie seit gestern Abend die Regeln nicht geändert haben, hast du Recht«, sagte Penny und legte ihren Royal Flush auf den Tisch.

»Du bist wirklich erstaunlich«, sagte er und schüttelte den Kopf.

»Danke.« Sie zeigte ihm ein strahlendes Lächeln.

»Ich könnte den ganzen Tag und die halbe Nacht mit dir Poker spielen, aber ich glaube nicht, dass ich mein Spiel damit verbessern würde.«

»Wahrscheinlich.«

»Du musst ein Talent für Zahlen haben, nicht wahr? Oder hast du die Fähigkeit, die Menschen einzuschätzen oder gar ihre Gedanken zu lesen?«

»Ja, das muss es sein. Übersinnliche Wahrnehmungen.«

»Nein, nein, liebe Penny, ich würde mich über dein Talent nie lustig machen. Es ist nur so, dass ich mich schwertue, das Pokerspiel zu lernen. Es geht nicht so einfach, wie eine andere Sprache zu lernen oder Politik oder ein neues Handwerk. Es ist eher mit einer Kunst zu vergleichen, die man erlernen will. Aber eine Kunst kann man nicht wirklich erlernen, während man mir gesagt hat, dass man Poker lernen kann.«

»Aber es ist doch nur ein Spiel, Nobatu. Ein kompliziertes Spiel, ja, aber doch nur ein Spiel. In letzter Zeit hat es an Popularität gewonnen, wahrscheinlich wegen der hohen Summen, die gewonnen werden können.«

»Und im Internet kann nun jeder spielen.«

»Manchmal habe ich ein schlechtes Gefühl, wenn ich das höre. Es gibt bei allen Geldspielen einen gewissen Suchtfaktor, deshalb halte ich das Pokerspiel im Internet für gefährlich. Das ist, als böte man einem Alkoholiker Tag und Nacht Zugang zu Bier und Schnaps an.«

»Ja, es heißt, dass die Gehirnmuster eines Spielers denen der Betrunkenen und der Junkies gleichen«, sagte Nobatu.

»Tatsächlich?« Penny betrachtete ihren Gastgeber überrascht. »Wann hast du Zeit, solche Informationen einzuholen?«

»Ich habe aus persönlichen Gründen eine Suchtstudie durchgearbeitet – nicht, dass ich süchtig wäre, aber Mitglieder meiner Familie sind betroffen, und ein Freund von mir hat jetzt zugegeben, dass er sexsüchtig ist.«

»Aber du nicht?«

»Nein, ich nicht.« Nobatu lächelte sie an. »Ich glaube nicht, dass du dich mitschuldig fühlen solltest, was die Spielsucht angeht. Ich fühle mich ja auch nicht einem Alkoholiker gegenüber schuldig, wenn ich ein Glas Wein genieße, oder einem Sexsüchtigen gegenüber, wenn ich Liebe mache.«

»Ich verstehe.« Penny hatte damit gerechnet, dass sie lange vorm Ende ihres Pokerspiels gestört würden, aber hier saßen sie unter sich und diskutierten, der eine nackt unter einer Tischdecke und die andere noch fast völlig bekleidet.

»Du bist neugierig«, bemerkte er.

Verdammt. Er hatte gesehen, wohin ihr Blick gegangen war. Pennys Wangen färbten sich rot, obwohl es verrückt war, dass sie es war, die in dieser Situation errötete. »Ja, ich glaube, das kann man sagen.«

Nobatu stand auf, hob seine Hände zum Kopf und entfernte den quadratischen Hut. Er legte ihn auf den Tisch und sagte: »Ich gebe zu, ich auch.«

Penny betrachtete ihn von oben bis unten. Er war ein schöner Mann. Seine Hoden steckten in einem verschrumpelten Sack, groß gespannt unter der Wurzel seines mitternachtsschwarzen Penis. Auch sie erhob sich. Zwei Schritte, und sie war nah genug, seinen Moschusgeruch wahrzunehmen. »Wie wäre es mit einem Spiel Alles oder nichts?«

»Wenn ich gewinne, ziehst du alles aus?«

Penny nickte. »Und wenn ich gewinne ...«

Nobatu lachte. »Wenn du gewinnst, dann was? Ich bin doch schon völlig entkleidet. Ich habe den Eindruck, dass ich nichts zu verlieren habe.«

»Wenn ich gewinne, musst du mir eine sexuelle Gunst erweisen.«

»Ich verstehe.« Nobatu überlegte noch. Seine dichten Brauen verschmolzen über den ausdrucksstarken braunen Augen. »Die Dinge entwickeln sich schnell zwischen uns.«

»Ja«, stimmte Penny zu und schaute bewundernd auf seine halbe Erektion.

Nobatu ließ seine rechte Hand fallen und streichelte seine Männlichkeit. »Ich weiß nicht, warum ich mir so sicher bin, aber ich weiß ganz genau, das sind jetzt meine Karten. Das Glück ist auf meiner Seite.«

»Also noch eine Runde?«

»Verteile die Karten. Wenn du verlierst, legst du deine Kleider ab, und wenn ich verliere, werde ich dir im Bett jeden Wunsch erfüllen. Aber ich warne dich, ich fühle genau, dass das Glück auf meiner Seite steht.«

Penny mischte und gab aus. Die erste Karte war anständig, Karo-König. Ihre Karten ließen zu wünschen übrig, Karo-Dame und Karo-Neun. Sie verzichtete darauf, Nobatu ein Zeichen zu geben, echt oder falsch. Der arme Kerl hatte auf keines ihrer Zeichen reagiert.

Nobatu sah sich den Rest seiner Karten an und strich über seine Brauen. Penny lächelte nach innen. Er glaubte wohl, ein gutes Blatt zu haben, dafür war das Brauenstreichen ein untrügliches Zeichen. Sie musste schon sehr gut spielen, um zu gewinnen, und ob er es wusste oder nicht – aber der Topf lohnte sich.

Da gab es etwas, womit sie immer schon experimentieren wollte, aber sie hatte nie genug Courage gehabt, es zur Sprache zu bringen, selbst bei Ray nicht, der neue Abenteuer liebte. Wenn sie gewann, würde sie Chief Nobatu anweisen, sie auf eine Weise zu bedienen, über die sie gar nicht weiter nachdenken wollte, weil sie fürchtete, die Konzentration zu verlieren.

Penny verbannte ihre unanständigen Gedanken und wandte sich ihren Karten zu.

Victoria hielt den Blick starr auf den Fernseher gerichtet, während sie einen Bettpfosten gepackt hielt. Sie war nackt. Ihre linke Hand befand sich zwischen ihren Schenkeln, zwei Finger tief in ihr, während der Daumen ihren Lustknopf rieb. Sie war nahe, ganz nahe. Es war Wahnsinn, sich auf diesen Solotrip einzulassen, aber jetzt war sie viel zu weit zum Umkehren. Wenn sie sich auf das konzentrierte, was sie brauchte, würde sie sich bald schon in der verschleierten Welt des Orgasmus verlieren. Aber je näher sie sich an die Klippe heranführte, desto mehr wirbelten die Gedanken durch ihren Kopf.

»Bastard«, rief die gewöhnliche, blonde, vollbusige ›Schauspielerin‹ in dem Porno, den sie sich unter den vielen Angeboten im Hotel-Fernsehen ausgewählt hatte. Die Frau lag gefesselt und hilflos auf einem Bett, ihrem Peiniger ausgeliefert. Er mochte etwa fünfundzwanzig Jahre alt sein und war nackt und weiß.

»Bastard«, murmelte auch Victoria.

»Du liebst das doch!«, knurrte der Mann auf dem Bildschirm.

»Beweise mir das«, forderte ihn die Frau heraus. Sie wand sich auf dem Bett hin und her und ruckte den Leib in regelmäßigen Abständen einem eingebildeten Liebhaber entgegen. Er rutschte zwischen ihre Beine und griff mit beiden Händen unter ihren Po.

Victoria wusste, wie sehr ihr das im Moment wehtun würde, denn Veruschka hatte sich nicht zurückgehalten mit dem Paddel. Beide Backen fühlten sich an, als glühten sie auch jetzt noch, obwohl sie nach einem Blick in den Spiegel wusste, dass die feurig rote Farbe schon zurückgegangen war. Aber falls jemand sie in den nächsten Stunden anfassen würde, musste sie mit den Schmerzen fertig werden.

Sie griff härter um den Bettpfosten und rieb sich schneller. Das war das Schöne an diesem Abenteuer in die Autoerotik – die einzigen Dinge, die ihr widerfuhren, waren genau die Dinge, für die sie sich entschieden hatte. Vielleicht würde sie ein paar Anregungen vom Bildschirm übernehmen. Jetzt besprang der Mann die Frau mit einer Wildheit, die sie stöhnen und sich winden ließ.

Victoria stöhnte. Vor ihrem geistigen Auge liefen Geschehen aus der Vergangenheit ab, auch Träume und Romane und Filme, und was dazu passte, übernahm sie jetzt auf den Bildschirm. »Ich komme«, murmelte sie.

Im Film hatte sich der Mann aus der Frau zurückgezogen und kroch hoch zu ihrem Gesicht. Er klatschte die Erektion in ihr Gesicht. Victoria war entsetzt. Wie musste sich das anfühlen, wenn man den dargebotenen Penis nicht in den Mund nehmen konnte, und stattdessen wurde man damit geklatscht?

»Du willst es, das weißt du selbst«, sagte der Mann.

Die Frau wandte ihr Gesicht, und er klatschte die andere Wange mit seinem Stab. Für den Moment rührte sich die Hand nicht zwischen Victorias Schenkeln. Ihre Aufmerksamkeit galt dem Fernseher. Sie konnte nicht kommen, wenn sie sich Gewaltszenen ansehen musste, ganz egal, wie sehr sie gespielt und vorgetäuscht waren.

Die Frau schnappte sich jetzt den Penis mit dem weit geöffneten Mund und fing an, wild zu lecken und zu saugen, offenbar verrückt vor Gier nach seinem selbstherrlichen Verhalten.

Victoria schloss die Augen und ließ ihre Finger wieder hüpfen und Tempo aufnehmen. Sie versuchte sich vorzustellen, wie sich ein klatschender Penis auf ihrem Gesicht anfühlen würde. Ganz anders als eine Hand, oder?

»Mmm …« Wenn sie den Bettpfosten loslassen würde, könnte sie sich mehr auf ihren Orgasmus konzentrieren, aber die Anspannung in ihrem Arm fühlte sich erregend an, fast so, als wäre sie ans Bett gefesselt, als hätte Ray, nachdem er sie gepeitscht hätte, sie an den Pfosten gebunden, und zum Schluss hätte er auch noch die Frechheit besessen, seinen Schwanz in ihr Gesicht zu klatschen.

Die Frau auf dem Bildschirm stöhnte, und Victoria stellte sich vor, dass sie nicht allein war. Ray war bei ihr, und auch noch eine andere Frau, die gerade ihren Höhepunkt erlebte. Sie sah, wie Ray es ihr besorgte.

Als sie diesmal das Nahen des Orgasmus spürte, spielte sich Victoria die ganze Szene noch einmal vor, und damit sie länger dauerte, fügte sie immer wieder neue Bilder hinzu. Die Finger zwischen ihren Schenkeln bewegten sich schneller und immer sicherer zum Höhepunkt.

Ray rutschte von den Pobacken, die er frisch geklatscht hatte, zu Victorias Kopf. Wenigstens ein Arm war um den

Bettpfosten gebunden, damit sie nicht fliehen konnte. Sie rutschte am Bettpfosten ein wenig hinunter, sodass sie in einer besseren Position war, um das zu erleben, was sie sich vorstellte.

Ray richtete es sich über ihrem Gesicht ein. Aus den Augenwinkeln nahm Victoria wahr, dass die Blondine die Augen weit aufriss. Als wäre das Spanking noch nicht hart und sexy genug gewesen, klatschte er nun auch noch Victorias Gesicht mit seinem Schaft. Wie ungeheuer erniedrigend. Victorias Stöhnen war lauter als das entsetzte Keuchen der anderen Frau. Er tat es wieder, klatschte jetzt die andere Wange, und sie drehte das Gesicht schnell und hoffte, seine Eichel mit dem offenen Mund schnappen zu können, aber er sagte sanft: »Nein.«

Victoria lockerte den Griff um den Bettpfosten, als die Erinnerung sie heimsuchte und sie seine Stimme hören konnte. Sie hörte ihn sagen, wie schön sie wäre, und diese Erinnerung brachte sie über die Klippe.

»Oh, Mann«, ächzte sie. Sie fiel nach vorn aufs Bett, behielt die Hand an Ort und Stelle und drückte sie zwischen Körper und Matratze. Selbst die Erinnerung an ihn brachte ihr eine solche Hitze, dass sie sich nicht helfen konnte; sie ritt auf diesem Orgasmus gleich in den zweiten.

»Oh, Ray«, stöhnte sie, als sie von neuen Zuckungen geschüttelt wurde. Ihre Finger bewegten sich weiter, begierig nach allem, was ihr Körper ihr noch bescheren konnte. Sie steckte auch die andere Hand zwischen die Schenkel und versuchte, noch zwei Finger in sich zu drücken. »Ja, ja!«, rief sie und übertönte die Geräuschkulisse des Fernsehers mit ihrem eigenen triumphierenden Geschrei. Die letzten Zuckungen rieselten durch ihren Körper und ließen sie ermattet zurück.

Victoria tastete in ihrem Bett blindlings nach der Fernbedienung. Sie hob sie an und drückte den roten Knopf. Sie brauchte das Ende des Videofilms nicht anzuschauen. Sie brauchte überhaupt nichts außer Ray. Und er hatte versprochen, zu ihr zurückzukommen.

»Was denn nun?«, fragte Nobatu.

Penny kniete in einem Sessel, die Arme auf dem Rücken des Sessels gekreuzt. Der Saum ihres dünnen Kleids war hochgezogen und unter ihren Gürtel gesteckt. Wenn sie sich ganz ausgezogen hätte, hätte sie die Kontrolle über die Situation verloren. Aber sie musste ihm den nackten Po zeigen, damit sie ihre Phantasie ausleben konnte.

Nobatus Stimme klang gedämpft, da er hinter ihr stand, die Lippen etwa auf der Höhe des Endes der Wirbelsäule. »Was soll ich tun?«

»Es ist nicht fair, dir das zu sagen.«

»Nicht fair für wen?«

Penny erschauerte, als er ihr Steißbein mit der Zunge leckte. »Du bist auf dem richtigen Weg«, sagte sie leise.

»Gut, denn ich will, dass du glücklich bist.«

»Bin ich auch«, gurrte Penny, als Nobatu ihre Backen mit den Händen teilte. »Du ahnst meine Wünsche, kein Wunder, dass ich glücklich bin.«

An einem sonnigen Tag verschwand London hinter einem vielfarbigen Dunstschleier. Die Limousine fuhr jetzt schneller, nachdem Lonnie den Fahrer dazu aufgefordert hatte. Die Brise wühlte in Lonnies Haaren und ließ sie flattern wie einen schwarzen Seidenschal. Sie waren jetzt auf dem Weg zum Tower von London.

Wenn sie sich auf die Rückbank stellte, wie Ray es getan hatte, kam ihr Kopf gerade mal aus der Öffnung des Schiebedachs heraus, musste sie enttäuscht feststellen. Aber Ray löste das Problem für sie. Er setzte sie auf seine Schultern, sein Gesicht gegen ihr Delta gedrückt. Ihre Position war nicht gerade prekär, aber stabil war sie auch nicht. Manche Menschen hätten die Verlegenheit deutlicher empfunden als die Lust, aber zu denen gehörte Lonnie nicht.

»Vertrau mir«, hatte Ray gesagt, als er sie auf die Schultern genommen hatte. Er war kräftig, und seine Hände waren stark, deshalb vertraute sie ihm. Seine Hände griffen an ihren Po, und seine Lippen und Zunge befanden sich nur Zentimeter vom nackten Fleisch ihrer Pussy entfernt. Wie ihre Beine gespreizt waren, musste Lonnie sich sehr entblößt fühlen – aber genau das hatte sie am liebsten.

Ray strich mit der Zunge an ihrem Schlitz entlang; er teilte kaum die Lippen und strich immer nur auf und ab, mehrere Minuten lang. Es schien, dass er für sich eine angenehme Position gefunden und es nicht eilig hatte.

Lonnie winkte den Fußgängern auf den Straßen zu, dann hielt sie sich mit beiden Händen am Dach der Limousine fest, um die Balance nicht zu verlieren. Das Dach war warm, und die Sonne brannte auf ihr Gesicht, aber die größte Hitze entwickelte sich gerade an ihrer süßen Knospe, an der Ray verweilte. Er umkreiste den kleinen Knopf mit der Zunge und saugte ihn dann in seinen Mund.

Für den Moment empfand Lonnie nichts als Erleichterung. Endlich legte er den Fokus auf ihre Klitoris. Aber fast gleichzeitig empfand sie die ständige Aufmerksamkeit als kaum noch zu ertragen.

Lonnie bewegte sich auf seinen Schultern nervös hin und her und versuchte, dem direkten Angriff auf ihr Lustzentrum zu entkommen. Ray gab nach und drängte mit der Zunge in sie hinein. Das war ein viel subtileres Gefühl und gestattete Lonnie, sich einen Moment auf das zu konzentrieren, was um sie herum geschah.

Eine Lady führte einen fetten Hund aus, und ein Paar küsste sich auf der Treppe zur U-Bahn-Station. Ein Mann starrte sie an, dann noch ein Mann, obwohl der eigentlich begonnen hatte, mit einem anderen Mann zu flirten. Überall gingen die Menschen ihren Aufgaben nach, während sie einen Mann genießen konnte, der sie verrückt vor Lust machte.

Er war jetzt wieder an ihrer Klitoris. Zunge und Mund nahmen die exquisite Folter wieder auf.

»Ray«, rief sie ihm zu, »ich werde in ein paar Sekunden kommen, wenn du ...«

Ihre Worte verloren sich im Wind, und sie spielten auch keine Rolle mehr, denn sie raste bereits an dem Punkt vorbei, von dem aus es kein Zurück mehr gibt. Den ersten Orgasmus erlebte Lonnie fast immer so, überfallartig und intensiv, und als die Zuckungen sie durchschüttelten, gab sie ihre Proteste auf und labte sich an ihrer Lust. Sie warf den Kopf zurück, öffnete den Mund und ließ alles heraus.

Das war auch gut so, denn als sie die Augen wieder öffnete, sah sie erschrocken, dass sie sich schon dem Londoner Tower näherten.

Ray legte die Hände unter ihre Arme, hob sie von den Schultern und ließ sie auf den Rücksitz hinunter. Sie schlang die Arme um Ray und kuschelte sich in seinen Schoß.

»Für so ein kleines Ding erlebst du einen großen Orgasmus«, neckte er sie.

»Ich kann auch mehrere Male kommen.«

»Ich kann es kaum erwarten«, sagte er und tauchte mit einer Hand unter ihren Rock.

»Ray, ich will den Tower sehen. Meine Freunde sind hier, und unser Aufseher erwartet mich. Außerdem will ich warten, bis wir im Tower sind – da kannst du es mir noch einmal besorgen.«

»Ich weiß nicht, ob wir da eine Gelegenheit haben werden. Viel zu viele Touristen.«

»Aber das ist doch genau das, was ich will. Wir treiben es in einem Pulk von Touristen. Unter den alles sehenden Augen von Lo Song. Wenn du mich berührst, ist es die köstlichste Folter, Ray, und es wäre perfekt, dieses Gefühl im Tower zu erleben. Denn da wurden die Menschen doch gefoltert, nicht wahr? Du sorgst dafür, dass ich mich wie eine Königin fühle, und das ausgerechnet da, wo eine Königin einmal eingesperrt war. Verstehst du? Ergibt das einen Sinn?« Lonnie schaute zu ihm hoch, Hoffnung im Blick, aber auch eine Herausforderung. Sie wüsste gern, ob er Manns genug war, ihre Bitten zu erfüllen.

»Ich glaube nicht, dass es eine gute Idee ist. Warum fahren wir nicht zurück zum Hotel?«

Aus Lonnies Augen wurden kleine, dunkle, enttäuscht blickende Schlitze, und ihre Mundwinkel zeigten nach unten.

Ray begann zu handeln. »Vielleicht sind nicht so viele Touristen da«, sagte er. »Wenn wir eine Stelle finden, an der wir vermutlich nicht sofort verhaftet werden, könnten wir ein bisschen fummeln. Es gibt ein paar steile Wendeltreppen. Wenn du vorausgehst, hätte ich einen phantastischen Blick unter deinen Rock und könnte auch mal fühlen. Wie gefällt dir das?«

»Ja, gut. Gehen wir.« Sie rutschte von seinem Schoß und zupfte an ihrem Tanga. »Fahrer«, rief sie. Die Trennscheiben waren immer noch oben, und Lonnie drückte wie ein kleines Kind auf die Knöpfe der Konsole, bis beide Scheiben geräuschlos nach unten glitten. Sie spürte Rays Verärgerung, und das ärgerte sie noch mehr. Warum konnte er nicht auf ihr Spiel eingehen? »Fahrer, fahren Sie links ran, bitte.«

Als die Limousine anhielt, wartete sie, bis Rays Tür sich öffnete und er auf dem Bürgersteig stand und ihr aus dem Auto helfen wollte. Aber sie knallte die Tür zu und verriegelte sie.

»Bringen Sie mich zum Plaza«, blaffte sie, und der Fahrer, der sich an Rays Anweisung hielt, alles zu tun, was die Lady wünschte, fädelte sich wieder in den Verkehr ein.

Lonnie winkte Ray fröhlich zu. Die Limousine fuhr ohne ihn davon.

Victoria stand auf dem Balkon ihrer Hotelsuite und schaute dem Sonnenuntergang zu. Der Himmel begann sich pink zu färben, aber es ließ sich jetzt schon sagen, dass es ein spektakuläres Ereignis werden würde, jedenfalls für London. Victoria fühlte sich belohnt, als wäre der Sonnenuntergang nur für sie an ihrem letzten Abend hier. Neben einer so natürlichen Schönheit musste man sich ganz klein und unbedeutend vorkommen. Sie schwelgte in ihren widersprüchlichen Gefühlen.

Natürlich war es schade, dass sie allein war. Sie hatte ein wenig geschlafen, eine Kleinigkeit gegessen, gebadet, sich angezogen – und immer noch kein Ray. Der Sonnenuntergangs-Champagner stand im Eiskübel auf dem Balkontisch, dazu zwei Gläser und eine Schüssel mit Erdbeeren.

Sie ließ das Geländer los, drehte sich um und nahm eine Erdbeere aus der Schüssel. Der Champagner konnte noch ein paar Minuten warten, aber dann würde sie ihn trinken, sonst wäre es kein Sonnenuntergangs-Champagner mehr.

Das Satinkleid umschmiegte jede Kurve ihres Körpers, als sie nach der Erdbeere griff und zurück zum Balkongeländer ging. Sie wusste, dass ihr Mieder den tiefen Ausschnitt betonte; es ließ ihre Taille noch enger scheinen, wodurch der Schwung ihrer Hüften dramatischer wirkte. Sie wusste auch, dass ihr aufgelegtes Rouge zu ihrer Haut und den Haaren passte. Ihre Lider hatte sie mit einem smaragdfarbenen Schatten gepinselt, und direkt unter den Brauen hatte sie einen Goldschimmer aufgetragen. Ihre Lippen hatte sie dunkler gefärbt als sonst, es war ein cremiges Weinrot, das wunderbar duftete und teuer war.

Es hatte keine Notwendigkeit für Unterwäsche bestanden, und ihr Po war auch viel zu wund. Sie war in ein Paar blassroter Sandalen geschlüpft mit sexy kleinen Absätzen. Das Wetter in London war so unvorhergesehen schön gewesen, dass sie spontan beschlossen hatte, sie das erste Mal anzuziehen. Es war die erste spontane Handlung gewesen, seit sie vor Monaten beschlossen hatte, Ray in ihre Suite zu locken und ihn dazu zu bewegen, mit ihr zu reisen.

Victoria biss in die Erdbeere. Es tat gut, den Geschmack im Mund zu haben, dem Sonnenuntergang zuzusehen und den Satin auf ihrer Haut zu spüren. Jetzt musste sie Ray nur noch für eine Weile vergessen.

Vor einer halben Stunde hatte sie sein Zimmer angerufen, aber niemand war ans Telefon gegangen. Da er sein Handy bei ihr zurückgelassen hatte, als er die Suite vor Stunden verlassen hatte, konnte sie ihn auf diese Weise auch nicht erreichen. Was würde sie ihm sagen wollen? Goodbye?

Wenn man die Situation abwog, befand sie sich in einer beneidenswerten Lage. Wenn Ray an diesem Abend nicht zurückkehrte, würde sie morgen früh nach Kuba fliegen und nie wieder ein Wort mit ihm reden. Sie hatte sich von Anfang an versprochen, falls er sie nicht nach Kuba begleitete, musste das seine Antwort auf ihre Liebeserklärung sein, ob er das nun zugab oder nicht.

Es gab genug andere Männer. Vielleicht gab es Gigolos auf Kuba. Sie hatte Geld. Vielleicht würde sie einen Mann finden, ob nun Kubaner oder Tourist, den sie als Sexsklaven halten konnte. Wenn er ihr Lust bereitete – gut, wenn er sie langweilte, würde sie ihn entlassen.

Vielleicht keine so gute Idee. Schließlich war es nicht so, dass sie einen Mann bezahlen musste, damit er Zeit mit ihr verbrachte. Sie wollte nicht ständig jemanden an ihrer Seite haben. Vielleicht würde sie von nun an auch nur mit Männern flirten. Daraus konnte sich ein Spiel entwickeln – wie sehr konnte sie einen Mann dazu bringen, sie zu lieben? Wenn sie das erreicht hatte, würde sie ihn fallen lassen.

Aber sie bezweifelte, ob ihr dieses Spiel gefallen würde. Sie war keine Sadistin.

»Männer«, murmelte Victoria. Sie steckte den Rest der Erdbeere in den Mund und schritt zurück zum Tisch, um die Champagnerflasche zu öffnen – was natürlich die Aufgabe eines Mannes gewesen wäre.

Penny drehte den Griff der Tür von Rays Suite. Natürlich war die Tür verschlossen, aber zum Glück hatten sie hier noch die Schlüssel und keine elektronische Sicherung. Sie klopfte noch einmal, erhielt aber wieder keine Antwort. Sie hielt Ausschau nach rechts und links, um sicher zu sein, dass sie sich allein auf dem Hotelflur befand, dann benutzte sie die Pik-As-Karte des Spiels aus ihrer Handtasche und öffnete die Tür.

Sie hatte Nobatus Zimmer aufgeräumt, kurz nachdem er

seine Pokerschuld auf diese dekadente Art beglichen hatte. Er wurde am Abend zu einem Regierungsessen erwartet, und Penny hatte mit reichlicher Verspätung ein schlechtes Gewissen gespürt: Sie musste Ray finden.

Jetzt wusste sie mit Gewissheit, dass er sich nicht auf seinem Hotelzimmer aufhielt. Aber seine Kleider waren noch da, und im Bad lag sein Rasierzeug. Das konnte nur bedeuten, dass er vorhatte, auf sein Zimmer zurückzukehren.

Penny überlegte, ob sie bleiben sollte, bis er auftauchte – das wäre wirklich mal eine Überraschung! Aber es konnte ihm auch einen gehörigen Schrecken einjagen, wenn er eine alte Freundin in seinem Zimmer vorfand, und das wollte sie nicht.

Ein Terminkalender lag offen auf dem Schreibtisch. Der letzte Eintrag betraf den Samstag – Name eines italienischen Restaurants, acht Uhr abends. Das erklärte nicht, warum er am Sonntag nicht auf seinem Zimmer war, oder?

Unter lauter männlichem Unrat lag ein pinkfarbener Umschlag auf dem Schreibtisch. Penny drehte den Umschlag um und las laut »Victoria Ashe«.

Das Telefon klingelte. Penny zögerte einen Moment, dann nahm sie den Hörer ab. »Hallo?«

»Hallo«, sagte eine sanfte, überraschte Frauenstimme.

»Victoria?«, fragte Penny und betrachtete immer noch den Umschlag.

»Ja.«

»Ray ist nicht hier.«

Dreimal klopfte es an Rays Tür. Penny spürte ihr Herz in der Kehle pochen, und der Pulsschlag dröhnte in ihren Ohren. Manchmal, wie in der jetzigen Situation, war sie ein böses Mädchen, aber in Wahrheit war sie ein gutes Mädchen. Das bewies allein schon ihre Angst, die sie immer dann überfiel, wenn sie damit rechnen musste, bei etwas Schlimmem erwischt zu werden. Rasch legte sie den Hörer auf.

Stille. Dann glaubte Penny, ein gedämpftes Lachen zu hören. Sie wartete noch einen Moment, aber wer auch immer vor der Tür stand, hatte keinen Schlüssel und auch keine Spielkarte dabei, denn die Tür blieb zu.

Penny steckte den pinkfarbenen Umschlag in ihre Tasche und schritt rasch durchs Zimmer. Sie konnte nicht länger warten. Sie musste hier raus. Vorsichtig zog sie langsam die Tür auf.

Bai Lon war hundemüde. Sie lehnte sich gegen die Tür ihrer Suite und hob ihre gewaltige Handtasche auf ein angezogenes Knie, um nach ihrem Zimmerschlüssel zu kramen. Nach zwanzig Stunden des unaufhörlichen Spaßes und weiteren zehn zuvor, in denen sie auch nicht geschlafen hatte, war ihr der Treibstoff ausgegangen. Was sie brauchte, war eine Taschenlampe, um die Tiefe dieser Tasche auszuleuchten. Noch besser wäre ein Bergmannshelm mit der eingebauten Lampe, dann könnte sie den Inhalt dieser lächerlichen (und doch so unverzichtbaren) Handtasche ausgraben.

Lonnie war sehr überrascht, als sich die Tür zu Rays Suite langsam öffnete. Sie war sicher gewesen, dass sie lange vor ihm im Hotel sein würde. Das war der einzige Grund, warum sie an seine Tür geklopft hatte: Sie wollte ihre Schadenfreude ausleben, wenn sie sich davon überzeugen konnte, dass er noch nicht zurück im Hotel war.

Sie hatte mit ihrer Gruppe abgesprochen, dass sie vorm Eingang auf sie warten sollte, was bedeutete, dass sie Ray sehen und über ihn herfallen würden. In ihrer Gruppe war er der am meisten bewunderte Redner gewesen, und alle Frauen wussten, dass er Single war. Sie würden darauf bestehen, dass er sich ihnen zur Besichtigung des Towers anschloss oder sich wenigstens zu ein paar Fotos aufstellte.

Lonnie hätte gekichert, wenn sie sich ihre höflichen Freundinnen vorstellte, wie sie sich an einen frustrierten Ray Torrington heranmachten, wenn sie nicht selbst so erschöpft gewesen wären. Und auch sie war enttäuscht. Ray steckte jetzt vermutlich irgendwo im Tower fest, und er würde bedauern, dass er auf ihren Vorschlag nicht eingegangen war. Er hatte es nicht anders verdient.

Da sie am Montag abreiste, konnte sie nicht mehr damit rechnen, bei diesem Besuch Sex im Tower von London zu erleben. Inzwischen würde Ray einverstanden sein, es während des Büfetts zu Ehren des achtzigsten Geburtstags seiner Großmutter zu treiben, solange er es mit der Bombe von Hongkong treiben konnte.

Lonnie ortete endlich ihren Schlüssel und steckte ihn hastig ins Schloss. Das Letzte, was sie brauchte, war eine öde Auseinandersetzung, und wenn es tatsächlich Ray war, der die Tür zu seinem Zimmer langsam öffnete, wollte sie auf ihn vorbereitet sein. Lonnie griff innen nach dem ›Bitte nicht stören‹-Schild und wollte es um den Außenknopf hängen. Aber dann sah sie, wie eine Frau aus Rays Zimmer schlüpfte.

Sie war eine große, attraktive Rothaarige, kunstvoll gestylt und mit einem schuldbewussten Ausdruck auf dem Gesicht. Lonnie musterte sie von oben bis unten. Ray hatte einen guten Geschmack, was Frauen betraf, aber das wusste sie bereits.

»Hi«, sagte sie. »Ray besichtigt den Tower von London.«

»Oh«, sagte die Rothaarige. »Ja, stimmt!« Sie schnippte mit den Fingern. »Jetzt fällt es mir wieder ein! Wir wollten uns treffen, aber dann muss ich einiges durcheinandergebracht haben, und ich weiß auch nicht mehr, ob wir uns hier oder da treffen wollten.«

Ein Grinsen umspielte Lonnies Lippen, aber sie unterdrückte es. Die schuldbewusste Frau hätte ihren hübschen Mund nie öffnen sollen, aber da sie einmal damit angefangen hatte, schien sie ihn nicht mehr schließen zu können. Lonnie ließ ihre Tasche von der Schulter auf den Boden sinken; leicht möglich, dass sie noch eine Weile hier im Flur stehen würde.

»Ist das eine Balenciaga-Tasche?«

»Ja«, sagte Lonnie, die Stimme warm vom Besitzerstolz. »Sie ist beim Motorradfahren sehr nützlich und innen aus Meerschaum.«

»Himmel, sie muss ein Vermögen gekostet haben.«

»Ich lebe in Hongkong, da sind alle Sachen viel preiswerter als hier.«

»Tatsächlich? Hongkong. Faszinierend. Aber jetzt muss ich gehen.«

»Vielleicht sehe ich Ray später noch. Soll ich ihm sagen, dass Sie vorbeigeschaut haben?«

»Oh, nein, das ist nicht nötig. Er ist ... eh, wir sind ... eh, waren ... entfernt verwandt. Kann sein, dass er sich nicht mal mehr an mich erinnert.«

»Ich glaube, jeder würde sich an Sie erinnern.« Zu Lonnies Vergnügen errötete die Rothaarige. »Warum kommen Sie nicht eine Weile mit auf mein Zimmer und warten auf ihn? Wir könnten eine Tasse Tee trinken.«

»Ich ... eh, ich muss leider gehen, aber vielen Dank.« Mit einiger Mühe schloss die Rothaarige schließlich ihren Mund, aber sie schien Wurzeln geschlagen zu haben. Erst als sich die Türen des Aufzugs öffneten, schien Bewegung in sie zu geraten. »Nett, Sie kennen zu lernen. Bye.«

Damit lief sie so schnell ihre goldenen Riemchensandalen es zuließen, zur Tür, die ins Treppenhaus führte.

Lonnie musste laut auflachen. Jemand, der seinen entfernten Verwandten besuchen wollte, durfte eigentlich nicht so schnell aufgeben. Sie schüttelte den Kopf, ging auf ihr Zimmer und drückte die Tür hinter sich zu. Es war schon ganz gut, dass die andere Frau ihre impulsiv geäußerte Einladung ausgeschlagen hatte, denn sie hatte nicht wirklich ein Interesse daran, sich mit der Frau zu unterhalten.

Lonnie warf sich aufs Bett und fiel fast sofort in einen tiefen, wohlverdienten, traumlosen Schlaf.

Ray trat aus der Aufzugskabine und stürmte den Flur entlang zu Lonnies Zimmer. Ihr Benehmen war absolut indiskutabel. Er war während der Taxifahrt zurück zum Hotel zu dem Schluss gekommen, dass sie eine verwöhnte Göre war, die darum bettelte, dass Ray Torrington ihr den Hintern versohlte. Seine Handfläche juckte schon. Er würde ihr eine Lektion erteilen.

»Bitte nicht stören«, las er laut. Dieses Luder! Er hob seine Faust, um gegen die Tür zu schlagen, aber er ließ es bleiben. Er war zu wütend, um sie jetzt zu konfrontieren. Plötzlich wusste er genau, was zu tun war.

In seinem Zimmer machte er sich frisch, packte seinen Koffer und schob den Terminkalender und andere Sachen, die mit seiner Arbeit zu tun hatten, in die Aktentasche. Er war fertig mit Bai Lon, dem Symposium und dem Plaza Hotel. Zum ersten Mal an diesem Tag ließ er sein schlechtes Gewissen an die Oberfläche kommen. Victoria.

Er war ein Narr gewesen, dass er wegen *Nouveau Pussy* mit ihren Emotionen spielte. Victoria wusste, mit wem sie es zu tun hatte. Wenn sie ihn zu sehr unter Druck setzte, würde er gehen.

Er erinnerte sich jetzt, dass er es gewesen war, der Victoria damals hatte sitzen lassen, nicht umgekehrt, aber er hatte unter dem Verlust heftig gelitten. Vor Kuba war da noch eine andere Frau gewesen, fiel ihm jetzt ein.

Ray hatte Victoria beigebracht, dass sie ihm seine Freiräume lassen musste, und sie hatte ihre Lektion gelernt.

Und warum um alles in der Welt hatte er dann eine andere Frau gejagt, der er auch diese Lektion erteilen musste, wenn Victoria auf ihn wartete? Er verfluchte seinen eigenen Machismo.

Er sah sich im Zimmer um, aber er schien alles gepackt zu haben. Er ging hinaus. Er war ein Mann auf einer Mission, und er hatte keine Zeit zu verlieren.

Zwölftes Kapitel

Victoria öffnete die Tür zu ihrer Suite und erstarrte. »Kenne ich Sie?«, fragte sie.

»Sehr komisch. Darf ich eintreten?«

Ray sah zu einem Teil reumütig, zu einem anderen Teil müde aus, und dann stand noch etwas in seinem Gesicht, das Victoria selten gesehen hatte – er war wütend. Sein Koffer und die Aktentasche deuteten an, dass er bleiben wollte. Victoria trat zur Seite und ließ ihn in die Suite.

»Du kommst gerade noch rechtzeitig. Ich wollte die Festlichkeiten des Abends schon absagen.«

Ray setzte seine Sachen ab und schlang die Arme um ihre Taille. Als er sie küsste, schmeckte sein Mund wie Zahnpasta.

»Wie war die Besichtigungsfahrt?« Man konnte ihr den leicht ironischen Tonfall nicht verübeln. »Gefällt dir der Tower von London?«

»Ja, er gefällt mir. Meine neuen Freunde haben mir ein Foto aufs Handy geschickt – hast du es übrigens gesehen?«

»Es liegt gleich hier.« Victoria hatte sein Handy auf den Kaffeetisch gelegt, sodass er die Suite betreten musste, um es an sich zu nehmen. Als er jetzt an den Tisch trat und das Handy an sich nahm, fragte sie sich, ob das der einzige Grund für seine Rückkehr war. Aber dann wäre er bestimmt nicht mit seinem Gepäck gekommen.

Ray überprüfte zuerst die Nachrichten, die ihn in der Zwischenzeit erreicht hatten. Victoria schaute ihm zu, nach außen ganz kühl, aber innerlich trug sie einen Kampf der Emotionen aus. Sie musste eine Masochistin sein, um hier in ihrer eigenen Suite zuzusehen, wie er nachforschte, ob er jemanden treffen könnte, von dem er sich mehr versprach. Sie wollte ihm den Rücken zukehren, aber das schaffte sie nicht.

»Das Foto?«, fragte sie.

»Kommt noch, meine Liebe.« Wenn es ihn irritierte, dass sie ihn wegen eines Beweises anging, war er klug genug, sich das nicht anmerken zu lassen. Er reichte ihr das Handy.

Sie musste lächeln, als sie das Foto des großen Ray sah, der von kleinen Asiaten umringt wurde. »Liebling, das ist ja entzückend! Wer sind diese Leute?«

»Das sind einige meiner sehr jungen und sehr engagierten Kameraden, die sich dem Problem der Unterkunft für alle angenommen haben.«

»Ich bin so stolz auf dich, Ray.« Victoria bedeckte sein Gesicht mit Küssen. »Ich bin stolz auf dich und auf das, was du tust.«

»Es ist ein schönes Gefühl, geschätzt zu werden«, murmelte er. Er nahm ihr Kinn in seine Hand und hielt sie davon ab, ihn weiter mit flüchtigen Küssen zu überziehen. Er drückte seine Lippen auf ihren Mund und gab ihr einen langen, tiefen Kuss, der sie atemlos zurückließ.

»Komm auf den Balkon, Ray. Du kannst den Sonnenuntergang noch über dem Green Park sehen. Der Himmel hat sich in ein scheues Rosa gefärbt.« Sie zupfte ihn an der Hand. »Wir genehmigen uns einen Sonnenuntergangschampagner.«

»Was ist das denn?«, fragte Ray und folgte Victoria durch die Balkontür.

»Es ist rosa Champagner. Die Farbe passt genau zum Himmel, siehst du?« Victoria nahm ihr Glas von der Brüstung. Ein verzerrter Ausdruck huschte über Rays Gesicht. »Was ist los mit dir?«

»Ich hätte dich nicht so verlassen dürfen, wie ich es getan habe. Hier stehst du an deinem letzten Abend in London und musst allein trinken.«

»Ach, das ist doch albern«, gab Victoria zurück und machte eine wegwerfende Handbewegung. Sie fand es großartig, dass Ray ihr die Wahrheit gesagt hatte. Sie hatte geglaubt, dass er mit einer anderen Frau zusammen war, aber das stimmte gar nicht. Seit sie ihn kannte, war er immer ein Arbeitstier gewesen. Seine politischen Ansichten hatten sie einmal auseinandergebracht, und seine Bereitschaft, die eigenen Ziele zurückzustellen, um sich einer größeren Sache zu widmen, hatte ihr auch nicht geholfen. Das letzte Mal, als sie ein Paar waren, war sie noch unreif gewesen. Jetzt, zehn Jahre später, hätte sie beinahe wieder ihre Unreife gezeigt. Victoria war benommen vor Erleichterung. »Jetzt bist du hier, und nur das zählt.«

»Die Farbe des Champagners passt zu deinem Kleid.«

»Gefällt es dir?« Victoria stellte sich in Pose. Der Rock reichte bis zur Mitte der Waden, ziemlich eng und mit einem Schlitz an der linken Seite. Sie zog den Stoff hoch bis zu den Oberschenkeln. Der schimmernde Satin fiel in Falten zu beiden Seiten hinab und enthüllte ein langes, weißes Bein und den Ansatz einer Pobacke.

»Zeig mal.«

»Ach, jetzt ist nicht mehr viel zu sehen«, antwortete sie.

»Da bin ich aber ganz anderer Ansicht. Deine Schwester hat dich ganz schön in die Mangel genommen.«

»Sie ist sehr gut«, murmelte Victoria, lupfte den Rock noch ein bisschen höher, bis die rote linke Backe entblößt war.

Ray lächelte. »Wunderbar, Baby.«

»Danke.« Sie zog den Rock ganz hoch, bis die ganze linke Backe entblößt war.

»Du warst sehr tapfer.«

»Danke.« Victoria lehnte übers Geländer und ließ den Rock auf eine Seite fallen, sodass er ihren wunden Po ganz und ungehindert betrachten konnte.

Ray nahm ihre Backen in seine Hände. »Sie sind nicht einmal mehr warm«, murmelte er. »Es tut mir leid.« Er kniete sich und küsste ihre Backen, erst die eine, dann die andere. Er zog mit der Zunge feuchte Spuren von unten bis oben.

»Mmmm.« Victorias Lust dröhnte aus ihrer Kehle, dann hörte es sich wie das Schnurren einer Katze an. »Das liebe ich ja so sehr.«

»Ich kann nie genug von dir bekommen. Mein Sehnen nach Victoria kann nie gestillt werden.« Er nagte am Fleisch ihrer Backen, und Victoria erschauerte.

»Vielleicht solltest du ein Zwölf-Schritte-Programm für Victoria-Süchtige entwickeln«, sagte sie.

»Wir hätten einen riesigen Zulauf.« Ray erhob sich.

Victoria ließ das Kleid fallen. »Das glaube ich nicht.«

»Aber ich. Und ich würde auf Lebenszeit der Präsident des Fanclubs sein, weil meine Sucht die größte ist.« Ray schlang seine Arme um sie und kuschelte sich von hinten an sie heran.

Victoria lehnte sich gegen ihn zurück. Sie ließ eine Hand auf seinem Arm liegen und hob ihr Glas mit der anderen Hand. »Ich glaube, Zwölf-Schritte-Programme haben keinen Präsidenten. Sie werden vom Proletariat gelenkt.«

»Oh. Ja, gut. Das ist doch perfekt, oder nicht?«

»Mmm.« Victoria nippte wieder an ihrem Glas, dann bot sie Ray ihr Glas an.

»Nein, danke«, sagte er. »Ich habe schon Champagner getrunken.«

»Oh?« Victoria runzelte die Stirn. »Ich wusste gar nicht, dass es auf Bustouren Champagner gibt.«

»Ich bin nicht mit dem Bus gefahren.« Rays Stimme klang genervt wie immer, wenn er das Gefühl hatte, dass sie sich in sein Leben einmischte.

»Aber Champagner?« Victorias Stimme hatte einen anklagenden Ton.

»Die Kids heutzutage. Wenn sie nicht daran arbeiten, die Welt zu retten, dann tanzen sie, und wenn sie nicht tanzen, trinken sie. Es ist kaum möglich, mit ihnen mitzuhalten.«

»Das glaube ich gern. Ich frage mich, was sie tun, wenn sie nicht arbeiten oder tanzen oder trinken.«

»Ja, wüsste ich auch gern.« Ray lockerte seinen Griff. »Die Show heute Morgen mit Veruschka hat mir gut gefallen. Aber sie hätte mir noch viel besser gefallen, wenn die Show zu dritt im Bett geendet hätte.«

»Ich weiß, was du meinst. Wenn sie also keine richtige Krankenschwester gewesen wäre, hättest du fröhlich bei einem Dreier mitgemacht?«

»Ja.«

»Und was wäre dann aus deiner Besichtigungsfahrt mit Champagner geworden?«

»Ich hätte dich für nichts verlassen, auch nicht für eine Besichtigung.«

»Dann muss ich mich wohl entschuldigen. Tut mir leid.«

»Ich vergebe dir«, sagte Ray. »Du solltest wissen, dass es einige Dinge gibt, die ich im Leben noch nicht getan habe, und ich beabsichtige, das nachzuholen, bevor es zu spät ist. Das ist einer der Gründe, warum ich so zögerlich bin, was die Reise nach Kuba betrifft.«

»Du glaubst nicht, dass es Frauen auf Kuba gibt, die mit uns spielen wollen?«

»Ich glaube nicht, dass du es tun würdest, Victoria.«

»Warum? Hältst du mich für prüde?«

»Ich glaube, du bist besitzgierig, und ich will nicht jemandes Besitz sein.«

Victoria lachte kurz auf. »Ich könnte dich niemals besitzen. Das weiß ich doch nur zu gut. Ich möchte doch nur bei dir sein, aber aus irgendwelchen Gründen werde ich dadurch unattraktiv für dich.«

»Ich habe nie gesagt, dass du unattraktiv bist. Du weißt, wie schön du in meinen Augen bist.«

»Aber nur, wenn du mich anschaust, Ray! Du vergisst mich in dem Moment, in dem du mich nicht mehr siehst.«

»So einfach ist das nicht. Verdammt, Victoria, ich bin zu müde für solche Diskussionen.«

»Ja, sie ermüden mich auch.« Da, sie hatte es gesagt. Jetzt konnte er gehen, wenn er wollte.

Ihre Blicke trafen sich. Seiner war dunkel und hart. »Ich bin aus dem Plaza ausgezogen. Ich habe gedacht, ich könnte die Nacht hier verbringen. Willst du mich noch?«

»Ich will dich immer, Ray. Vielleicht bin ich es, die das Zwölf-Schritte-Programm braucht, nicht du.«

»Ich glaube, das wäre eine sehr einsame Versammlung, denn du wärst allein.«

»Ich bin es gewohnt, allein zu sein.« Victoria nippte an ihrem Drink. Die Perlen im Glas hatten sich aufgelöst, und die Sonne war untergegangen. Sie erschauerte. Bei Ray zu sein bedeutete immer eine Achterbahnfahrt, für die sie nie etwas übrig gehabt hatte. Und trotzdem, wenn sie einmal eingestiegen war, hielt sie stur durch.

Victoria war immer impulsiv gewesen, aber sie wusste, wenn sie ihn jetzt zur Tür brachte, würde er für immer aus ihrem Leben verschwinden, und das würde sie schon bereuen, bevor sich die Tür hinter ihm geschlossen hatte. Deshalb sagte sie die nächsten Worte in einem versöhnlichen Ton, obwohl sie dafür ihren Stolz überwinden musste. »Ich weiß gar nicht, worüber wir gestritten haben. Weißt du es?«

»Nein, nicht wirklich.«

»Warum ruhen wir uns dann nicht aus, Darling? Gehen wir ins Bett.«

Dreizehntes Kapitel

Ray lag auf dem Bett, während Victoria hin und her lief, um es ihm so angenehm wie möglich zu richten. Nach der Anspannung auf dem Balkon schien sie zur Besinnung zu kommen und war wieder so süß wie Zucker. Vielleicht war es gut, dass sie über ihre Reise gesprochen hatten. Er hatte seine Kubakrise im Griff, wenigstens für diesen Abend, und das half ihm zu entspannen. Er war in den letzten Tagen viel zu viele Stunden viel zu beschäftigt gewesen.

Victoria zog ihn aus und deckte ihn mit frischen Laken zu.

»Leg dich dazu«, lockte er.

»Okay, aber ich bin noch nicht ausgezogen. Ich bin noch nicht müde, und dies ist mein Kleid, das ich heute Abend zum Dinner trage.« Sie setzte sich aufs Bett, ließ sich neben ihn fallen und legte den Kopf an seine Schulter. »Außerdem würden wir wieder Sex haben, wenn ich jetzt zu dir käme.«

»Glaubst du?« Er strich über ihre seidigen Haare. »Und wäre das so schlimm?«

»Ruh dich aus, Darling. Hier, nimm die Augenbinde, dann stört das Licht dich nicht.«

»So was Albernes.«

»Bitte.« Victoria legte die schwarze Augenbinde aus Leder über seine Augen, und das Zimmer war sofort pechschwarz. »Fühlt sich das nicht gut an?«

»Doch, tut es.« Er meinte es ernst. Das Leder war weich auf seinen Lidern, und er spürte im Halbbewusstsein schon, wie er eindöste. Er hörte noch ein paar Momente ihre Schritte, dann schoss seine Hand vor und hielt sie fest. »Ich habe Schritte gehört«, sagte er. »Du auch?«

»Nein, ich habe nichts gehört.«

»Geh nicht weg«, brummte er.

»Ich bleibe hier neben dir, versprochen.«

»Ich habe Pläne für dich, Miss«, murmelte er.

»Ich auch für dich«, wisperte sie. Sie hatte das vielleicht ausgesprochen, aber sie war sicher, dass er sie nicht gehört hatte: Er schlief schon fest und tief.

Etwas stimmte nicht mit dem Himmel. »Träume ich?«, fragte er. Er schaute auf seine Hände. Seine Finger waren lang, nicht breit, wie sie sein sollten, und es gab acht Finger an jeder Hand. Ja, er träumte.

Ray war ein Wachträumer, was bedeutete, dass ihm manchmal bewusst war, dass er träumte, obwohl er schlief. Er war immer schon ein Wachträumer gewesen, aber erst als Erwachsener hatte ihm das zu schaffen gemacht. Er glaubte nicht an Seelenwanderung und auch nicht an Kommunikation mit Geistern, aber manchmal, wenn er über seine Träume nachdachte, fragte er sich, ob er nicht an solche Dinge glauben sollte. Dann las er über das Phänomen der Wachträume, und er erfuhr, dass sie häufig bei buddhistischen Mönchen auftraten. Irgendwie erleichterte ihn das.

Der Unterschied zwischen Ost und West im Umgang mit Wachträumen hätte größer kaum sein können. Im Buddhismus galt ein Wachträumer als Zeuge. Der Träumer beobachtete, wie ein Traum sich entfaltete, ohne seine Macht auszuüben, den Traum in Bahnen zu lenken, die ihm genehmer waren. Auf diese Weise konnte er sein Unterbewusstsein erforschen.

Ein Mann aus dem Westen – wie zum Beispiel Ray – neigte viel eher dazu, auf die drei wahrscheinlichsten Traumaktivitäten zurückzugreifen, sobald er registrierte, dass er träumte: Fliegen, sich mit Toten unterhalten oder – das war auch im Traum Rays Lieblingsbeschäftigung – Sex zu erleben.

Da er nun über seinen Traumzustand Bescheid wusste, wurde die Situation lächerlich und unwirklich. Was stimmte denn nicht mit dem Himmel? Er war rosa, wahrscheinlich, weil die Sonne unterging, und zwei Monde stiegen auf. Er befand sich allein in Ruinen, die ihn ans Kolosseum erinnerten. Das würde er bald ändern, aber vielleicht behielt er diesen Zustand auch bei. Er hatte in letzter Zeit genug Sex gehabt, und wenn er wach wurde, wartete noch mehr auf ihn.

Es war eine Sache, wenn er eine Filmgöttin herbeizauberte oder eine Sexsklavin von der Venus mit vier Brüsten oder sogar die hübsche Ehefrau seines besten Freundes, wenn er allein war. Aber es schien nicht in Ordnung zu sein, sich in Anwesenheit einer Frau einen feuchten Traum zu beschaffen.

Es war gut möglich, dass Victoria, sensibel wie sie war, beleidigt darauf reagierte. Und Ray wusste, dass Victoria da war. Er konnte ihren Körper fühlen, gleich neben seinem. Wie immer das gute, brave Mädchen. Wenn er wollte, könnte er ihr Satinkleid anfassen oder ihre Satinhaut streicheln, aber das würde ihn zurück in die Realität bringen.

Ray hatte kein Interesse, ›mit den Toten zu sprechen‹. Er hatte versucht, mit Lenin zu plaudern, und es war lustig gewesen, aber er hatte genau gewusst, dass er nur mit seiner eigenen Phantasiefigur des Lenin redete. Deshalb konnte er auch aus dem Gespräch keine neuen Erkenntnisse ziehen.

Nein, im jetzigen Zustand seines Wachtraums würde er am liebsten fliegen. Nichts war befreiender, als sich in die Lüfte zu erheben. Wie Superman ohne Cape. Entweder steil hoch oder fast waagerecht bleiben und das Gebiet überfliegen, sodass man die Gräser im Gesicht spürte oder die Nässe eines sprudelnden Flusses.

Nach ein paar Sekunden schwebte er über den Ruinen, eine einsame Gestalt an einem endlosen, pinkfarbenen Traumhimmel. Er legte den Kopf schief, um die Strahlen der Sonne mit dem Gesicht einzufangen. Das war pure Glückseligkeit. Er begann über die verschlungenen Gebäude unter ihm zu gleiten. Ein Mistral der Ruhe blies ihm entgegen.

Aber er wurde von unten gerufen. »Ray«, wisperte eine Frauenstimme in sein linkes Ohr. Er murmelte eine Antwort. Ein sanfter Atem wärmte seine Hoden. »Ray«, flüsterte die Frau wieder.

Er flog nicht mehr. Er lag mit dem Rücken auf einem großen Bett mitten in den Ruinen. Der rasche Abstieg ließ ihn schwindlig werden.

»Oh, Baby, oh, ja«, flüsterte sie.

Er fühlte, wie sich sein Penis allmählich regte; offenbar erkannte er etwas wieder, während seine Erinnerungen nicht vorhanden schienen. Und wie schaffte sie es, etwas in sein Ohr zu flüstern, wenn sie über seinen Schaft blies und jetzt sogar mit der Zunge darüber strich?

»Träume ich?«

Er sprach mit Schwierigkeiten, die einzelnen Wörter waren dick wie Haferflocken in seinem Mund. Er hob die Hände, um sie anzusehen, aber er konnte schon wenige Zentimeter vor seinem Gesicht nicht mehr sehen.

Die Lippen, die sich um seine Eichel schlossen, mussten Victorias Lippen sein. Ihre Hand drückte seine Hoden, die sich im Sack zusammenzogen. Eine andere Hand hielt seinen Schaft aufrecht, sodass der Mund – Victorias Mund – immer tiefer nach unten saugen konnte.

Federn kitzelten sein Ohr; ein Gefühl, das ihm irgendwie vertraut vorkam. Nein, keine Federn, es war eine Zunge, die Spitze einer Zunge, die sein Ohrläppchen erforschte, genau wie er es so gernhatte. Sie kicherte, ein leiser Klang und überhaupt nicht kehlig wie bei Victoria. Nasse Finger umkreisten seine linke Brustwarze, dann die rechte. Eine andere Hand glitt zwischen seine Arschbacken und übte abwechselnd Druck auf die Backen aus. Unmöglich.

Er öffnete die Augen. Er fühlte, wie sie – Victoria – seine Erektion schluckte. Dann hörte er sie – nicht Victoria – wieder in sein Ohr flüstern, und da wusste er plötzlich, dass er wach war.

»Erinnerst du dich an mich, Ray?«

Verdammt! Beinahe wäre er mit Lonnies Namen herausgeplatzt, aber in letzter Sekunde konnte er sich zurückhalten. Sie konnte es unmöglich sein. Ihm fehlte logisches Denken – kein Wunder, wenn vier Hände und zwei Münder ihn reizten.

Er wusste, dass er nicht träumte, aber um ganz sicher zu gehen, fragte er: »Träume ich?« Diesmal gingen ihm die Worte leicht über die Zunge.

»Dummkopf!« Victoria nahm seine Hoden in beide Hände. »Jetzt bist du hellwach!« Sie strich mit der Zunge an der Unterseite seines harten Schafts entlang.

»Veruschka?« Ray wusste, dass der Akzent falsch war, aber es war die einzige Lösung, die einen Sinn ergab. Beide Frauen lachten.

»Ich gebe dir ein Stichwort – ich bin das ›Feuer von London‹.«

»Das ist ja fast schon die Lösung verraten«, protestierte Victoria, aber als sie sah, dass ihm der Name nichts sagte, fügte sie hinzu: »Deine alte Flamme ›Das Feuer von London‹

ist gekommen, um uns mit ihrem wunderbaren Glanz zu leuchten, Ray. Freut dich das?«

»Sehr.« Die Gefühle rüttelten durch seinen Körper. Er labte sich an der Tatsache, dass dies kein Produkt seiner Phantasie war. Irgendwie hatte Victoria dafür gesorgt, dass sein Traum doch noch Wirklichkeit wurde.

»Aber nur, wenn du meinen Namen nennst«, sagte die andere Frau entschlossen.

Sie hatte einen englischen Akzent. Alte Flamme? Was war es, das er zuerst wahrgenommen hatte, als er ihre Gegenwart ahnte? Die Federn an seinem Ohr!

»Das Showgirl aus Montreal!«

»Gut, aber nicht gut genug!«

»Wie ...«

»Nicht wie, sondern wer.«

Er zog seine Hand aus ihrem Griff, aber er nahm die Augenbinde nicht ab. Er brauchte die Frau nicht zu sehen, denn jetzt erinnerte er sich an sie. Die Federn, die roten Haare, und wie sie an seinem Ohr geknabbert hatte! Die Worte, die sie ausstieß, als es ihr gekommen war. ›Oh, Baby, oh, ja!‹

»Penny!«, rief er und riss sich die Binde von den Augen.

»Ja, die bin ich!«

Ihr Gesicht war nur wenige Zentimeter von seinem entfernt. Sie trug etwas Weißes und Durchscheinendes, das ihren schlanken Körper erkennen ließ. Er sah in ihren tiefen Ausschnitt und erinnerte sich an die harten Nippel, die sich von Rosa in ein Scharlachrot verwandelten, wenn sie erregt wurde. Und natürlich erinnerte er sich an ihren flammenden Busch.

»Wie ...?«, begann er.

Penny zeigte mit dem Kopf auf Victoria, die zwischen seinen Schenkeln kniete und fröhlich in die Hände klatschte.

»Alles ist genauso gelaufen, wie ich es geplant habe«, rief sie, und ihre Stimme klang jubelnd.

»Aber ...«, stammelte er.

»Die Fragen kommen später. Küss mich zuerst«, forderte Penny.

Ray legte seinen Arm um ihre Schultern und zog sie fest an sich heran. Ihre Lippen trafen sich das erste Mal seit vielen Jahren. Es war ein süßer Kuss, angenehm vertraut und doch wieder ganz neu.

Victorias Zunge labte sich wieder an seinem Schaft. Sie schmeckte sich bis zur Eichel durch, dann nahm sie ihn in den Mund. Zum ersten Mal in seinem Leben küsste Ray ein Lippenpaar, während ein anderes Lippenpaar ihn verwöhnte. Es war sogar noch besser, als er es sich erträumt hatte.

Er brach den Kuss ab und ruckte in eine sitzende Position, wobei er sich gleich auch noch von Victorias Mund löste. »Was geht hier eigentlich vor?«, wollte er wissen.

Vierzehntes Kapitel

Sie hatten damit gerechnet. Penny ließ Victoria den Vortritt, da das alles Victorias Idee gewesen war. Sie schenkte Champagner ein, während Victoria sich auf die Fersen niederließ und Ray einweihte.

»Penny und ich haben uns kurz nach meiner Ankunft in London kennen gelernt«, begann sie. »Ich lebte damals noch im Landhaus in Hampshire und regelte Gordons Angelegenheiten. Einer der Wohltätigkeitsvereine, die Gordon und ich immer sehr stark unterstützten, lud mich zu einem Pokernachmittag ein, dessen Einkünfte ebenfalls der guten Sache zufließen würden. Ich ging hin und im Laufe des Abends traf ich auf Penny, und irgendwie kam das Gespräch ...«

»Wir haben uns über Kanada unterhalten.«

»Ja, richtig. Ich habe dir gesagt, dass ich Kanadierin bin, und du hast mir gesagt, dass du ein Showgirl in Montreal gewesen bist«, erinnerte sich Victoria.

»Das habe ich niemals gesagt!«, empörte sich Penny. Sie nahm einen Schluck Champagner aus dem Glas, das sie dann Victoria reichte.

»Nein, hast du auch nicht. Aber du hast gesagt, dass du in einem anderen Leben in Montreal gewohnt hast.«

Ray nahm das Glas, das Penny anbot, und trank einen tiefen Schluck. Seine Augen sagten alles, als er von Frau zu Frau schaute.

Penny wusste, dass sie gut aussah. Nach dem Erlebnis mit Nobatu hatte sie sein fast königliches Bad benutzt, bevor sie mit einem Taxi das Plaza verließ. Sie konnten nichts unternehmen, hatte Victoria gesagt – sie mussten auf Ray warten. Sie streckte ihre Beine. Im Kleiderschrank war es eng gewesen, und sie hatte verkrampft dagesessen, aber der Blick auf seinem Gesicht war es wert gewesen.

Victoria konnte nicht aufhören zu lächeln. Sie schien davon überzeugt zu sein, dass Ray sich bald entspannen würde. »Wir sprachen davon, wie naiv man sein kann«, fuhr sie fort. »Du weißt schon, verlorene Unschuld und so. Und plötzlich fiel dein Name.«

Es sprudelte nur so aus Ray heraus. »Du hast also gesagt: ›Kennst du Ray Torrington?‹, und du hast mit ›Ja‹ geantwortet.« Er schaute von einer Frau zur anderen.

»Im Grunde war es so«, bestätigte Penny. »Victoria sagte, das erste Mal wäre ihr Herz gebrochen, als ein Mann, den sie liebte, sie verließ, um nach Kuba zu gehen, und ich rief: ›Das ist ja verrückt! Mir ging es genauso.‹ Und dann fragte sie: ›Kennst du Ray Torrington?‹, und ich antwortete: ›Ja.‹«

»Ich wusste es. Und jetzt wollt ihr entsetzliche Revanche an mir nehmen?«

»Nichts in dieser Art, Liebling«, sagte Victoria besänftigend. »Wir blieben in Kontakt und schrieben uns E-Mails. Dann las ich von dem Symposium über Unterkünfte und Wohnungen für alle, und ich dachte: Ich wette, Ray kommt in die Stadt. Und ich hatte Recht! Also haben wir uns getroffen.«

»Und dann hat Victoria angeregt, dass wir dich überraschen. Zuerst sie, dann ich.« Penny biss zart in eine dicke, rote Erdbeere. Sie lehnte sich über Rays linkes Bein, die Beere noch zwischen den Zähnen. Sie bot Victoria die eine Hälfte an. Victoria nagte daran, bis von der äußeren Hälfte der Erdbeere nichts mehr zu sehen war und ihre Lippen gegen Pennys drückten. Es war ein süßer, mädchenhafter Kuss.

Beide Frauen setzten sich wieder zurück, Victoria zwischen Rays Schenkel und Penny an seiner Seite auf dem Bett. Als sie die aufgeregte und leicht besorgte Miene auf Rays Gesicht sahen, unterdrückten sie beide ihr Kichern.

»Das ist alles?«, fragte er, und sein Blick war immer noch lauernd. »Ein Abend voller Lust mit Ray?«

»Nein, das ist längst nicht alles«, sagte Victoria. »Da ist auch noch die Reise nach Kuba.«

»Ja, stimmt.« Penny nickte zustimmend. »Aber du brauchst das nicht jetzt sofort zu entscheiden. Wir wollen nur, dass du uns sagst, was du willst.«

»Einfach alles?«

»Ja«, antwortete Victoria. Sie leerte ihr Glas und reichte es Penny zurück. Victoria leckte langsam über ihre scharlachroten Lippen.

Penny kicherte und kopierte die Freundin.

»Nun, ich schätze, ihr wisst schon, was ich will, stimmt's? Ich meine, ich will ... ja, was will ich denn?« Ray rieb sich mit einer Hand durchs Gesicht. Er sah von einer Frau zur anderen. »Ich will zusehen, wie ihr euch gegenseitig Lust beschert. Könnt ihr mir das zeigen?«

»Natürlich, Darling«, gurrte Victoria. »Wir haben auch schon geübt.«

Sie hatten tatsächlich geübt. Von Anfang an war Victoria erstaunlich freimütig gewesen. Sie war eine schreckliche Pokerspielerin, deshalb hatte es sie nicht lange im Turnier gehalten, aber während des offiziellen Essens saß sie mit Penny an einem Tisch. Während die Männer weiter über Poker fachsimpelten, begannen Victoria und Penny eine Unterhaltung, die bald so intensiv wurde, wie Penny es nicht für möglich gehalten hatte.

Zuerst glaubte Penny, dass Victoria, die kürzlich Witwe

geworden war, ihre Emotionen nach außen kehren musste, aber seither hatte Penny gelernt, dass Victoria immer so war – intensiv. Aber nicht auf eine verzehrende Art und Weise. Victoria lud Penny ein, ihre intensive Welt kennen zu lernen, damit sie das Leben klarer und größer und bedeutender erfahren konnte. Das beinhaltete auch Freundschaft. Obwohl sie sich nicht einmal ein Jahr kannten, wurde Victoria die erste richtige Freundin, die das scheue Reh Penny je gehabt hatte.

Es war durchaus möglich, dass sie ihre bisexuelle Neugier erforscht hätten, wenn Ray nicht die Klammer zwischen ihnen gewesen wäre. Aber erst als sie wussten, dass er in die Stadt kommen würde, trafen sie sich zu ihrer ersten gemeinsamen Nacht, und es war ihnen nicht schwergefallen.

Penny kicherte laut. Das genau war das Reizvolle an der Begegnung mit einer anderen Frau. Alles war sanft und süß und schön, selbst jene Körperteile, von denen sie geglaubt hatte, dass sie zu ähnlich waren, um verlockend zu sein. Man brauchte nur einen Schluck Champagner und einen kichernd beendeten Kuss, und bevor es ihnen beiden bewusst geworden war, fielen sie schon über einander her.

Die Tatsache, dass sie beide so etwas noch nie getan hatten, ließ sie schwindlig werden. (Nun, Penny hatte mal ein Wochenende mit einer Lesbierin verbracht, damals, als sie in ihrer Experimentierphase war, aber das hatte sich ganz anders angefühlt. Sie war passiv gewesen und ließ sich von ihrer erfahreneren Partnerin leiten. Und anschließend hatten sie von Liebe gesprochen, und Penny hatte sich schuldbewusst gefühlt, deshalb hatte sie seither nicht wieder daran gedacht.) Mit Victoria war es ein ganz anderes Erlebnis gewesen – beide Frauen waren gleich aktiv und eifrig, und Penny wusste, dass sie diesmal nichts bereuen würde.

Sie küssten sich, beide Lippenpaare leicht geöffnet. Penny ergab sich Victorias Zunge, die sich zwischen ihre Zähne und in ihren Mund schlängelte. Victorias süßer Geschmack war berauschend. Das Wissen, dass ein in Verzückung versetzter Mann ihnen zuschaute, ließ kleine Schauer über Pennys Rücken rieseln. Himmel, war das phantastisch! Voller Eifer drängte sie sich Victorias Zunge entgegen, und dann wanden sie sich, und niemand gab auf, bis sie beide kaum noch Luft bekamen.

Ray blinzelte. Es war möglicherweise das erste Mal, dass er blinzelte, seit er Penny im Bett entdeckt hatte. Er schien immer noch wie betäubt zu sein, aber die verspannte Art, wie er seinen Körper hielt, hatte sich gelockert. Zum ersten Mal umspielte ein Lächeln seine Lippen.

»Für mich? Ihr habt das alles für mich getan?« Seine Stimme verriet seine Ungläubigkeit, aber auch seine freudige Überraschung.

»Ja, so ist es«, sagte Penny.

»Ich bin beeindruckt.« Ray nickte Victoria zu. »Sehr gut, schöne Puss.« Unter seinem lobenden Blick streckte sich ihr ganzer Körper.

Penny widerstand einem Anflug von Neid; sie war aus Gründen hier, die längst nicht so zwingend waren wie Victorias. Dies hier war neu und erregend und viel sicherer als eine Begegnung mit einem Fremden – jedenfalls hatte sie das bis zu diesem Morgen geglaubt.

Sie wusste, dass die Beziehung zwischen Ray und Victoria viel länger dauerte und auch inniger war als die kurze Zeit, die sie mit Ray erlebt hatte. Wenn jemand neidisch oder eifersüchtig sein konnte, dann viel eher Victoria.

»Es war Penny, die sich im Kleiderschrank versteckt hatte, nicht ich«, sagte Victoria großmütig. Ray streichelte Pennys

Ohr, dann folgte er der Linie des Wangenknochens mit dem Finger bis hinunter zum Kinn.

»Meine glänzende, neue Penny«, sagte er. Sie fühlte die Wärme seines Lobs, die sie in einem wunderbaren Glühen badete. »Sich im Kleiderschrank zu verstecken, um den alten Ray zu überraschen.«

Sie hatte viel mehr getan als das, aber sie sah keinen Grund, ihm zu sagen, dass sie sich mit einem Trick Zugang zu seiner Hotelsuite verschafft und in seinen Sachen gewühlt hatte. Penny hatte die Fähigkeit, unangenehme Dinge zu verdrängen.

»Ich traf ein paar Minuten vor dir hier ein, und Victoria meinte, nach der Stadtbesichtigung könntest du geschafft sein, deshalb schlüpfte ich in den Kleiderschrank und wartete da, bis du eingeschlafen warst.«

»Ich war die ganze Zeit neben dir, wie du es mir aufgetragen hast, Ray«, warf Victoria ein. »Und als du tief geschlafen hast, kam Penny auf Zehenspitze aus dem Kleiderschrank und legte sich zu uns aufs Bett.«

»Wir haben uns nicht einmal zu kichern getraut, jedenfalls nicht zu laut«, fügte Penny hinzu, dann kicherten beide Frauen; das Lachen, das sie die ganze Zeit unterdrückt hatten, kam jetzt als Kichern an die Oberfläche.

»Ihr seid beide klug und wunderschön, köstlich und begehrenswert – und sehr, sehr gut«, sagte Ray. »Erzählt bitte weiter. Zeigt mir, wie ihr spielt.«

Penny schloss die Augen, als Victorias Hand über die mit Chiffon bedeckten Brüste strich. Es war immer noch ein eigenartiges Gefühl, an dieser intimen Stelle lange Fingernägel und zarte Finger zu spüren, die sanfter streichelten als sie selbst. Penny schob das Metallband von der linken Schulter und den Arm entlang. Jetzt war ihre Brust entblößt. Die Zunge, die delikat gegen die Warze stieß, und die zarten Lippen, die daran saugten, bis sie zu prickeln begann, waren absolut weiblich, und die Lust, die sie in ihr hervorriefen, brauchte nicht hinter der Lust zurückzustehen, die ein Mann ihr verschaffte.

Penny krümmte den Rücken. Sie und Victoria hatten auch Posen geübt, und diese war eine davon. Die Idee bestand darin, ein Tableau ihrer Leidenschaft darzustellen, nachdem sie vorgeführt hatten, dass sie zu solcher gegenseitigen Leidenschaft fähig waren. Sie warf einen Blick auf Ray.

Ray knüllte ein Kissen zusammen, um seinen Kopf zu stützen. Er streckte seine Beine zu beiden Seiten von Victoria aus. Sein Gesicht zeigte einen so ungläubigen Ausdruck, dass er in einem anderen Zusammenhang komisch ausgesehen hätte, aber in diese Szene passte sein Staunen.

Die Dinge entwickelten sich genau wie geplant, dachte Penny. Warum auch nicht? Schließlich kannten sie und Victoria Ray so gut, wie er sie kannte, und inzwischen hatten sich auch die beiden Frauen kennen gelernt. Es war eine ungeheure Erleichterung, das Stadium der Planung verlassen zu können, um sich dem Ereignis selbst zu widmen. Penny hätte vor Wonne dahinschmelzen wollen, als die Frau an ihrer Brust auch die andere vom Chiffon befreite und sie mit dem Mund vereinnahmte, wie es ein Mann tun würde. Sie beobachtete den Mann, dessen Lust in seinen Augen ablesbar war und am Anschwellen seiner Männlichkeit.

Die goldene Krone auf Victorias Kopf wippte auf und ab, als sie erst einen Nippel neckte und dann den anderen. Penny strich mit den Nägeln einer Hand über Victorias Nacken und nahm einen Büschel Haare in die Hand.

»Mmm«, stöhnte Victoria. Sie schloss die Augen, öffnete sie aber gleich wieder. Die Situation war viel zu exotisch, um auch nur einen Moment davon zu verpassen.

»Dein Mund ist so süß«, gurrte sie. Sie hatten vereinbart, das Plappern beizubehalten, weil sie wussten, dass Ray ein Fan des Bettgeflüsters war. Victoria schaute hoch und sah die Dankbarkeit in Pennys Augen. Dies ließ ihr Herz schmelzen. Mit der anderen Hand strich sie über Victorias Wange. »Deine Haut ist so wunderbar weich«, murmelte sie.

Victoria hatte sich auf alle viere aufgerichtet, ihre Knie zwischen Rays, und die Hände zu beiden Seiten von Penny. Ray langte nach unten und zog ihr Satinkleid hoch, bis die Backen entblößt waren. »Nicht alles an meiner Haut ist wunderbar weich«, sagte sie. »Schau mal, Penny.«

Pennys dunkelblaue Augen wurden weit aufgerissen, als sie die Flecken und Striemen auf Victorias Po sah. Darauf war sie nicht vorbereitet gewesen. »Ray, du brutaler Macho«, rief sie. Die Striemen waren wirklich schockierend.

»Ich habe nichts damit zu tun gehabt. Die Krankenschwester war's. Kennst du Veruschka?«

»Ich habe von ihr gehört, aber ich habe sie nie kennen gelernt.« Penny wusste, dass Victoria es auch mal ein bisschen rauer liebte, aber bisher war ihr nicht klar gewesen, was sie sich darunter vorzustellen hatte.

»Später versohle ich dir auch den Hintern, damit du so aussiehst wie sie«, drohte Ray grinsend und rieb sanft über Victorias Po.

Victoria warf Penny einen bittenden Blick zu. »Danke, Ray«, murmelte Penny. Sie hatten sich über Rays dominante Art unterhalten, aber nur mit Allgemeinplätzen. Okay, Ray hatte ihr damals auch schon mal auf den nackten Po geklatscht, als sie sich schon länger gekannt hatten. Vielleicht hatte er seine ganze dominante Natur mit ihr nicht ausleben wollen, weil er das bei Victoria konnte.

Dies wurde zu einer noch größeren Herausforderung, als

Penny sich vorgestellt hatte, besonders, da sie heute schon einen Besucher durch die Hintertür empfangen hatte. Sie erschauerte. Zum ersten Mal, seit sie Ray begrüßt hatte, fragte sie sich, ob sie der Herausforderung gewachsen war.

Die einzige Möglichkeit, die plötzlichen Zweifel abzustellen, bestand darin, sich tiefer in diese Erfahrung zu versenken. Penny griff Victorias Schultern und zog die andere Frau hoch zu ihrem Mund. Wieder küssten sie sich leidenschaftlich. Diesmal weigerte sich Penny, die neue Freundin loszulassen, als sie den Kuss beendeten. Stattdessen ließ sie sich zurück aufs Bett fallen und zog Victoria mit sich.

Victoria streckte sich auf Penny aus. Ihre Bewegungen waren köstlich feminin. Ray bewegte sich auch; er drehte sich auf die linke Seite, damit er sie besser betrachten konnte, aber Penny beachtete ihn überhaupt nicht. Schließlich schauten Darsteller niemals absichtlich in die Augen der Zuschauer.

Außerdem musste sie sich auf Victoria konzentrieren und wollte die mit Satin bedeckten Brüste spüren, wenn sie sich gegen ihre pressten. Victorias delikater Duft stieg ihr in die Nase. Penny wollte auf und ab hüpfen und nur den Chiffon fühlen und darunter Haut gegen Haut. Es war erstaunlich, wie sexy die Abwesenheit eines Penis sein konnte.

Victoria glitt an Pennys Körper entlang und zog das Chiffonkleid mit beiden Händen hinunter. Als Pennys glühend roter Busch sichtbar wurde, stöhnten sie alle drei. Nach einem weiteren Moment war Penny nackt bis auf die Stöckelschuhe. Sie krümmte den Rücken und beugte die Beine, sodass Victoria sich dazwischenknien konnte.

Voller Bewunderung starrte sie auf den rosa Schlitz. Penny brauchte nicht auf Ray zu schauen, um zu wissen, dass auch er vom Anblick fasziniert war.

Victoria tauchte die Fingerspitze in Penny und hob sie an

ihre Lippen. »Du bist nass«, sagte sie und leckte den Finger ab.

»Gib mir auch was«, sagte Ray.

Victoria tauchte den Finger wieder ein. Sie verweilte zwischen Pennys Labien und badete den Finger in der Lache, die sich dort gebildet hatte. Dann beugte sie sich über Penny und bot Ray den glitschigen Finger an.

Der Anblick ihres Dekolletes nur wenige Zentimeter von Pennys Nase entfernt inspirierte Penny, sich auf einen Ellenbogen zu stützen und ihr Gesicht zwischen Victorias Brüste zu schmiegen. Victoria behielt ihre Position, während Ray an ihrem Finger saugte und Penny ihre Brüste leckte.

Weich, so weich, diese Brüste. Sie waren doppelt so groß wie Pennys. Jemand, wahrscheinlich Ray, öffnete den Reißverschluss von Victorias Kleid, sodass ihr Mieder zu rutschen begann und Penny sich noch tiefer zwischen die schweren, weißen Kugeln schmiegen konnte. Ihre Lippen suchten Victorias feste rosa Nippel.

Die Spitze ihrer Zunge glitt über die Aureole von Victorias rechter Brust. Pennys Mund und Nase waren ein paar Sekunden lang vom weichen Fleisch abgeschnürt. Wieder hörte sie das Ratschen eines Reißverschlusses, und das Mieder von Victorias Kleid fiel auseinander.

Als Penny aufschaute, sah sie, dass die Pupillen von Victorias verträumten grünen Augen sich stark vergrößert hatten. Sie genoss diese Szene genauso sehr wie Penny, die jetzt die Brüste der Freundin in beide Hände nahm und leicht drückte. Wenn Victoria auf einer raueren Gangart bestand – wofür der rote Po ein kräftiger Beweis war – dann konnte sie auch fester drücken. Victoria stöhnte.

Satin glitt an Pennys Beinen entlang, als Victoria das Kleid ausgezogen wurde. Der einzige Stoff zwischen ihnen war nur noch eine dünne Lage des Chiffons, aber wie Penny hatte auch Victoria noch ihre Stöckelschuhe an.

Sie konnte hören, wie Ray an Victorias Finger schlürfte. Er war obszön. Sie waren beide obszön. Penny war entschlossen, auch dazuzugehören. Sie richtete sich auf und fing Victorias Schenkel zwischen ihren Beinen ein. So machten es die Mädchen, hatten sie herausgefunden, wenn sie sich gegenseitig fertig machen wollten. Es fühlte sich verdammt gut an.

Sie war triefend nass. Das merkte sie auch, als der Chiffonstoff feucht an ihr hängen blieb. Sie senkte den Kopf, und ihre Lippen griffen erst die eine Warze von Victorias pendelnden Brüsten an, dann die andere.

Victoria zog hastig ihren Finger aus Rays Mund, damit sie ihre Balance über Penny halten konnte. Sie rutschte ein wenig tiefer, sodass Penny sich nun am Hüftknochen reiben konnte. Das ging sogar noch besser. Penny grunzte ihre Zustimmung und ruckte fester auf und ab. Es war gut, so gut, endlich was zu haben, etwas Hartes, an dem sie sich reiben konnte. Sie zwickte Victorias Brustwarzen, damit ihre Partnerin sich auch an was Hartem laben konnte.

Sie keuchten jetzt beide. Die Laute füllten ihre Ohren. Noch ein paar Augenblicke konnte Penny sich reiben, dann befreite sich Victoria. »Warte doch noch«, rief Penny. Sie wollte sich weiter befriedigen, auf und ab rucken, immer härter und schneller, bis ihre Klitoris hart wie ein Minischwanz wäre.

»Mach langsam«, schnurrte Victoria. Zu Pennys Enttäuschung sah sie, wie Victoria sich abwandte. Sie wusste, dass ihre Partnerin Recht hatte. Warum diese Hetze? Sie musste den Moment auskosten wie eine Braut beim Hochzeitsempfang. Der harte Teil ist vorbei, und vor ihr liegt der Rest des Tages mit einem gut organisierten Programm für Abend und Nacht und Lust.

Penny sah, dass Rays dicker Penis starr stand, obwohl er nicht berührt worden war, seit die beiden Frauen mit dem Herumtollen begonnen hatten. Er hatte beide Hände um sein Champagnerglas gelegt, vielleicht um sicherzustellen, dass er weder sich noch die Frauen anfasste. Ganz offensichtlich war er erregt, aber auch Ray hatte es nicht eilig.

Victoria zog Penny das Chiffonkleid aus, sodass nun beide Frauen – bis auf die Schuhe mit den hohen Absätzen – nackt waren. Es war Victorias Anregung, vor Ray zu strippen, denn Ray liebte die Nacktheit. Und die Stöckelschuhe ließen sie an, denn Ray hatte einen Hang zum Perversen.

Es traf zu, dass Victoria ihn viel besser kannte als Penny, aber Victoria hatte ihr versichert, dass sie keine Eifersucht in ihren grünen Augen entdecken würde, wenn Ray auf die Überraschung so geil abfuhr, wie die beiden Frauen sich das ausgemalt hatten. Trotzdem musste es schwer sein für Victoria, die viele Kissen wegen dieses Mannes nass geweint hatte.

Als bräuchte sie frischen Mut, griff Victoria nach ihrem Glas und nippte am Champagner. Penny fing den Blick der Freundin auf, wollte aber ihre Besorgnis nicht verraten, wenn sie gefragt wurde, wie sie sich fühlte. Auf der anderen Seite hatte sie für sich festgelegt, dass sie aussteigen würde, sobald es ihr zu ausgeflippt wurde.

Die Antwort in Victorias Augen war klar. Sie lächelte mit geschlossenen Lippen, aber der Grund dafür wurde einen Moment später deutlich, als Victoria in der Neunundsechzigerstellung über Pennys Gesicht grätschte, und Penny fühlte ein sprudelndes Prickeln des Champagners.

Was für eine Überraschung! Und eine, die Penny überzeugend versicherte, dass ihre Partnerin sich besser als gut fühlte: Sie liebte diese Szene.

Penny streckte die Zunge heraus. Die Spitze graste über

Victorias blonden Busch. Er war ganz anders als der Pennys, die Haare waren so fein und bleich, aber darunter fand ihre Zunge rosa Lippen und einen kleinen rosa Knopf, und diese Details stimmten mit ihren eigenen überein.

Es tröpfelte in Pennys Mund, und dann begriff sie, dass Ray Champagner in Victorias Kerbe schüttete, damit sie von Victoria trinken konnte, während Victoria von ihr trank. Victoria schlürfte gierig in Pennys Mund, der noch von der perlenden Flüssigkeit brodelte.

Natürlich hatte sie schon manche Neunundsechzig mit einem Mann ausgetragen, aber diesmal brauchte sie nicht zu befürchten, von einem zu großen Exemplar gewürgt zu werden oder gar zu ersticken, wenn der Schwanz zu hart in ihren Schlund gestoßen wurde. Sie wollte das Muschelpink der Spalte aufnehmen und aussaugen, aber es war noch zwei, drei Zentimeter von ihrem Mund entfernt.

Penny griff nach Victorias Pobacken, was ein Quietschen bei der anderen Frau auslöste, und zog sie näher an sich heran. Jetzt konnte sie mit der Zunge in die Frau eindringen und das weiche Gewebe bewundern. Es erstaunte sie immer wieder, dass so ein enger Kanal einen Penis aufnehmen konnte, vor allem einen so stämmigen wie Rays.

»Oh, Himmel«, stöhnte Ray. Das löste bei Penny ein Lächeln aus, denn sie und Victoria hatten sich darüber unterhalten, wie der Atheist Ray immer den Himmel anrief, wenn es ihm kam, und hier sah er jetzt schon den Himmel offen, wenn er dem Orgasmus nicht einmal nahe war.

Penny ächzte. Ihre Klitoris war so glühend heiß, als wäre sie mit feinen Nadelstichen traktiert worden. Victorias Klitoris war hart und geschwollen. Das und die Nässe, die immer noch in Pennys Mund tröpfelte, obwohl Ray keinen Champagner mehr laufen ließ, sagte Penny unmissverständlich, dass ihre Bemühungen bei Victoria denselben Effekt hatten wie Victorias Bemühungen bei ihr.

Obwohl sie beide erwartet hatten, dass Ray sich Zeit lassen würde, hatten sie doch damit gerechnet, dass seine Lust ihn spätestens im jetzigen Stadium eingreifen ließ, aber das war nicht der Fall.

Aber das war keine Enttäuschung. Penny wusste, wenn Victoria und sie dies nur noch kurze Zeit fortsetzten, würden sie sich gegenseitig einen Orgasmus bescheren. Sie versuchte, ihre Aufmerksamkeit von der immensen Hitze abzulenken, die sich in ihrem Schoß sammelte, damit sie sich auf ihre Zungenarbeit bei Victoria konzentrieren konnte.

Sie drückte Victorias Pobacken tiefer zu sich und konnte noch ein bisschen weiter in sie hineinstoßen. Mmm. Warme Pussysäfte rannen ihr aus den Mundwinkeln. Sie neigte leicht den Kopf, was schon genügte, um die Lippen und die Zunge auf die Klitoris zu pressen, die vor Gier pulsierte.

Penny saugte sie in ihren Mund, und Victoria hörte auf, den Schoß kreisen zu lassen. Penny hielt Victoria umschlungen, aber dann senkte Victoria wieder den Kopf und hielt Penny auf die gleiche Art umschlungen.

Das Feuer in Pennys Schoß loderte und schickte heiße Flammen zum Bauch und höher, in ihre Brüste, in die Lippen und in die Zunge. Jetzt würde es geschehen, das wusste sie genau. Sie wollte Victoria mitnehmen, aber ob das nun klappte oder nicht, sie konnte nicht länger warten, denn bei ihr würde es jeden Moment einsetzen.

Zu beiden Seiten ihres Kopfs spannten sich Victorias Schenkel, und ein Gefühl des Triumphs rauschte durch Penny. Sie trieb ihr Gesicht tiefer in Victorias rosiges Zentrum, so tief, dass sie die seidige Haut der inneren Lippen in ihrem Mund fühlen konnte. Köstlich!

Sie hatte gewusst, dass sie nah dran war, aber der Moment hatte sich durch Victorias Höhepunkt in die Länge gezogen, und als der Orgasmus dann doch über Penny hereinbrach, kam er als Schock. Penny stöhnte in Victoria hinein, und der Ton drang verzerrt und viel zu laut an ihre Ohren, und sie konnte nur ihre verzweifelte Gier ausstoßen.

Die ersten Zuckungen erschütterten sie so sehr, dass ihre Muschi gegen Victorias Zähne stieß. Vage nahm sie wahr, dass Victorias Hände ihre Schenkel gepackt hielten, und dann hörte sie Victorias Sopranstimme, die mit ihrem eigenen Stöhnen wetteiferte.

Ein paar Momente lang bildeten sie eine anhaltende Strömung von Mund zu Muschi und von Muschi zu Mund. Sie hielten sich so intensiv umschlungen, als wollten sie nie wieder voneinander lassen.

Dann fing Penny an, sich unter Victoria ruckartig zu bewegen, und Victoria mahlte ihre Pussy gegen Pennys Gesicht. Sie stöhnten jeweils in die andere hinein.

Funken entzündeten sich. Penny ritt auf einer Rakete, die senkrecht aufstieg, aber alle paar Sekunden aufgehalten und geschüttelt wurde.

Dann ruckte sie, als wäre ihr der Treibstoff ausgegangen, bis sich weitere Funken entzündeten, sodass die Rakete immer höher flog. Pennys Mund bewegte sich jetzt automatisch, saugte die Klitoris und hielt sie mit Lippen und Zähnen fest. Der Himmel drang ins Sichtfeld, von Sternen gesprenkelt.

Pennys Stimme wuchs sich zu einem gedämpften Schrei aus, als die letzten Zuckungen, nicht weniger intensiv als die ersten, sie auf einer schwebenden Wolke zurückließen.

Victoria wand sich auf ihr, und Penny fing Victorias harte Klitoris wieder mit den Lippen ein und bearbeitete die Spitze mit ihrer Zunge. »Komm schon, Mädchen«, ermutigte sie die zitternde, blonde Frau stumm.

»Du bist so eine kleine heiße Schlampe, Victoria.« Rays Worte klangen harsch, aber die Bewunderung in seinem Ton machte deutlich, dass er helfen wollte, nicht behindern. »Zeig mir, was für ein Luder du bist, Baby. Lass dich von deiner Geliebten, selbst eine Schlampe, fertig machen.«

Victoria stöhnte. Plötzlich füllte sich Pennys Mund mit einer Flüssigkeit, und auch diesmal war es kein Champagner.

Fünfzehntes Kapitel

Durch den Dunst der Euphorie, der Victoria umfangen hatte, wurden ihr allmählich zwei Dinge bewusst. Erstens – Penny schnappte unter ihr nach Luft. Zweitens – Ray schaltete sich ein.

Sie wälzte sich von Penny und landete zwischen ihnen auf dem Bett.

Er schob die feuchten Haarsträhnen von ihrer Wange. »Wunderschön, Baby«, verkündete er. Er küsste sie auf den Mund; Lippen und Zunge eiferten nach dem Geschmack von – ja, von wem? Von ihr? Von Penny?

Und tatsächlich, nachdem er ihr gestattete, fünf Sekunden in seiner Bewunderung zu baden, rollte er über sie hinweg, um zum ›Feuer von London‹ zu gelangen. Doch wenn er Pennys Mund küsste, würde er auch ihre intimen Säfte schmecken. So konnte sie gar nicht verlieren.

Ray hörte auf, Pennys Mund zu küssen und arbeitete sich an ihrem Körper entlang. Victoria bemerkte, dass Penny sie anschaute. Die beiden Frauen konnten sich nach längerer Zeit jetzt erst wieder in die Augen sehen.

»Ich bin ganz schön abgegangen«, hauchte Victoria und wurde ganz rot.

»Das habe ich mitbekommen«, antwortete Penny grinsend. »Du schmeckst wie Zuckerwasser, weil du so süß bist.« Jetzt errötete auch Penny.

Einen Moment lang waren die Frauen mit einer Intensität verbunden, die weit über die Neunundsechzig hinausging, die sie gerade erlebt hatten. Penny griff nach Victorias Hand und hielt sie auch noch fest, als Ray sein Gesicht zwischen Pennys Schenkel barg.

Jetzt war es Victoria, die Pennys Hand presste, und Penny begann zu stöhnen. Sie hatte alles mit der Präzision eines Uhrwerks geplant und organisiert, und nun konnte sie stolz sein auf das, was sie erreicht hatte – sie lagen zu dritt auf einem Kingsize-Bett, labten sich an Champagner, frischen Erdbeeren und aneinander.

Es überraschte Victoria nicht, dass die erste Frau, die Ray nach dem Beginn des Dreiers wirklich schmeckte, Penny war. Schließlich hatte er Victoria in den vergangenen vierundzwanzig Stunden schon einige Male geschmeckt.

Victoria hätte fast aufgelacht. Sie machte sich zu viele Gedanken. Sie sollte begeistert sein. He, sie war begeistert, dass Ray genauso reagierte, wie sie gehofft hatte. Die folgenden Stunden würden umwerfend und so wild sein, wie sie es alle noch nie erlebt hatten.

Victoria stützte sich auf einen Ellenbogen und hielt Pennys rechte Hand mit ihrer linken. Auf diese Weise waren die drei miteinander verbunden, auch wenn Victoria im Moment nicht ins Geschehen verwickelt war. Ray schien es wirklich auf Penny abgesehen zu haben. Auch darüber sollte sich Victoria freuen, da sie nach ihrem gewaltigen Orgasmus eine Weile der Erholung brauchte, und sie konnte sich vorstellen, dass Penny ähnlich dachte – aber wenn sie die lüsternen Geräusche der anderen Frau hörte, war das vielleicht doch nicht so.

Als sie die Zusammenkunft geplant hatte, war sie nicht darauf vorbereitet gewesen, Zeit zum Denken zu haben, über Ray mal gründlich nachzudenken, vom Ende ihrer Liebesaffäre und vom schnellen Trost, den er bei der tizianroten

Schönheit gefunden hatte. Victoria hatte sich damals in ihre Studien gestürzt und in diesem Frühjahr noch ihren Masters erhalten – aber was hatte sie davon? Sie hatte nicht viel damit anfangen können, während Ray und Penny mit deutlich geringerer Bildung viel mehr erreicht hatten.

Ray leckte und küsste sich von Pennys wildem Busch zur blassen Haut des Bauchs vor. »Ich erinnere mich an dich«, sagte er und kitzelte und leckte ihren Nabel mit dem gleichen Eifer, wie er ihre Pussy geleckt hatte.

Wieso hatte Victoria während ihrer umsichtigen Planung nicht daran gedacht, dass es schmerzlich sein könnte, eine andere Frau einzuladen, die Ray schon kannte? Victoria griff mit einer freien Hand nach einem Champagnerglas, das auf dem Nachttisch stand. Sie hatte sechs Flaschen Dom Perignon bestellt, die im Eisschrank gekühlt wurden. Sie nippte am teuren Alkohol. Die Perlen explodierten in ihrem Mund. Nur das Beste.

»Ich erinnere mich an den Nabel und daran ...« Er nahm Pennys kleine Brüste in seine großen Hände und quetschte die Nippel mit Daumen und Zeigefinger. »... und an diese fabelhaften Nippel«, fügte er noch hinzu.

Victoria strahlte. Ja, sie hatte fabelhafte Nippel. Die plötzliche Wärme, die sie überzog, war höchst willkommen, auch wenn ihr jetzt erst bewusst wurde, dass es nicht ihre Brüste waren, die er bewunderte und nicht ihre Nippel, die er zwickte. Es war fast maskulin, dieser Besitzanspruch, von dem sie plötzlich ergriffen war. Sie wusste jetzt aus erster Hand, wie ein Mann wie Ray sich fühlte, wenn er sagte: ›Ich bin so stolz auf dich‹, bevor er in sie eindrang. Das war berauschender als Champagner.

Es war Victoria, die das ermöglicht hatte, und nun war sie entschlossen, sich von dem neuen Gefühl des Besitzes leiten zu lassen. Sie würde nicht zulassen, auch nur eine Sekunde zu leiden, denn schließlich war ihr Plan perfekt.

Victoria leerte ihr Glas. Sie beugte sich über Pennys Brust und saugte eine der großen, scharlachroten Warzen in den Mund. Sie blinzelte Ray zu, ähnlich verlockend wie sonst, wenn sie ihn saugte. Aber diesmal bildeten ihre Lippen nur einen kleinen Kreis um die Erhebung des Nippels. Ray unterstützte Victoria bei der Arbeit und nahm den anderen Nippel in seinen Mund, während ihre Blicke ineinander verkeilt blieben.

Penny wand sich zwischen ihnen hin und her. Erst vor einem Moment noch hätte sich Victoria mit ihr identifizieren können, aber jetzt befand sie sich auf der anderen Seite, zusammen mit Ray, und gemeinsam wollten sie Pennys Körper zu allen Wonnen führen, die sie sich wünschte – egal, welche es waren.

Rays nasser Mund kam herüber, um Victoria dabei zu begleiten, Pennys andere Brust zu saugen. Gemeinsam leckten sie Pennys Nippel, bis er sich in einen kleinen, lavaroten Vulkan verwandelt hatte. Penny maunzte um Gnade. Sie verließen die Brust, und ihre Lippen fanden sich zu einem schnellen, nassen Kuss. Dann bewegte sich Ray von ihrem Mund zu Pennys.

Er lag über Penny, das Gewicht auf seinen Händen abgestützt, und küsste sie verwegen. Und die Schlampe, dachte Victoria, küsste mit einer totalen Hingabe zurück. Victoria schaffte es, ihre Zunge für einen Moment in die beiden anderen Münder zu stecken. Zwei frenetische Zungen, stoßend und leckend, ließen wenig Platz für ihre, aber trotzdem waren die Gefühle einmalig köstlich.

Sie rutschte im Bett nach unten. Ray lag starr da. Victoria streckte die Zunge heraus, schmeckte zuerst Rays Sehnsuchtstropfen, dann Pennys moschusartigen Geruch. Sie griff sich Rays Härte und führte die Eichel an Pennys Öffnung.

»Gut«, grunzte er.

Ermutigt ruckte Victoria an seinem Penis und stieß ihn noch ein bisschen tiefer in Penny hinein. Wieder empfand Victoria einen maskulinen Kick, beinahe so, als wäre es ihr Penis, den sie in das weiche Gewebe der Freundin schob. Es musste großartig sein, so ein wunderbares Gerät zu besitzen und dann noch die Fähigkeit zu haben, eine Frau danach süchtig zu machen.

»Du musst mich um ihn bitten«, forderte Victoria die andere Frau auf.

»Gut«, grunzte Ray wieder.

Penny stöhnte. Sie hatte Victoria gestanden, dass sie nicht annähernd so unterwürfig war wie sie und auch noch nicht viel Erfahrung mit rauem Sex hatte – abgesehen von den ersten Erlebnissen mit Ray.

Sie erinnerte sich an die langen Unterhaltungen mit Penny, die zu den Geständnissen und Umarmungen geführt hatten, und dabei war Victoria bewusst geworden, dass Ray nicht der Einzige war, der Penny vor ihrer Ankunft an diesem Abend gekannt hatte. Sie auch. Und sogar sehr intim.

Victoria war entschlossen, ihr Verständnis für Penny so voll einzusetzen, wie sie auch ihr Verständnis für Ray voll eingesetzt hatte, damit dieses Treffen ein Erfolg wurde.

»Du bist ›das Feuer von London‹, meine Liebe«, gurrte sie. »Das wissen wir, Penny. Aber jetzt wollen wir sehen, ob du auch die Schlampe von London bist. Du musst Ray anbetteln wie eine Hure.« Sie nahm Rays Penis kurz zwischen die Lippen und fühlte, wie er in ihrem Mund anschwoll. Er wollte tief in ihren Mund stoßen oder in Pennys Muschi, aber er ließ zu, dass Victoria seine Männlichkeit kontrollierte.

Was war das Gefühl, das durch ihren Körper floss? Macht? Sie kam sich wie eine Göttin vor, eine, die zerstören und erschaffen konnte. Es war ein zu Kopf steigendes Gefühl, aber nicht eins, das zur Ohnmacht führte, wie es vielleicht bei einer normalen Frau geschehen wäre. Dies hier war ein härteres Gefühl, und sie packte seinen Schaft etwas ungestümer, entließ ihn aus ihrem Mund und tauchte ihn noch ein paar Zentimeter tiefer in die Frau hinein.

»Wir warten«, zischte sie Penny an.

»Bitte, Ray ... Victoria ... bitte, ich brauche ihn.«

»Hübscher Versuch«, kommentierte Victoria. »Aber was ist es, was du brauchst?«

»Deinen Schwanz ... eh, seinen Schwanz«, brabbelte Penny. »Ich will ihn in mir spüren.«

»Wo willst du ihn spüren?«, fragte Ray. Er rutschte unruhig herum und hielt sich in seiner Position, was Victoria beeindruckte, denn in der Vergangenheit hatte sie ihn in solchen Situationen zurückhalten müssen. Aber jetzt arbeiteten sie als Team an einem sehr willigen Opfer.

»Ich will ihn in meiner ...« – Penny brach ab, nahm einen neuen Anlauf und sagte: »In meiner Muschi. Bitte.«

»Sehr schön«, murmelte Ray.

Victoria musste zustimmen. Sie nahm ihre Hand von seinem Penis, damit er ungehindert in Penny eindringen konnte. Das vollzog er sofort und trieb seinen eindrucksvollen Schaft so tief in sie hinein, dass Penny zu stöhnen begann, was Victoria nicht so deutlich hören konnte, weil die Geräusche übertroffen wurden vom Klatschen der Hoden gegen Pennys Damm.

Victoria setzte sich entspannt zurück. »Besorg's ihr gut und kräftig, Ray.«

Er bedachte sie mit einem Blick, der sie wissen ließ, dass sie mit ihrer Alpha-Tier-Haltung zu weit gegangen war. »Leg dich hin«, blaffte er sie an, griff ein Büschel ihrer Haare und drückte sie tief auf die Matratze, ihr Gesicht dicht bei Pennys.

Sie bewegte sich so schnell von der dominanten zur unterwürfigen Natur, dass ihr davon fast schwindlig wurde. Ray hatte wieder das Kommando übernommen. Die Kontrolle abzugeben war genauso berauschend, wie sie einige Momente auszuüben.

»Küsst euch«, befahl er, und die beiden Frauen gehorchten. Gleichzeitig ruckte er sich von Penny frei und kroch ungeduldig zwischen ihr rechtes Bein und Victorias linkes. Im nächsten Moment hatte er Victoria penetriert.

Wieder einmal wurden sie zu Kehlensängerinnen; sie stöhnten sich gegenseitig in den Mund, während Ray fortfuhr, sie abwechselnd zu nehmen.

Wie brachte er das überhaupt fertig? Victoria empfand großen Stolz über Rays Fähigkeit, seinen Orgasmus zurückzuhalten, als er von einer Frau zur anderen wanderte. Manchmal trieb er voller Lust in sie hinein, dann wieder beehrte er Penny. Aber er achtete darauf, dass er bei keiner Frau länger als ein paar Momente verharrte.

»Einfach phantastisch«, rief er. »Das ist nicht von dieser Welt!«

Und genauso war es. Phantastisch und nicht von dieser Welt, fand Victoria. Ihr Körper schwebte von post-orgasmischer Erlösung zu prä-orgasmischer Anspannung. Oh, verdammt, es würde ihr wieder kommen. Wenn sie seinen Stab doch nur für ein paar Stöße länger haben könnte.

Pennys unterdrücktes Stöhnen ließ Victoria wissen, dass auch sie sich auf dem Weg in die Stratosphäre befand. Oh, Mann, diesmal müssen wir Ray unbedingt mitnehmen, sonst würde er ihnen noch mal einen Höhepunkt bescheren wollen, und dann noch einen und immer noch einen.

Er konnte ein Biest sein, was das anbetraf. Eine männliche Bestie, die ihr das Gefühl gab, eine gierige kleine Prinzessin zu sein oder eine gewöhnliche Prostituierte oder lüsterne Hure, jedenfalls irgendeine Frau, die unbedingt wollte, dass man sie nahm und durchzog.

»Oh, Mann, Ray!« Sie löste den Mund von Pennys, um die Worte aus sich herauszupressen. Er war jetzt wieder in ihr, und sie spürte das Nahen des nächsten Orgasmus. Ihre Beine schlangen sich um ihn, denn sie wollte jetzt, dass er in ihr verweilte, damit ihre Muskeln etwas zu quetschen hatten – nein, nicht etwas, sondern einen Schwanz, und nicht nur irgendeinen, sondern seinen, den Schwanz von Ray.

Victoria stöhnte vor Lust, als er seinen Schoß gegen ihren mahlte und dabei über ihre Klitoris rieb. Er gestattete ihr, sich auf den Gipfel des Orgasmus zu reiten. Drei harte, rasche Zuckungen erschütterten ihren Körper. Ihre Beine streckten sich aus, und er schob sie von seinem Rücken wie ein Pferd, das zwei leichte Strohballen abwirft.

Durch den trüben Dunst ihrer postkoitalen Glückseligkeit konnte Victoria hören, wie Penny wieder in ihr Ohr keuchte. Sie drehte sich auf die Seite; sie war zwar erschöpft, aber trotzdem wollte sie Penny helfen. Und Ray natürlich auch. Aber noch bevor sie auch nur Pennys Nippel hatte drücken können, begann sie zu heulen – und besser noch: auch Ray.

Sie hatte Rays Orgasmus noch nie von Anfang bis Ende erlebt, deshalb nahm sie die Gelegenheit wahr und schaute genau zu. Sie sah, wie sein Körper geschüttelt wurde, wie sein Schaft zuckte und sein Gesicht verzerrte, und während sich seine Hände zu Fäusten ballten, pumpte er weiter in Penny hinein.

»Luder!«, rief er.

Victoria dachte nicht darüber nach, wen er damit meinte; sie war ziemlich sicher, dass er beide ansprach. Ein Pärchen feiner Luder. Sie grinste in sich hinein. Sie fühlte sich als Luder gut, wie sie sich vorher als Göttin gut gefühlt hatte. Hervorragend, dass sie beides sein konnte.

Victoria schlüpfte eine Hand zwischen die wogenden Körper, und eine Fingerspitze fand den Weg zu Pennys Perle. Sie übte leichten Druck darauf aus. Wie sie in den vergangenen Monaten bei ihren Experimenten erfahren hatte, zog dieser kleine Handgriff bei Penny immer. Und richtig – auch diesmal schrie Penny auf und hörte gar nicht mehr auf damit.

»Oh, Himmel!«, röhrte Ray, während er weiter in Penny pumpte. Jeder Stoß endete damit, dass die Hüfte gegen Victorias Finger krachte, wodurch der Druck auf Pennys Kitzler noch verstärkt wurde.

»Oh, Himmel!«, röhrte Ray wieder und zitterte am ganzen Körper, als es ihm kam.

»Bitte ...«, ächzte Penny.

Ray taumelte von Penny und streckte sich am Fußende aus. Er stöhnte immer noch. »Ich habe ein Feuerwerk gesehen, ehrlich! Wie im Kino!«

Penny lag still da, die Augen geschlossen, aber ein leichtes Lächeln ließ Victoria wissen, dass sie ihn gehört hatte. Auch sie schloss ihre Augen.

Die einzigen Geräusche, die man hörte, waren die Keuchlaute von drei Menschen. Die Luft fühlte sich schwer an, und wenn sie die Augen geöffnet hätte, würde sie vielleicht ihren Atem sehen können, und Rays und Pennys auch. Wie im Winter bei einer Schlittenfahrt.

Penny rutschte im Bett herum, aber sie stand nicht auf. Ray

blieb, wo er war – am Fußende des Bettes. Ab und zu entrang sich ihm ein Stöhnen.

Friedlich, das war das vorherrschende Gefühl. Der Sex hatte ihnen allen eine friedliche Glückseligkeit gebracht, als hätten sie gemeinsam meditiert.

»He«, sagte Ray. »Ich habe Hunger.«

Sechzehntes Kapitel

Penny war glücklich, dass sie neben Ray kuscheln konnte, während Victoria dem Zimmerservice die Essenswünsche mitteilte. Ray hatte beschlossen, dass sie zwei Pussikatzen waren und er die Eule, und dass niemand das erbsengrüne Boot verlassen durfte. Bisher hatten sich Penny und Victoria daran gehalten, aber bald würde Penny die See des Teppichs bezwingen müssen, die sich zwischen ihr und dem Bad ausbreitete. Sie konnte nur hoffen, dass da unten keine Haie kreisten.

»Ich habe zu viel getrunken«, stöhnte sie. »Was ich rede, ergibt keinen Sinn.«

»Doch, natürlich«, murmelte Ray.

»Aber in meinem Kopf hört sich das anders an.«

»Was denn, kannst du überhaupt noch denken? Mein Kopf ist wie Matsch.«

»Ja, gut gesagt. Aber ich muss jetzt aus dem Boot steigen, weil ich ins Bad muss.«

»Sei vorsichtig.«

Penny nutzte die Gelegenheit, sich kaltes Wasser ins Gesicht zu klatschen und einen Kamm durch die Haare zu ziehen. Es begann sich zu kräuseln, kein Wunder nach der Hitze, die von drei Körpern nach anstrengender Arbeit aufstieg. Sie grinste sich im Spiegel an. Sex konnte sogar eine schlechte Frisur zu einem persönlichen Triumph biegen.

Es war phantastisch gewesen, das Erlebnis zu dritt, und ihre beiden Orgasmen waren wirklich Hämmer gewesen.

Aber sie war erleichtert, dass Ray dann auch gekommen war, sodass es eine Pause geben musste, egal wie kurz. Sie wusste nicht, ob sie überhaupt noch mehr ertragen konnte. Sie schaute auf Victorias Pillendose auf dem Regal und fragte sich, ob eine Pille ihr guttun würde. Wahrscheinlich nicht, entschied sie. Sie fühlte sich immer noch ein wenig schwindlig, und ihre Gedanken neigten noch zu Albernheiten. Aber wenigstens duftete sie jetzt frischer. Sie schlüpfte in einen der Frotteemäntel, die an Haken an der Tür hingen.

Als sie aus dem Bad ging, blieb sie im Türrahmen stehen und betrachtete ihre Komplizen. Victoria hatte die Bestellung aufgegeben und teilte Ray mit, was es zu essen geben würde – als ob er sein Menü nicht selbst zusammengestellt und dann zugehört hätte, wie Victoria den Auftrag erteilt hatte.

Aber er hörte geduldig zu, während Victoria berichtete, und auf seinem Gesicht lag ein Ausdruck absoluter Zufriedenheit. Sie gaben ein schönes Bild ab. Das Einzige, was das Bild noch verschönert hätte, wäre sie gewesen, wenn sie sich zu ihnen ins Bett legte. Sie ließ ihren Mantel zu Boden gleiten.

»He, komm her!«, rief Ray.

»Pass auf die Krokodile auf«, sagte Victoria kichernd.

»Igitt!«, kreischte Penny, katapultierte sich aufs Bett und schleppte einen Fuß nach, als hätte ein großes Krokodil es schon im Maul gehabt.

»Verlasst das Boot nicht mehr«, sagten sie gemeinsam, als Penny sicher an Bord war. Vielleicht waren sie alle ein bisschen beschwipst, es konnte aber auch sein, dass sie nur freudetrunken waren vom Erfolg ihres Dreiers. Wie auch immer – sie wurden von einem Lachanfall durchgeschüttelt.

»Hört auf damit«, spuckte Penny, als sie wieder sprechen

konnte. »Sagt nichts Komisches mehr. Ich bin betrunken oder so was.«

»Oder so was?« Victoria versuchte, Champagner in ein Glas zu schütten, aber die Flasche war leer. »Egal, ich habe noch fünf Flaschen«, kreischte sie fröhlich.

»Geh nicht aus dem Boot«, murmelte Penny, aber Victoria war schon unterwegs zum Kühlschrank. Kurz darauf waren sie wieder zu dritt im Bett, was Penny wie ein kleines Wunder vorkam.

»Der Typ vom Zimmerservice wird gleich hier sein. Ich schätze, ich werde ihn an der Tür empfangen, damit er euch beide nicht in diesem Zustand in meinem Bett sieht. Ihr gebt nämlich ein prächtiges Bild ab – wie ein Löwe und sein Lieblingsbeutestück des Tages«, sagte Victoria.

»Ich nehme dich auch als Lieblingsbeutestück«, sagte Ray zu ihr, und Penny freute sich darüber. Sie fragte sich wieder, ob Victoria irgendeine Eifersucht empfand, wenn sie zu dritt zusammen waren. Schließlich hatte Victoria die ganze Vorarbeit geleistet, und sie war es gewesen, der es gelungen war, Ray nach London und in diese Suite zu locken. Dann hatte Penny nur warten müssen, wann sie an der Reihe war und Ray ihr wie auf einem Silbertablett präsentiert wurde.

Penny lachte. »Ich habe im Kleiderschrank gewartet.«

Ray lachte auch. »Du bist ganz schön verrückt. Du hättest mich mit Victoria an der Tür begrüßen können, das wäre schon Überraschung genug gewesen.«

»Aber nicht so eine tolle Überraschung«, beharrte Penny. Besonders, wenn er sie im Kleiderschrank seiner eigenen Suite gefunden hätte. Aber er war ja nicht da gewesen, und nach seinem Verhalten glaubte sie nicht, dass er schon mit dem schönen chinesischen Mädchen gesprochen hatte.

Penny überlegte, ob sie ihm beichten sollte, dass sie früher am Tag in seiner Suite war, aber sie entschied sich dagegen. So betrunken war sie dann doch nicht. Und außerdem fürchtete sie, dass sie dann vielleicht auch noch ihre Liaison mit Nobatu preisgeben würde, und wenn sie einmal dran war, würde das zu Bryce Stafford junior führen, und alles das ging niemanden was an als sie.

Als Victoria ihr ein volles Glas mit frischem Champagner reichte, nahm sie es in die Hand, obwohl sie wusste, dass sie zuerst auf das Essen warten sollte, bevor sie noch einen Schluck trank. Aber dann sagte sie sich, dass es mit dem Essen nicht mehr lange dauern konnte, und sie hatte eine Idee für einen weiteren perfekten Moment, der keine besonderen Anstrengungen von ihnen erforderte.

»Habt ihr was dagegen, wenn ich rauche?«, fragte sie. Ray schüttelte sofort den Kopf, aber Victoria überlegte ein paar Wimpernschläge lang, ehe sie sagte: »Nein, ich habe nichts dagegen. Ich könnte dir sogar Gesellschaft dabei leisten.«

»Warte«, sagte Ray. »Was ist mit deinem Herzen?«

»Eine Zigarette wird mich nicht umbringen«, antwortete Victoria.

Penny sprang aus dem Bett und hüpfte hinüber zum Kleiderschrank, in dem sie sich eben versteckt hatte. Sie musste ihre Tasche dort gelassen haben. Sie suchte den Boden ab, die Beine gespreizt, die Hüften gebeugt.

»Dieser Anblick sorgt bei mir für den nächsten Ständer«, warnte Ray vom Bett aus.

Penny richtete sich rasch auf, ihre Tasche in der Hand. Seine Worte hatten ihr einen Schauer über den Rücken rieseln lassen. Zuvor hatte er gesagt, dass er sie mit der Peitsche schlagen wollte. Offenbar hatte er diese Androhung nicht vergessen – im Gegensatz zu ihr.

Sie warf Victoria einen Blick zu, aber sie kramte in einer

Schublade und zog kleine Fetzen von Satin und Spitze heraus, während sie offenbar auf der Suche nach irgendwas anderem war. Der Po der Frau war immer noch pink mit einigen purpurnen Stellen. Einige Stellen würden schwarz werden, bevor sie verschwanden.

Victoria wackelte mit dem Po. »Ich habe diese Male jetzt seit einer Woche«, sagte sie. »Das bedeutet, dass ich auf Kuba vorsichtig sein muss und mein Bikinihöschen die nachdunkelnden Farben bedeckt.«

»Ja, stimmt«, sagte Ray lässig, obwohl es ihm wahrscheinlich nicht recht war, dass das Thema Kuba zur Sprache kam. »Alle Kerle werden hinter dir her sein, wenn du ihnen deinen bunten Arsch zeigst.«

»Warum kommst du nicht mit als mein Leibwächter?«, fragte sie Ray. Victoria gab die Suche in der Schublade auf und schritt nackt zum Badezimmer. Sie hob den Mantel auf, den Penny vorm Bad hatte fallen lassen, und nahm ihn mit aufs Bett. »Bitte, Ray«, sagte sie.

»Warum nimmst du nicht Penny mit? Mit ihr wirst du eine Menge Spaß erleben.«

»Das ist ein guter Gedanke«, rief Victoria fröhlich.

»Ich gehe auch nach Kuba, Ray«, sagte Penny. Sie griff nach einer Zigarette und ließ ihre Tasche fallen. Sie hüpfte zurück aufs Bett. »Noch eine Überraschung, was?«

»Ist das wirklich so?« Offenbar hatte es Ray die Sprache verschlagen.

Penny steckte die Zigarette zwischen die Lippen und zündete sie an. Sie atmete tief ein, ließ ihren nach Nikotin hungernden Lungen eine erste heiße Rauchdusche zukommen. »Ja. Rauchst du noch?«

»Natürlich nicht. Niemand raucht noch.«

»Aber ich«, sagte Penny. Sie zog wieder an ihrer Zigarette,

aber diesmal inhalierte sie nicht und ließ den Rauch aus ihrem Mund entweichen, ehe sie ihn durch die Nase inhalierte – Fetischisten nannten das die französische Wolke.

Ray lachte. »Gib mir auch eine«, sagte er.

»Mir auch«, sagte Victoria. Sie zog eine Zigarette aus Pennys Packung und zündete sich eine an. Penny steckte eine für Ray in Brand und reichte sie ihm.

»Ich rauche gern«, sagte sie.

»Es ist sündig schlecht für dich«, sagte Ray.

»Viele andere Dinge auch«, sagte Victoria. »Aber das heißt doch nicht, dass du sie nicht haben kannst.«

Ihre Worte hingen im Raum, so schwer wie der Rauch. »Ach, Leute«, rief Penny, »lasst uns nicht von Liebe reden!«

»Das habe ich immer an dir gemocht, Penny«, sagte Ray. »Du ruinierst nicht die Schönheit eines Moments mit einem unstillbaren Durst nach mehr.«

»Liebe ist nicht …«, begann Victoria.

Penny fühlte sich machtlos, Victoria an einem großen Fehler zu hindern. Zum Glück klopfte es in diesem Augenblick an die Tür, und Victoria wurde unterbrochen, bevor sie den Satz zu Ende sprechen konnte.

»Ich komme«, rief sie, warf sich den Mantel über und schritt zur Tür.

Penny und Ray rauchten in geselligem Schweigen, während Victoria den Mann vom Zimmerservice abfertigte und nachdrücklich sein Angebot ablehnte, den Speisenwagen ins Zimmer zu fahren.

»Das ist es, was ich an dir liebe«, sagte Ray und schaute Penny an, während er noch einen Zug aus seiner Zigarette nahm.

Penny sagte: »Ich habe mir immer gewünscht, du hättest dich damals verabschiedet.« Das war die Wahrheit, und es schadete nicht, dass er sie erfuhr. Sie wollte nicht, dass Ray sie gegen Victoria ausspielte oder umgekehrt. Wenn ihre Lustnacht ein perfekter Erfolg werden sollte, mussten sie alle eines Geistes sein. Drei in einem Boot.

Siebzehntes Kapitel

Ray stöhnte gequält. Frauen! Er nahm einen letzten Zug von seiner Zigarette und drückte sie aus, wozu er die leere Erdbeerschüssel als Aschenbecher missbrauchte. Fast wünschte er, woanders zu sein. Er hätte gern gewusst, was Bai Lon hinter ihrem ›Bitte nicht stören‹-Schild trieb.

»Aber ich habe doch eine Ansichtskarte geschrieben«, verteidigte er sich.

»Die war nicht zu entziffern«, protestierte Penny.

Victoria fuhr einen Wagen, mit Speisen hochbeladen, ins Zimmer.

Ray griff nach einem Teller. »Das sollte ›Goodbye‹ heißen«, sagte er.

Darüber musste Penny lachen. Er hatte damit gerechnet, aber man konnte nie wissen. Sie war ein guter Kumpel, ein viel besserer Kumpel als Victoria, und doch ... Ray attackierte das Eiersandwich.

Victoria hatte sich ein Clubhouse Sandwich ausgesucht, und er sah, dass Penny beim Anblick ihres Hamburger deluxe das Wasser im Mund zusammenlief. Sie bemerkte, dass er sie beobachtete.

»Ja, da kannst du gucken«, sagte sie und nahm einen großen Bissen. »Ich bin keine Vegetarierin mehr. In meinem Job brauche ich die Proteine, die das Fleisch liefert.«

»Ich will dir nicht widersprechen«, antwortete er. »Was ist das für ein Job? Wer ist das ›Feuer von London‹? Du bist doch kein Showgirl mehr, oder?«

»Nein. Ich bin eine ehrbare Frau geworden, extra für dich. Jetzt spiele ich Poker und kann davon leben.«

Penny und Ray lachten kurz auf, aber Victoria lachte nicht mit. Sie sagte ernst: »Penny ist so was wie eine Prominente geworden, Ray.«

»Dann sollte ich dich um ein Autogramm bitten.«

»Damit du es auf E-Bay verkaufen kannst?«, fragte Penny.

»Ja«, erwiderte er, und sie lachten wieder. »Aber das Geld ...«

»Lass mich raten«, sagte Penny. Sie nahm die Haltung einer Hellseherin an, eine Hand auf der Stirn, als wollte sie seine Gedanken lesen. »Das Geld würdest du für einen guten Zweck zur Verfügung stellen.«

»Ja, stimmt!«

Penny hatte ihren Hamburger verschlungen und griff jetzt die Fritten an. »Du hast dich überhaupt nicht verändert«, sagte sie.

»Dafür du umso mehr«, gab Ray zurück. »Du isst dein Essen nicht mehr in alphabetischer Reihenfolge.« Ray nahm Victorias Hand und küsste sie. Es wäre nicht gut, sie von der Unterhaltung auszuschließen, auch wenn er und Penny sich noch viel zu erzählen hatten. Victoria war ein komplizierter Mensch und konnte schnell abweisend werden.

»Penny ging alphabetisch beim Verputzen ihres Essens vor«, erklärte er. »Wenn sie das beibehalten hätte, müsste sie die Fritten vor dem Hamburger gegessen haben.«

»Vielleicht geht sie von Burger und Fritten aus«, meinte Victoria.

Penny schüttelte den Kopf. »Das wäre ja gemogelt. Außerdem gab es auch noch eine eingelegte Zwiebel.« Sie zeigte auf ihren Teller, auf dem keine Zwiebel mehr lag. »Aber sonst habe ich mich nicht sehr verändert«, meinte sie. »Irgendwann war es mir zu albern, die alphabetische Reihenfolge beim

Essen einzuhalten, und später habe ich gedacht, dass ich rückwärts essen – also von Z bis A. Und dabei ist es bis heute geblieben.«

Victoria und Ray schauten auf Pennys fast leeren Teller. »Zwiebel, Hamburger, Fritten«, murmelte Ray. »Ja, so geht es auch.« Er verdrückte den Rest seines Sandwichs.

Victoria schaute von Ray zu Penny und wieder zurück.

»Was ist?«, fragte Penny.

»Mir war gar nicht bewusst, dass du so gestrickt bist«, sagte Victoria. Sie nahm einen Bissen von ihrem Sandwich und kaute nachdenklich. »Das klingt fast ein bisschen bizarr.«

»Ich bin nicht diejenige mit einem schwarzen und blauen Hintern«, rief Penny.

»Das stimmt«, räumte Victoria ein. Sie grinste Penny an und stahl eine von ihren Fritten.

»He!« Penny tat so, als wollte sie ihren Teller in Sicherheit bringen. Die Frauen kicherten wie unschuldige Mädchen.

Das Essen war gut und der Champagner phantastisch, aber es war der Anblick der beiden zerzausten Frauen auf seinem Bett, der diese Erfahrung weit über alles stellte, was Ray in seinem bisherigen Leben genossen hatte. Voller Zuversicht schaute er von einer zur anderen und legte das entzückende Bild in einem Teil seines Gehirns ab, in dem er es immer wieder abrufen konnte – wann immer er starken Trost brauchte.

»Ich liebe es!«, rief er ohne nachzudenken.

»Ja, *es*«, murmelte Victoria.

»Ich liebe dich, schöne Puss«, sagte er und streichelte über ihre Hand. »Wie oft muss ich dir das noch sagen?«

»Gar nicht mehr, Ray.«

»Und du, ›Feuer von London‹. Die Wahrheit ist, dass ich dich auch liebe.«

»Du brauchst das nicht zu sagen«, meinte Penny.

»Ich weiß. Aber es stimmt.«

»Ich liebe dich auch, Penny«, sagte Victoria.

»Nun, ich liebe euch auch alle«, verkündete Penny ernsthaft, und alle lachten.

»Das verlangt nach einer Runde Champagner«, rief Ray.

»Die Sache ist die ...«, begann Victoria.

Ray hätte fast aufgestöhnt. Man konnte sich darauf verlassen, dass Victoria von der Oberfläche zum Kern vordringen wollte, womit sie eine leichte, fröhliche Atmosphäre zerstören konnte. Er schenkte trotzdem die Gläser voll.

»Was bedeutet es denn, jemanden zu lieben? Ich finde, es bedeutet mir etwas ganz anderes, als es dir bedeutet, Ray. Und vielleicht auch Penny.«

»Für mich bedeutet es«, sagte Penny und nahm das Glas an, das Ray ihr reichte, »dass ich der anderen Person die Wahrheit sage, dass ich mich um sie kümmere und dass ich sie begehre – und das trifft auf die Anwesenden zu.«

»Darauf trinke ich«, sagte Ray. Er und Penny ließen ihre Gläser anstoßen, dann tranken sie.

»Und das ist es?«, fragte Victoria. »Das ist großartig für den heutigen Abend, aber wenn das alles so zutrifft, warum bleiben wir dann nicht zusammen?«

»Man sagt, dass Liebe alles erobert, aber ich glaube, es ist genau umgekehrt«, meinte Penny. »Ich glaube, die Liebe wird immer neu erobert. Und wenn du immer wieder jemanden lieben willst, musst du wahrscheinlich gehen und dir einen neuen Partner oder eine neue Partnerin suchen.«

»Das ist der Teil, den ich nicht verstehe. Für mich ergibt er keinen Sinn«, sagte Victoria.

»Victoria«, sagte Ray in zärtlichem Tonfall. »Du verstehst einfach nicht, wie ich das sehe. Nur zu wissen, dass du da bist, macht mich glücklich.«

»Aber du hast Penny vergessen.«

»Niemals!«

»Aber natürlich, Ray«, widersprach Victoria. »Du hast gesagt, du könntest dich nicht an eine andere Beziehung nach mir erinnern, bevor du nach Kuba gereist bist.«

»Das habe ich gesagt?« Er hasste es, dass Victoria ihn derart bloßstellte. Schon möglich, dass er Pennys Namen vergessen hatte, oder auch, dass er nach dem Wiedersehen mit Victoria vorübergehend die Zeit vergessen hatte, die er mit Penny verbracht hatte. Aber warum musste sie das jetzt wieder ins Gespräch bringen?

»Es ist schon okay«, sagte Penny, aber man sah ihr an, dass sie verletzt war. »Ich wollte dich nur wiedersehen, weil … weil ich dachte, das müsste Spaß bringen. Und ich wollte wissen, was auf der Ansichtskarte stand.«

»Goodbye«, sagte Victoria. »Hast du sie wenigstens mit ›In Liebe, Ray‹ unterschrieben?«

Er wollte ja sagen, aber er wusste, dass die Antwort nein lauten musste, und sie wusste das wahrscheinlich auch. »Ich habe es unterschrieben wie alles, was ich damals unterschrieben habe – ›In Solidarität, Ray‹.«

»Gut«, ächzte Penny. »Ich bin froh, dass ich es damals nicht entziffern konnte, sonst hätte ich vielleicht zwei Tage lang geweint und nicht nur einen.« Sie leerte ihr Glas.

Ray war gerührt. »Du hast geweint, als ich gegangen bin?«

Penny nickte.

Ray rieb mit dem Daumen über ihre Wange. »Da ich dich nun noch mal gesehen habe, verspreche ich dir, dass ich dich nie wieder vergessen werde«, schwor er.

»Es wäre einfacher, wenn du mit uns nach Kuba kommst, dann kannst du sie nicht vergessen«, sagte Victoria und starrte ihn über den Rand ihres Glases an.

»Wir werden sehen«, sagte er und stellte das leere Glas neben seinen Teller auf dem Tablett ab. »Ich denke darüber nach.«

Ray setzte sich auf und schwang die Beine auf den Boden. »Wie spät ist es?«, fragte er. Es spielte eigentlich keine Rolle, aber er wollte Penny und Victoria daran erinnern, dass er noch keine Verpflichtung eingegangen war, mit keiner von ihnen. Gut, er hatte Victoria gesagt, dass er die Nacht über bleiben wollte, aber Pläne konnten sich ändern.

Im Zimmer lagen Schuhe herum, Kleider und zahlreiche Accessoires. Er wäre fast über Pennys Handtasche gefallen, deshalb hob er sie auf. Sie fiel auseinander, und Ray sah einen pinkfarbenen Briefumschlag. Er schüttelte sich.

»Was zur Hölle ist das denn?«, fragte er und fischte den Umschlag aus der Tasche.

»Lies nicht meine Post!«, rief Penny, aber es war schon zu spät.

»Er ist an mich gerichtet!« Er stürmte zum Bett. »Das ist eine Notiz, die Victoria mir ins Plaza geschickt hat. Wie kommt sie jetzt in deine Tasche?«

»Es tut mir leid, Ray«, sagte Penny. »Es war ... ich ging ... auf dein Zimmer, um zu sehen, ob du da warst. Aber du warst nicht da, und so habe ich ...«

»Und so bist du in mein Zimmer eingebrochen.«

»Du hast mir beigebracht, wie man das macht; erinnerst du dich? Es stand im ›Handbuch des Anarchisten‹. Ich habe diesen Trick nie vergessen, und da ich immer ein Kartenspiel dabeihabe ...«

»Das gefällt mir nicht.«

»Deshalb habe ich ja auch nichts davon erzählt.«

»Nein, es gefällt mir überhaupt nicht.« Er bedachte beide Frauen mit kühlen Blicken. Wenn er jetzt gehen wollte, hätte er den besten Vorwand. Aber das war es nicht, was er wollte, noch nicht. Sein Blick fiel auf die Peitsche, die sich unter den Laken verheddert hatte.

»Es tut mir leid, Ray«, sagte Penny.

»Ich fürchte, ich werde dich bestrafen müssen, Penny«, sagte er.

Achtzehntes Kapitel

Seine Worte ließen Penny vor Furcht zittern. Ihr Mund bewegte sich, als wollte sie protestieren, aber es kam nichts heraus. Sie starrte auf die Tasche in seiner Hand und wollte, dass er sie endlich schloss, den verdammten Brief tief versenkt. Wie hatte sie nur so sorglos sein können? Jetzt erinnerte sie sich – sie war in Eile gewesen, weil sie unbedingt eine Zigarette rauchen musste. Zigaretten waren wirklich schlecht für dich.

»Es tut mir leid«, war alles, was sie herausbekam. Sie schaute Victoria Hilfe suchend an, aber Victoria schien ebenso sprachlos zu sein wie sie. Kein Wunder, denn Victoria hatte ja nicht gewusst, dass sie sich des Briefes bemächtigt hatte. Penny könnte jetzt auch nicht mehr sagen, warum sie ihn an sich genommen hatte. Sie erinnerte sich nur, dass es an die Tür geklopft hatte und sie in Panik geraten war.

»Ein Mädchen ...«, begann sie. Sie befeuchtete die Lippen und versuchte es noch mal. »Ein Mädchen hat an deine Tür geklopft, da habe ich schnell den Brief eingesteckt und bin abgehauen.«

»Welches Mädchen?« Ray ließ die Tasche fallen und näherte sich dem Bett. Aber statt sich aufs Bett zu setzen, bückte er sich nach der Peitsche.

»Sie hatte eine Balenciaga-Tasche«, sagte Penny, aber das sagte Ray nicht viel. »Ein chinesisches Mädchen mit einer Balenciaga-Tasche.« Sie hatte Angst, dass sie anfing zu plappern, wenn er nicht aufhörte, die ganze Zeit auf sie und dann auf die Peitsche zu starren.

»Wer ist das, Ray?«, fragte Victoria.

»Jemand von der Tour, nehme ich an«, sagte er irritiert. »Eine Kollegin vom Symposium, aber so genau weiß ich das nicht, weil ich sie ja nicht gesehen habe.«

»Ihr Zimmer liegt in der Nähe von deinem«, ergänzte Penny.

»Wir reden nicht über sie, Penny. Wir reden über dich«, sagte Ray scharf.

»Ich hätte den Umschlag nicht in die Hand nehmen dürfen, aber als sie an die Tür geklopft hatte, war meine Angst so groß, dass ich ihn in die Tasche geworfen habe.«

»Mich stört weniger, dass du den Umschlag hast mitgehen lassen, sondern vielmehr die Tatsache, dass du in mein Zimmer eingebrochen bist.«

»Ich habe doch gesagt, dass es mir leidtut.«

»Das genügt nicht.« Er ließ die Peitsche kurz knallen. »Das genügt absolut nicht.«

»Bitte nicht. Ich habe noch nie ...«

»Ich habe dich schon selbst verhauen, du dummes Mädchen.«

»Das ist Jahre her, und du hast nur mit der Hand zugeschlagen. Bitte, Ray, ich meine es ernst ...« Penny traute sich nicht, Victoria anzusehen. Sie wusste, dass die andere Frau ihr mit den Augen signalisieren würde: ›Du hast versprochen, dass du alles mitmachen willst.‹ Das stimmte so auch, aber mit so etwas hatte sie nicht gerechnet.

»Du hast die Wahl. Entweder bist du mit einer anständigen Bestrafung einverstanden oder ich gehe.«

»Nein!«, rief Victoria. Sie wandte sich an Penny, und die Tränen standen ihr schon in den Augen. »Penny, Penny, das kannst du nicht wollen.«

Oh, verdammt, diese Frau. Penny liebte Victoria sehr, und

sie wusste, wie sehr sich Victoria wünschte, dass Ray sie auf ihrer Reise begleitete. Und danach? Sie war sicher, dass sie nach zwei Wochen Kuba bereitwillig zurückgehen würde, ohne sich noch einmal umzusehen, während Victoria hoffte, dass er bei ihr bleiben würde. Nicht, dass Victoria das je ausgesprochen hatte, aber Penny wusste es, nachdem sie die beiden zusammen gesehen hatte. Victoria war verrückt nach Ray.

»Ich mache es«, sagte sie. »Aber es wird mir nicht gefallen.«

»Ich glaube, es wird dir doch gefallen«, sagte Ray. Er ließ die Peitsche durch die Luft zischen und grinste. »Ich glaube, du stehst auf Schmerzen.«

»Was wollen wir wetten? Ich verdopple! Ich will von Schmerzen nichts wissen.«

»Die Wette gilt«, rief Ray. Er ließ die Peitsche aus dem Handgelenk durch die Luft sirren. »Ich wette, dass du nach zwölf Schlägen der Peitsche süchtig geworden bist. Wenn ich gewinne, nehme ich mir deinen Po, und wenn du gewinnst, kannst du mich die Peitsche schmecken lassen.«

»Ray!« Victoria hörte sich entsetzt an.

»Ja, die Wette gilt!« Penny schrie den Satz heraus, bevor ihr richtig klar wurde, auf was sie sich da eingelassen hatte. Sie hatte noch nie eine Wette verloren – nun, fast nie. Sie wusste nicht, ob sie auch bei diesem Spiel tricksen konnte.

»Bereite Penny vor, damit sie es bequem hat, wenn ich ihr den Arsch versohle«, sagte Ray zu Victoria.

»Ja, Herr«, hauchte Victoria.

Penny sah, dass die unterwürfige Sprache Victoria erröten ließ. Die Worte blieben wie Rauchwolken in der Luft hängen. Victorias Ergebenheit hätte eigentlich albern klingen müssen, sie klang wie in einer schlechten Sitcom, aber das war nicht so. Victoria hörte sich sexy an.

Pennys Gliedmaßen fühlten sich schwer an, als sie Victoria erlaubte, sie in die geeignete Position zu bringen. Es war, als wäre sie nichts mehr als eine Puppe mit veränderbaren Gelenken. Sie war so verängstigt wie vor ein paar Stunden, als sie fürchten musste, in Rays Zimmer entdeckt zu werden. An der Schwelle zur Panik. Wie um alles in der Welt konnte ein braves Mädchen wie sie in so gefährliche Situationen geraten?

Sie und Victoria hatten sich darüber unterhalten, dass Ray eine Neigung zu rauem Sex hatte, aber sie hatte nicht erwartet, dass er eine Peitsche mit sich herumträgt. Sie warf Victoria einen argwöhnischen Blick zu, die daraufhin schuldbewusst den Kopf senkte.

»Du hast die Peitsche mitgebracht!«, beschuldigte Penny sie.

»Mir gefällt es, meine Liebe, und dir wird es auch gefallen. Vertrau mir.«

Penny hätte fast aufgelacht. Für drei Menschen, die behaupteten, es mit der Wahrheit immer genau zu nehmen, war da niemand, dem sie vertrauen würde. Aber sie ließ es zu, dass Victoria ihren nackten Körper auf alle viere drapierte, einen Stapel Kissen zwischen ihr und dem oberen Ende des Bettes.

»Wenn es nötig sein sollte, lässt du dich später einfach auf die Kissen fallen, oder du hältst dich hier fest«, sagte Victoria und tippte mit den Fingernägeln auf die durchgehende Bronzestange am Kopfende.

»Großartig«, knurrte Penny. Sie weigerte sich, Victoria ins Gesicht zu schauen.

Victoria griff Penny in die Haare und drehte ihr Gesicht zu sich. Sie presste die vollen, nassen Lippen auf Pennys Mund, und Penny ließ sich darauf ein.

Victorias Zunge fand Pennys und tippte dagegen, als wollte sie daran erinnern, dass sie schon viele dekadente Spiele miteinander getrieben hatten. Und jetzt kam eben noch ein weiteres Spiel dazu. Penny schloss die Augen. Sie hatte sich gefürchtet, als Nobatu sie von hinten nehmen wollte, aber es hatte sich rasch in Lust verwandelt. Sie war auch ein bisschen verängstigt gewesen, als sie und Victoria das erste Mal miteinander gespielt hatten. Und es war wunderbar gewesen! Aber was jetzt geschehen sollte – sie konnte den Gedanken nicht ertragen. Und dann endete der Kuss viel zu hastig.

»Du wirst sehen«, flüsterte Victoria. »Es ist wie nichts, was du je gespürt hast, diese Kombination aus Schmerz und Lust.«

»Still!«, befahl Ray. Victoria hörte sofort auf zu reden. »Du«, sagte er und richtete die Peitsche auf Victoria, »du darfst die Schläge zählen. Du«, sagte er und tippte mit der Spitze der Peitsche auf Pennys Po, »wirst mindestens zwölf Schläge mit der Peitsche hinnehmen und dann noch einige, die ich mit der Hand klatschen will.«

»Ja, Herr«, sagte Victoria. Sie stand vom Bett auf und stellte sich neben Ray. Penny konnte sie im Spiegel auf der anderen Seite des Betts sehen, aber sie wollte nicht zuschauen, deshalb drückte sie schnell die Augen zu.

»Ja, Herr«, sagte Penny. Auf ihrem ganzen Körper prickelte die Haut. Wie schnell sie sich in einer Sprache zurechtfand, die sie noch nie gesprochen hatte. Vielleicht würde das ja doch nicht so schlimm werden.

Zuerst war es auch nicht so schlimm. Ray klatschte ihr ein halbes Dutzend Mal seine flache Hand auf die Pobacken. Penny spürte Hitze, zuerst auf der Oberfläche der Haut, dann – kaum glaublich – darunter. Seine festen Schläge ließen sie innerlich glühen! Victoria stand dicht dabei und strich mit den Händen über Pennys Rücken, sie glättete ihre Haare und verlieh ihr große Zuversicht. Penny fühlte sich als Ehrengast bei einer bizarren Feierlichkeit.

Ray hielt inne. Pennys Muskeln verkrampften, auch wenn Victoria flüsterte: »Entspanne dich.« Als ob.

Die Peitsche sirrte durch die Luft, und dann landete der erste brennende Schlag auf ihrem armen, nackten Po. »Au!«, protestierte sie und wand sich hin und her. Sie riss die Augen auf und rief empört: »Das tut weh!« Sie warf sich herum und starrte die beiden empört an.

»Es soll auch wehtun. Zapple nicht rum«, blaffte Ray sie an. Seine blassblauen Augen sahen sie so intensiv an, dass sie nicht mehr hinschauen mochte. Ihm schien es Spaß zu bereiten, ihre Willenskraft zu brechen.

»Das war der erste Schlag, Herr«, zählte Victoria pflichtschuldigst. Sie biss sich auf die Lippe und senkte den Blick, als sie bemerkte, dass Penny sie vorwurfsvoll anschaute.

Penny schüttelte den Kopf, als sie ihr Bild im Spiegel sah. Närrin, schalt sie sich. Wieso hielt sie das durch? Es behagte ihr überhaupt nicht. Und sie wollte auch den zweiten und dritten Schlag nicht einstecken müssen. Aber der vierte fühlte sich anders an. Nicht leichter oder sanfter, nur irgendwie tiefer. Als ob der Schmerz unter ihre Haut kroch oder über ihre sexuellen Organe in den Körper hineingezogen würde.

»Das war der vierte Schlag, Herr«, berichtete Victoria, dann: »Das ist Nummer fünf.«

Ray legte eine Pause ein. Er strich mit einer Hand liebevoll über Pennys Po. Oh, Mann, wie sie glühte, innen und außen. »Hübsch«, sagte er. Seine Stimme klang stolz, aber sie wusste nicht, ob es der Stolz war, weil sie den Schmerz ertragen hatte, oder der Stolz auf sich selbst, weil er sie dazu gebracht hatte, seine Züchtigung auszuhalten.

»Danke, Herr«, murmelte Penny, um auf der sicheren Seite zu sein.

Sie war auf der sicheren Seite, begriff sie. Sicher in den Händen eines Sadisten und seiner sklavischen Assistentin. Verrückt vielleicht, aber wahr. Die Situation war so schräg, das Gefühl so pervers erotisch, dass Penny sich auf einmal völlig unbeschwert fühlte.

Ein weiterer Schlag riss sie nicht in die Wirklichkeit zurück, im Gegenteil, er stieß sie tiefer in einen benebelten, verwirrten Zustand.

»Sechs, Herr«, sagte Victoria. »Sie fühlt es.«

»Hast du schon mal deine Nippel abgeklemmt? Sie lechzen danach, weißt du?«, sagte Ray.

»Nein, nie«, antwortete Penny. Sie wünschte, er würde mit den Klatschern fortfahren. Die Wärme in ihrem Körper ging schon wieder leicht zurück, und sie spürte die pochende Not in ihrer Mitte.

»Ich würde mich gern sofort darum kümmern, wenn ich ein paar Klemmen dabeihätte. Oder wenigstens ein paar Wäscheklammern. Ich weiß!« Ray schnipste die Finger. »Victoria, du wirst meine Nippelklemmen sein! Rauf aufs Bett!«

Victoria erfüllte hastig ihren Auftrag und kniete sich an Pennys rechte Seite. Zuerst tätschelte sie Pennys Kopf, als wäre sie ein Pony, dann drückte sie leicht auf die schmalste Stelle des Rückens, sodass Pennys Po sich noch steiler aufrichtete. Schließlich griff sie unter Penny und nahm einen harten, scharlachfarbenen Nippel in jede Hand.

»Jetzt?«, fragte sie.

»Jetzt«, sagte Ray.

Penny kreischte, als Victoria ihre Nippel quetschte, dann schrie sie erneut, als die Peitsche auf sie regnete und die Hitze sie wieder in ihre Gewalt nahm. Sie fühlte sich wie eine

Rakete, die auf ihre Entzündung wartete. Victoria verstärkte ihre Griffe noch.

»Bleib still liegen!«, fuhr Ray sie an.

»Sieben, acht, neun, Herr«, rief Victoria, einmal für jeden Peitschenschlag.

Penny biss sich auf die Lippe, um sich daran zu hindern, ihn zum Aufhören aufzufordern. Sie konnte sich an ihre Wette gar nicht mehr erinnern, aber sie war entschlossen, ihre zwölf Schläge zu ertragen. Es war eine Frage des Stolzes für sie geworden, und mit Victorias Fingern, die an ihren Nippeln zerrten und zurrten, hatte sie jetzt drei Entzündungsmöglichkeiten der Rakete, die sie bald ins All katapultieren würde.

»Zehn!«

Entweder schlug Ray nicht mehr so hart zu, was sie sich nicht vorstellen konnte, wenn sie das bedrohliche Sirren durch die Luft hörte, oder sie fühlte die Hiebe nicht mehr so heftig wie vorher. Der Schmerz war nahe daran, das Ziel zu erreichen.

»Bitte darum, du Schlampe«, zischte Ray.

»Ich will noch zwei«, rief sie, dann fügte sie gerade noch rechtzeitig dazu: »Bitte.«

»Es gefällt dir, was?«, fragte Ray. »Sieh mich an und sage mir, dass es dir gefällt.«

Penny schlug die Augen auf. Sie schaute hinunter auf ihre kleinen Brüste, von Victorias zierlichen Händen bedeckt. Ihre Nippel lugten zwischen den Fingern hervor, geschwollen und purpurn. Sie blickte in den Spiegel und sah Ray mit erhobenem Arm, das Gerät seiner Bestrafung hoch über ihren geröteten Backen. Sie verdrehte den Körper, um Ray in die Augen sehen zu können, aber Victoria bewegte sich nicht mit ihr. Die Empfindungen in ihren Brüsten wurden noch stärker.

»Ich liebe es, Herr«, sagte sie. Die Worte hörten sich an, als kämen sie von weit her, beinahe so, als würden sie von einem anderen gesprochen. Und Ray sah aus, als würde er in goldenem Licht gebadet.

»Ihre Pupillen sind weit geöffnet, Herr«, berichtete Victoria.

»So stelle ich mir mein Mädchen vor!« Der Stolz brach in seiner Stimme und auf seinem Gesicht breit durch. Er hob den Arm noch etwas höher, damit der vorletzte Schlag noch ein bisschen mehr brennen würde.

Penny schaute zu, wie die Peitsche auf ihre Haut klatschte. Der Schlag trieb das Gefühl tiefer in sie hinein und traf fast ihren Kern.

»Elf, Herr«, rief Penny beinahe im Gleichklang mit Victoria.

Sie schloss die Augen und wappnete sich gegen den letzten Peitschenschlag. Die Kraft dahinter hätte sie um ein Haar umgeworfen, aber Victorias Hände, immer noch um ihre Brüste gedrückt, hielten sie in Position.

»Zwölf, Herr«, rief Victoria und gab Pennys Nippel frei.

Feuer von beiden pulsierenden Punkten brannten tief in Pennys Brüsten, so tief, dass sie sich irgendwo in ihrem Schoß mit der Hitze verbanden, die von den Peitschenschlägen verursacht worden war. Penny kam es so vor, als wäre sie nur noch ein Sender für Schmerz geworden.

Hände berührten sie, strichen über Gesicht und Brüste, etwas rauer auch zwischen ihren Beinen. Zum Glück fand ein Finger ihre Nässe und die Klitoris. Wie ein Finger auf dem Zündkopf einer Bombe.

Es gab ein entsetzlich kurzes Runterzählen, dann waren alle Punkte angeschlossen, und Penny wurde geschüttelt und schrie auf, als es hinaus ins All ging.

»Was ist passiert?«

Ein kühles Tuch presste auf ihre Stirn. Auch auf der Brust lag etwas Kaltes, und als sie ihre Hände dahin legte, war es ebenfalls ein Tuch, das die Brüste bedeckte. Ihre Nippel schmerzten.

»Gott sei Dank, dass du okay bist. Ich fürchtete schon, es wäre zu viel für dich gewesen.« Es war Victoria, ihre liebe Freundin Victoria, die besorgt auf sie hinunterschaute.

Penny sah sich um und machte sich mit der Umgebung vertraut. Ja, richtig. Hotelzimmer, Victoria und ... »Wo ist dieser sadistische Bastard?«

»Hier bin ich, meine Liebe.« Ray trat aus dem Badezimmer, ein paar Fläschchen mit Pillen und ein Glas Wasser in den Händen. »Nimm eins von diesen«, sagte er und reichte ihnen eines der Fläschchen.

»Was ist das?«

»Ich habe etwas gefunden, das helfen könnte, die Schwellungen abklingen zu lassen.«

»Mir geht's gut«, wehrte sie ab. Sie drehte sich herum, damit sie ihre Rückseite im Spiegel sehen konnte. Sie stöhnte, als sie das Muster der Streifen sah, wie eintätowiert auf dem glühend heißen Hintern. »Glaube ich wenigstens.«

Ray grinste. »Ich bin froh, dass du nicht diejenige mit dem angegriffenen Herzen bist. Du hast zwischendurch mal ausgesehen, als wärst du tot und im Himmel.« Er zwinkerte ihr zu. »Hier sind deine Pillen«, sagte er zu Victoria und reichte ihr das andere Fläschchen. »Du musst zwei am Tag nehmen. Wir wollen doch nicht, dass unsere Schwester böse auf uns ist, was?«

»Nein, natürlich nicht.« Victoria nahm eine Pille heraus und schluckte sie mit einem Glas Wasser.

»Ich will es mir mal anschauen«, sagte Penny und setzte

sich auf. »Autsch!« Sie stellte sich hastig hin, um ihren Po vom Druck zu erlösen. Sie stellte fest, dass sie auf unsicheren Beinen schwankte.

Aus der Nähe war das, was sie sah, ein Schock. Ihr Hintern war scharlachrot und mit einigen blitzenden, purpurnen Querlinien verziert.

»Oh, Mann, Ray!«, stöhnte sie. »Sie werden Jahre zu sehen sein!«

»Aber nein. In weniger als einer Woche werden sie alle weg sein.«

»Versprochen?«

»Ja. Ich kann dir auch versprechen, dass du sie vermissen wirst, wenn sie erst einmal verschwunden sind.«

»Oh, nein«, knurrte sie. Was war, wenn er sich irrte? Oder – noch schlimmer – wenn er Recht hatte? »Bin ich jetzt eine Masochistin?«

»Du stehst auf Schmerzen, meine Süße. Das ist jedenfalls sicher.« Ray gluckste. »Aber keine Sorge, es bleibt unser Geheimnis.«

Victoria stellte sich zu ihr vor den Spiegel. »Du warst großartig, Penny. Du bist schon nach Sekunden gekommen, du hast sofort zu heulen begonnen, und dann bist du einfach weggetreten. Und wie es dir gefallen hat!«

»Was ist, wenn ich nicht will, dass mir diese Bestrafung gefallen hat?«

Victoria stellte sich mit dem Rücken zum Spiegel. »Unsinn. Das ist ein weiteres Stück des Puzzles, das Penny heißt. Es ist gut. Und die Striemen gehen zurück. Schau doch nur, wie deine leuchten im Vergleich zu meinen, und ich habe meine erst heute Morgen erhalten.«

Das stimmte. Victorias Striemen waren schon viel flacher, während Pennys so ausschauten, als würden sie noch anschwellen. Wie kleine, zarte Plätzchen mit rosa Zuckerguss.

»Ich bin noch wund«, sagte Victoria. »Aber nicht mehr so sehr wie du.« Sie steckte einen Finger in den Mund und strich über einen Striemen auf Pennys Po.

»Autsch«, murmelte Penny.

Ray stellte sich zwischen sie. Er schaute in den Spiegel, während die Frauen ihm den Rücken zuwandten. Er neigte den Kopf nach rechts und dann nach links, während er seine Arbeit mit Veruschkas verglich.

»Das ist ein Anblick, an den man sich noch lange erinnert«, sagte er. »Ich werde niemals vergessen, dass ihr mir das ermöglicht habt.« Er küsste sie, zuerst Victoria, dann Penny. Es waren zarte Küsse. Die Küsse eines dankbaren Mannes, dachte Penny. Sie senkte den Blick und hätte fast gestöhnt. Die Küsse eines geilen, dankbaren Mannes.

»Kommt zurück ins Bett«, sagte er und hakte sich bei den Frauen unter. »Ich habe die Wette gewonnen, Penny«, erinnerte er sie in seinem eigenwilligen englischen Akzent. »Es ist Zeit für mich, meinen Preis zu greifen.«

Neunzehntes Kapitel

Victoria öffnete die Augen. Im Zimmer war es so dunkel, dass sie einen Moment lang glaubte, mit einer Augenbinde eingeschlafen zu sein. Keine Sekunde fürchtete sie, dass sie allein im Bett liegen könnte. Ray war neben ihr; er lag auf dem Rücken und hatte die Arme weit ausgebreitet. Bei jedem vierten Atemzug schnarchte er. Auf seiner anderen Seite lag Penny auf seinem rechten Arm, wie Victoria auf seinem linken lag.

Wie würde es sein, wenn sie alle nach Kuba reisten? Sie hatte drei Zimmer bestellt, damit jeder seinen Freiraum hatte. Würde er von Bett zu Bett wandern? Oder würden sie so bleiben wie jetzt? Zwei Wochen ständiges Kuscheln und Lieben?

Victoria rollte sich auf die Seite, Ray entgegen.

Bald. Bald würden sie aufstehen und frühstücken, duschen und zum Flughafen fahren. Sie war beinahe sicher, dass Ray mitkommen würde, obwohl er sich in Worten noch nicht festgelegt hatte. Aber Taten wogen schwerer als Worte, das traf auf Ray besonders zu. Er war unersättlich gewesen. So dominant in seinen Forderungen. Steinhart. Er hatte Penny von hinten genommen und dann sie, und jedes Mal hatte er sich an den Brüsten der Frau gelabt, die er penetrierte.

Er hatte sie und Penny herumgeworfen, als wären sie aufblasbare Spielzeugpuppen, ganz leicht und nur dazu da, ihn zu befriedigen. Während Victoria darüber nachdachte, wurde ihr bewusst, dass er alle Öffnungen, die ihm zur Verfügung standen, genossen hatte. Und dann fiel ihr auch noch ein, dass sie sich nicht daran erinnern konnte, wohin er ejakuliert hatte. Das war der dekadenteste Moment ihres Lebens.

Keine der Frauen hatte noch einen weiteren Orgasmus gebraucht; sie waren gut versorgt worden, als sie schließlich zu dritt zurück ins Bett gingen. Sie und Penny hatten sich begeistert darauf eingelassen, ihn zu bedienen, und er war mehr als dankbar für die selbstlosen Zuwendungen gewesen. Sie hatten sich noch nicht ausgiebig mit ihm beschäftigt, als es ihm kam. Sie saugten ihn trocken, und Ray war endlich gesättigt.

Die arme Penny. Victoria hätte ihr deutlicher von Rays Vorliebe für Bestrafungen erzählen sollen. Aber Penny hatte Ray auch gekannt. Sie hatte gemeint, alles ertragen zu können, was Ray auszuteilen hatte, und dabei hatte Victoria es gelassen. Wenn Penny glaubte, dass ein Spanking nicht mehr war als ein paar Handschläge auf den Po, dann würde sie eine Überraschung erleben.

Aber jetzt hatten sie ein Übereinkommen erreicht; sie wussten, wo sie standen: Penny hatte es auch gefallen. Das war die wichtigste Erkenntnis. Sie und Ray hatten Pennys sexuellen Horizont erweitert, und darüber freuten sich alle drei.

Victoria glitt mit einer Hand unter die Decke und streichelte Ray damit. Er stöhnte und löste sich von ihr.

Sie stand auf und paddelte ins Badezimmer. Jetzt gehörte er ihr, oder ihr und Penny. Um es genauer zu formulieren: Sie und Penny gehörten ihm. Aber egal. Sie hatte ihm bewiesen, dass Liebe alles noch schöner macht und nichts behindert.

Nachdem sie sich erleichtert und gewaschen hatte, überlegte sie, sich für einen neuen Durchgang frisch zu machen, aber dann entschied sie dagegen. Besser, noch ein paar Stunden auszuruhen, bevor die Zeit der Abreise gekommen war.

Ihre Augen hatten sich an die Dunkelheit gewöhnt, als sie zurück ins Bett ging. Ray und Penny schliefen tief. Sie empfand eine plötzliche Zuneigung für sie beide. Alles war sehr schön und aufregend gewesen, aber noch entscheidender war das Gefühl der Verbundenheit, das auch nach dem letzten Orgasmus geblieben war.

Sie streichelte Pennys Wange. Ganz egal, was geschah, sie würde dafür sorgen, dass in ihrem und Rays Leben immer Platz war für Penny. Vielleicht konnten sie sich öfter besuchen oder sich treffen, wenn sie sich auf ihrer Pokertour befand. Und sie könnten gemeinsam in Urlaub fahren. Und sie und Ray würden sie wenigstens einmal im Jahr mit offenen Armen in ihrem Bett empfangen.

Pennys Lider flatterten. »Ist es Zeit aufzubrechen?«, murmelte sie.

»Noch nicht. Kehr zu deinen Träumen zurück.«

»Okay.« Penny schlief weiter.

Victoria war nur ein paar Jahre älter als Penny, aber sie hatte seltsam mütterliche Gefühle für die andere Frau entwickelt. Pennys Hand lag auf ihrer warmen Wange, und irgendwie sah sie dadurch verletzlich aus. Victoria küsste Penny auf den Kopf. Im Zimmer war nur das Atmen der drei Menschen zu hören.

Aber dann erwachte ein neuer Ton zum Leben. Er drang aus Rays Handy, das zum Aufladen auf dem Nachttisch stand. Er hatte es eingeschaltet gelassen.

»Was ist das?«, knurrte Penny. »Bitte, kein Vibrator.«

»Es ist Rays Handy«, zischte Victoria. Sie hatte es aufgenommen, und jetzt vibrierte das schlanke Gerät in seinem Ledermetui in ihrer Hand. Victoria starrte auf die SMS, die über das Display lief.

»Ray, komm und besorg's mir im Jacuzzi.«

Penny blinzelte Victoria an. »Von wem?«

»Eine, die sich Lonnie nennt.«

»Was sollen wir tun?«

»Ich weiß es noch nicht.« Victorias Gefühl des Wohlbehagens war zerschmettert. Er hatte sich zu anderen Frauen verdrückt, während Victoria geduldig auf ihn gewartet und sich Ausreden für ihn ausgedacht hatte. Dieser zauberische Abend, den sie arrangiert hatte, war nichts anderes als eine weitere Kerbe in seinem Gürtel. Vielleicht nicht mal das; schließlich hatte er Penny und Victoria ja schon gevögelt, als sie noch jünger waren.

In ihrer Magengrube rangen Furcht und Zorn um die Vorherrschaft. »Du verdammter Kerl, Ray«, schnarrte sie. Victoria suchte den Ausknopf am Handy, konnte ihn aber wegen der Dunkelheit nicht erkennen. Sie wollte das Ladegerät aus der Steckdose reißen, aber bevor sie das tun konnte, klingelte das Handy. Victoria starrte es wortlos an.

Ray rührte sich, als das Handy das zweite Mal klingelte. »Ist das meins?«, murmelte er.

Victoria war plötzlich hellwach. Sie ließ das Handy fallen und griff nach der Handschelle an der Kopfseite des Betts. »Pack ihn«, rief sie Penny zu.

Victoria klatschte die Manschette um Rays rechtes Handgelenk. »Jetzt hab' ich dich!«, rief sie. Sie warf sich über seinen Brustkorb und hielt das andere Gelenk umspannt, bevor Ray die Augen geöffnet hatte.

»Was ist denn los?«, grunzte er.

Penny sah mit weit aufgerissenen Augen zu, wie Victoria dabei war, auch Rays linken Fuß zu fesseln.

»Hilf mir, Penny!«, rief Victoria. »Wir können ihn damit nicht davonkommen lassen!«

Penny wälzte sich über Ray. Gemeinsam gelang es, sein linkes Fußgelenk in die Schelle zu packen. Er bemühte sich, aufzusitzen.

»Was geht hier vor?« Ray schaute von einem gefesselten Fuß zum anderen.

»Nichts«, antwortete Victoria keuchend. Sie und Penny ließen die Manschette um das rechte Fußgelenk schnappen. Während ihrer bisherigen Spiele waren die Manschetten versteckt gewesen, sodass Ray auch nicht mehr daran gedacht hatte. Aber jetzt erfüllten sie gute Dienste.

Ray lag auf dem Rücken, nackt, die Beine und Arme gespreizt. Hilflos. Der Blick auf seinem Gesicht war schwer zu ertragen.

Victoria suchte unter den Laken nach dem Handy, das immer noch klingelte.

»Wer ist Lonnie?«, fragte sie und rang nach Luft. Sie fühlte, wie ein Stuhl von hinten gegen ihre Knie gestoßen wurde, und ließ sich darauf fallen. Sie warf Penny einen dankbaren Blick zu, dann konzentrierte sie sich auf Ray.

»Sie ist eine Mitarbeiterin. Sie war eine der Frauen auf der Besichtigungstour. Das ist schon alles.« Seine Stimme klang kalt.

»Das ist schon alles?« Victoria starrte ihn funkelnd an, aber er reagierte nicht. »Ray?«

»Binde mich los, damit ich ans Telefon gehen kann.«

»Ich weiß, warum sie anruft. Sie will wissen, ob du ihre SMS gelesen hast.«

»Ja, stimmt, Ray«, bestätigte Penny. Sie wollte Victoria ein Glas Wasser reichen, aber als Victoria danach greifen wollte, zitterten ihre Hände so arg, dass Penny das Glas an die Lippen der Freundin setzte. »Langsam, Mädchen«, raunte Peggy.

Ray stöhnte. Er zerrte an seinen Fesseln, dann schien er

sich in sein Schicksal zu ergeben. »Nun, offenbar hatte ich noch keine Gelegenheit dazu.«

»Aber ich«, fauchte Victoria. »Sie hat dich eingeladen, es ihr im Jacuzzi zu besorgen.«

»Das hört sich nach ihr an«, antwortete Ray. »Penny, befreie mich von diesen Manschetten, dann brauche ich dich auch nicht der Mitwirkung an einer Freiheitsberaubung zu bezichtigen.«

Penny sah von Ray zu Victoria und zum immer noch klingelnden Mobiltelefon in Victorias Hand.

»Wie konntest du nur, Ray?«, fragte Victoria.

»Ich konnte nicht anders, und das ist die Wahrheit. Wenn du sie sehen könntest, würdest du wissen, was ich meine.«

»Das ist eine gute Idee«, sagte Victoria und drückte auf einen Knopf des Handys. Abrupt hörte es auf zu klingeln. Sie hielt das Gerät an Rays Ohr. »Sage hallo zu Lonnie, mein Liebling«, sagte sie ihm.

Zwanzigstes Kapitel

Rays Stimme klang anders, aber das führte Lonnie zunächst auf die frühe Uhrzeit zurück.

»Ray!« Sie war erregt, deshalb sprach sie schnell in ihr Handy. »Das Hotel lässt uns schon früh den Wellnessbereich nutzen. Meine Freunde sind schon im Pool. Komm schnell, dann können wir es im Jacuzzi treiben. Das macht bestimmt Spaß.«

Sie hörte ihn antworten und starrte verständnislos auf ihr Handy. »Was ist los? Du meinst, du bist an Händen und Füßen gefesselt?« Sie lauschte ihm wieder. »Oooh, richtig pervers, was?« Sie nahm das Gerät ein wenig vom Ohr weg und hörte seine Stimme jetzt lauter. »Ich verstehe«, sagte sie. »Lass mich mit einer der Frauen reden.«

Lonnie setzte sich auf den Bettrand. Sie trug nur einen schwarzen Bikini. »Hallo. Wer bist du? Ray sagt, ihr hättet ihn gefesselt?«

Sie hörte sich Rays prekäre Lage in allen Einzelheiten an, dann hörte sie den Befehl, an sie gerichtet: »Schick mir dein Bild.« Lonnie überlegte, dann sagte sie: »Schick mir deins, dann schicke ich meins.«

Die nächsten paar Minuten vergingen mit Fotos, die hin und her geschickt wurden. »Ah, dich kenne ich doch«, rief Lonnie, als sie Pennys Foto sah. »Ihr seid sehr schöne Frauen«, sagte sie dann, als die Transaktionen abgespult waren. »Lasst mich noch mal mit Ray sprechen.« Als er wieder am anderen Ende der Leitung war, sagte sie: »Oh, Ray, du bist wirklich ein sehr böser Junge, dass du mit deiner Kusine geschlafen hast.« Sie lachte ins Handy hinein. »Hast du mir vergeben, dass ich deine Limousine gestohlen habe? Versprochen? Okay, ich komme zu euch. Rühr dich nicht von der Stelle.«

Lonnie unterbrach die Verbindung und drückte andere Zahlen auf dem Handy. Sie musste rasch ein paar Dinge mit den Kollegen absprechen, die auch ihr Gepäck zum Flughafen mitnehmen müssten. Dann würde sie jetzt sofort auschecken und ihre Verabredungen für diesen Morgen absagen. Für den Wellnessbereich hatte sie keine Zeit. Die Hongkong-Bombe musste einschlagen!

Einundzwanzigstes Kapitel

Ray schaute zu, wie Peggy und Victoria durchs Zimmer hetzten und sich auffrischten, wie sie sich für die Ankunft ihres Gastes herausputzten. Ihre mädchenhafte Ausgelassenheit erstaunte ihn. Sie sollten in Furcht erstarren, wenn sie darüber nachdachten, was er mit ihnen anstellen würde, sobald er sich wieder frei bewegen konnte.

Er starrte Victoria wütend an, aber sie hauchte nur einen flüchtigen Kuss auf seine Stirn, als sie vorbeiflitzte. »Es wird dir gefallen, Liebling«, versprach sie.

Er musste aufhören, sein Schicksal zu beklagen, denn Victoria hatte damit gedroht, ihn sonst mit einem Knebel zu versehen. Es war schlimm genug, hilflos zu sein, aber der Gedanke an einen Knebel ließ ihn zittern. Also hatte er versprochen, sich zu benehmen, was bedeutete, dass er still liegen blieb und keine verbalen Drohungen mehr ausstieß.

Ja, er hatte Victoria unterschätzt. Er hätte überhaupt nie auf ihr Zimmer gehen sollen; er hatte es tief im Herzen gespürt, dass nichts Gutes herauskommen konnte. Und als er Penny gesehen hatte, war ihm klar geworden, dass dies eigentlich zu schön war, um wahr zu sein. Niemand würde ihn suchen, nicht im Plaza, auf keinem Flughafen.

Penny rannte halb nackt vom Kleiderschrank zum Spiegel und wieder in den Kleiderschrank, dann riss sie sich wieder die Kleider vom Leib und jammerte angesichts einer allgemeinen Modekrise vor sich hin. In diesem Zustand war auch sie nicht ansprechbar auf ein paar vernünftige Argumente.

Sonst hätte er sie auf den Straftatbestand eines Kidnappings aufmerksam gemacht, aber dann hatte Victoria mit dem Knebel gedroht, und seither hielt er den Mund. Seither gab sich Penny damit zufrieden, Victoria hinterherzulaufen.

»Wie sehe ich aus?« Penny stand in ihrem neuesten Outfit auf den Zehenspitzen vor dem Spiegel und lenkte ihre Aufmerksamkeit von Ray zum Spiegel und wieder zurück.

»Du siehst wunderbar aus«, erwiderte er. Es hatte wohl keinen Sinn, ihr oder Victoria mit Vernunft kommen zu wollen; er musste warten, bis Lonnie eintraf und hoffen, dass sie mit sich reden ließ. Victoria und Penny hatten eine frische Flasche Champagner geöffnet und sich schon mehrfach zugeprostet – auch aus Vorfreude auf Lonnie.

»Es ist mein einziges Armani«, sagte Victoria und glättete die Stoffstreifen auf dem Rücken von Pennys kurzem, schwarzen Kleid.

»Passt es mir auch richtig?« Penny verrenkte sich und stellte sich wieder vor den Spiegel. Ihr Chiffonkleid hatte sie nicht wieder anziehen wollen, und Ray nahm an, dass ihr Gepäck schon zum Flughafen gebracht worden war, sodass sie sich mit dem Inhalt von Victorias Kleiderschrank zufriedengeben musste. Da Victoria nicht so groß wie Penny war und etwas mehr gerundet, würden die meisten Kleider nicht passen, aber es gab einige, die Penny gut standen.

»Welches ziehst du vor, Ray?« Victoria hielt einen purpurnen Schlauch vor das schwarze Kleid, das Penny am Leib trug.

»Mir gefallen beide.«

»Und was hältst du von meinem Kleid?« Victoria griff in den Saum ihres grünen Miederkleids und hob es auf beiden Seiten hoch. Es fächerte sich aus und ging in der Farbe auf das britische Grün von Rennautos zu, und der Stoff sah aus wie auf plissierten Autositzen. »Seide«, sagte sie, als hätte er gefragt.

Sie hob das Kleid so hoch, dass er den Bund ihrer Strümpfe und einen schmalen Streifen delikater weißer Haut darüber sehen konnte. Er spürte Stiche des Begehrens in seiner Magengrube. »Wunderbar«, sagte er und schaute in ihr verräterisches Gesicht. »Ich kann kaum erwarten, es dir mit den Zähnen vom Leib zu reißen.«

»Das ist die richtige Einstellung!« Wenn Victoria die Drohung in seiner Stimme gehört hatte, reagierte sie nicht darauf. Sie huschte noch ein paar Minuten hin und her und schaltete Lampen und Lichter an, bis alles in mild gedämpftem Licht schien, fast so sanft wie Kerzenlicht. Bei diesem Licht schien seine Situation gar nicht so unnormal zu sein.

»Fast fertig, Penny?«

»Trägst du hohe Absätze? Ich will barfuß bleiben.«

»Kannst du machen, aber ich steige in Stöckelschuhe. Ich nehme schon mal die Folie von der Champagnerflasche, damit wir den Korken knallen lassen können, sobald sie eintrifft. Du bist also fertig?«

»Noch eine Schicht Lidschatten.«

»Gut. Ray, mach den Mund auf, ich will dir ein Minzebonbon geben.« Victoria lief auf ihren hohen Absätzen durchs Zimmer und beugte sich über ihn. »Dein Mund soll doch frisch riechen für deine Freundin.«

Ray nagte am Minzebonbon, das sie mit den Fingerspitzen festhielt, ohne zu protestieren. Victoria wusste vielleicht alles über ihn, und er hatte gedacht, er auch über sie, aber es konnte sein, dass sie noch ein paar Tricks im Ärmel hatte. Er erkannte diese entschlossene, fröhliche Gastgeberin gar nicht, die aus dem Makaberen den Alltag machte.

Ray knirschte mit den Zähnen und hielt an sich, um nicht

gegen seine Fesseln zu zerren. Er hatte gewusst, dass die Handschellen noch am Bett befestigt waren, aber es war ihm nie in den Sinn gekommen, dass Victoria sie nutzen könnte, um sie gegen ihn einzusetzen. Dafür hätte sie tapfer sein müssen, und er wusste, dass Victoria unterwürfig war.

Er könnte sich sonst wohin treten, wenn er daran dachte, dass er neben zwei Frauen eingeschlafen war und nicht die geringste Unruhe gespürt hatte. Victoria hatte stets an das Männliche in ihm appelliert, und er war darauf hereingefallen. Verdammt, sie kannte ihn zu gut.

Tief in seinem Innern wusste Ray, dass er Victoria und Penny im Stich lassen würde, um noch einmal die Gelegenheit zu haben, es mit Bai Lon zu treiben. Seit Tagen schaffte sie es, ihm unter die Haut zu kriechen, zuerst beim Symposium, dann während des Essens und schließlich während der Fahrt in der Limousine.

Oh, verdammt, sie können mich alle mal. Lonnie wusste ganz genau, dass er springen würde, wenn sie im Jacuzzi auf ihn wartete. Und auch Victoria sei verdammt, weil sie es offenbar genauso wusste. Und Pennys hilflosen Ausdruck im Gesicht mochte er auch nicht länger ertragen.

Es klopfte an die Tür. Penny und Victoria kreischten, als hätten sie einen Mörder gesehen oder eine Maus, dann klappten sie zusammen und hielten sich den Bauch vor Lachen.

»Geh du zur Tür«, zischte Penny und fuhr fort, eine dritte oder vierte Lage Mascara aufzutragen. »Wenn ich hier nicht genau aufpasse, muss ich auch noch damit rechnen, dass ich mich selbst blende.«

»Nein, geh du«, flüsterte Victoria. Sie drehte ihre Haare in einen Chignonknoten und musste sie noch mit einer Spange befestigen. »Ich bin mit meiner Frisur noch nicht fertig«, klagte Victoria.

»Wer redet denn von Frisur?« Pennys Haare lagen in großen Locken um ihren Kopf.

»Du hast so wunderbare Haare, sie sind zum Sterben schön«, sagte Victoria, »und das weißt du auch.«

Es klopfte erneut und dann gleich wieder, und beide Frauen kreischten alarmiert.

»Warum geht ihr nicht beide zur Tür?«, schlug Ray vor.

»Ich komme!«, rief Victoria, dann sagte sie zu Penny: »Wir gehen beide hin.«

Kurz entschieden beendete Penny die Arbeit mit dem Lidschatten. Sie und Victoria huschten zur Tür. Penny kitzelte Rays Fuß, als sie am Bett vorbeiging. »Ray, es wird alles gut«, sagte sie. »Es wird dir gefallen.«

»Sollen wir wetten?«

Seine einzige Hoffnung bestand darin, dass Lonnie den beiden anderen Frauen etwas Verstand beibringen könnte. Die Tür öffnete sich, und Ray hörte ein ausgelassenes Jauchzen mädchenhafter Ausrufe. Dann trat Lonnie in sein Blickfeld. Ihre vollen, schwarzen Haare waren auf ihrem Kopf aufgetürmt, wodurch ihr Gesicht noch delikater wirkte als zuvor. Sie trug schwarze Stöckelschuhe und ein enges Kleid aus weißer Spitze mit einem breiten, schwarzen Samtband unterhalb des Mieders. Die Körbchen des BHs waren mit schwarzer Nesselseide ausgelegt, und Victoria und Penny waren begeistert.

»Das sieht so herrlich aus. Und du, Lonnie siehst einfach wunderbar aus«, gurrte Victoria.

»Ihr zwei aber auch«, schnurrte Lonnie.

»Ich bin ja so aufgeregt«, kreischte Penny.

Alle drei Frauen brachen wieder in Schnattern und Glucksen aus.

»Lonnie!«, rief Ray.

»Oooh«, sagte Lonnie und ging langsam ans Fußende des Betts, während Victoria und Penny sie flankierten. »Ich habe noch nie einen Mann in Gefangenschaft gesehen.«

Ray stöhnte.

Zweiundzwanzigstes Kapitel

Selbst für ein Mädchen, das sexuell so erfahren war wie Lonnie, wirkte die Szene in Victorias Hotelsuite wie etwas erfrischend Neues. Da lag Ray, ausgestreckt wie ein Gigolo auf den Mittelseiten eines Frauenmagazins, flankiert von zwei schönen, extravagant gekleideten Frauen. Es wäre eine schreckliche Sünde, ihn vorzeitig aus dieser Situation zu retten, dachte sie spontan.

»Wisst ihr, dass ich ihn mit meinen Füßen zum Kommen bringe?«, fragte sie ihre neuen Freundinnen. »Ich habe das gestern Nachmittag geschafft.«

»Mit deinen Füßen?« Die Rothaarige, die auf dem Flur des Plaza behauptet hatte, Rays Kusine zu sein, hieß Penny, und es war Penny, die jetzt bestätigte, was sie sich schon gedacht hatte.

»Ich wusste es. Als er zu uns kam, wollte er nur ein bisschen kuscheln. Er war völlig abgeschlafft.« Victoria, blond und kurvenreich, beschäftigte sich damit, frischen Champagner einzuschenken.

»Es gefällt mir nicht, dass über mich geredet wird, als wäre ich nicht im Zimmer«, sagte Ray.

Die Frauen lachten. Es war typisch für ihn, selbst dann noch um die Kontrolle zu ringen, wenn er absolut keine Chance mehr hatte.

»Ray hat Recht«, sagte Lonnie. Sie quetschte sich auf den Bettrand. »Wir müssen an seine Nöte denken.« Sie ließ eine Hand auf seinen Bauch fallen. »Du siehst sehr anziehend aus, wenn du nackt bist, Ray«, sagte sie und blinzelte ihm zu.

»Bitte, Lonnie! Ich habe nie zugestimmt, dass ich auf diese Weise gefesselt werde. Das ist nicht in Ordnung. Ihr wisst das auch. Ihr wisst es alle drei.«

»Manchmal ist es so schwer zu wissen, was richtig und was falsch ist«, murmelte Lonnie. Sie ließ die Fingerspitze um seinen Nabel kreisen. »Vielleicht ist es auch falsch, an einem Tag von einer Frau zur anderen zu gehen und es doch nie zu gestehen?«

»Vielleicht ist es auch falsch, die Wohnungspolitik zum Anlass zu nehmen, dich durch die Gegend zu vögeln«, sagte Victoria. Sie hielt ein Glas mit Champagner in jeder Hand und reichte eins an Lonnie und das andere an Penny, die sich auch neben Lonnie ans Fußende gesetzt hatte. Dann nahm sich Victoria selbst ein Glas und ließ sich in einem Sessel nieder, den Penny für sie herangezogen hatte.

»Oder vielleicht ist es falsch, ein Mädchen mit der Peitsche zu traktieren, obwohl sie es nicht will«, sagte Penny.

Lonnie riss die Augen weit auf. »Ray benutzt bei Mädchen die Peitsche?«

»Ray liebt es, Mädchen auszupeitschen«, sagte Victoria. »Zeige es ihr, Penny.«

Penny stand vom Bett auf und hob ihr Kleid. Lonnie starrte entsetzt auf die roten Backen. Der ganze Po war mit dicken Striemen bedeckt.

»Ich glaube, das muss ganz, ganz falsch sein«, sagte Lonnie.

»Es hat ihr gefallen«, sagte Ray.

»Stimmt das?«, fragte Lonnie.

Penny nickte. »Zum Schluss dachte ich, dass es sich gut anfühlte, und der Orgasmus war nicht von dieser Welt.«

»Sie ist sogar ohnmächtig geworden«, sagte Victoria.

»Ohnmächtig?« Lonnie konnte sich nicht erinnern, jemals einen so intensiven Orgasmus erlebt zu haben. »Am Ende war es also gar nicht so schlimm, was er getan hat?«

»Ja, stimmt. Und vielleicht ist das, was wir getan haben, als wir Ray ans Bett gefesselt haben, auch nicht so schlimm«, sagte Penny.

»Vielleicht war es genau das Richtige, was zu tun war«, folgerte Victoria.

Lonnie nickte und hob ihr Glas. »Auf dass wir das Richtige tun«, sagte sie.

»Darauf trinke ich«, sagte Victoria.

Die köstlichen Perlen kitzelten Lonnies Nase, als sie an ihrem Drink nippte. »Ich bin es nicht gewohnt, mit anderen Frauen zusammen zu sein«, sagte sie, »deshalb wird es neu und spannend für mich sein, aber auch ein bisschen unheimlich.«

»Wir fangen mit ein paar Küssen an und sehen, wohin sie uns führen«, schlug Victoria vor.

»Ich will nicht ausgepeitscht werden. Und ich brauche jemanden, der zuschaut«, verkündete Lonnie offen. »Mir ist es wichtig, beobachtet zu werden.«

»Das hört sich gut an«, rief Victoria spontan. »Ich schaue zu. Ich muss mich sowieso etwas ausruhen. Angegriffenes Herz.« Sie zeigte auf ihre Brust.

»Und ich will nichts mehr in der Hinterstube haben«, teilte Penny allen mit. »Dieses eine Mal hat mir für den ganzen Tag gereicht oder auch für länger.«

»Ray steckt gern Dinge hinten rein?«, fragte Lonnie.

»Er liebt es«, sagte Victoria, und Penny nickte eifrig.

»Hmm.« Lonnie füllte Rays Nabel mit Champagner. »Du bist so ein böser Kerl, Ray. Viel böser, als ich gedacht habe.«

Sie lächelte ihn an und beugte den Kopf über seinen Bauch. Mit der Zungenspitze leckte sie die Flüssigkeit auf. Es würde eine exquisite Aufgabe sein, ihn unter diesen Umständen hart zu machen.

Lonnie hörte das Rascheln von Victorias plissiertem Seidenkleid, und der Duft ihres Parfums stieg ihr in die Nase. Die Spitze ihrer Zunge kitzelte delikat die nackten Ohrläppchen. Sie hob den Kopf von Rays Bauch, dann trafen sich ihre Lippen mit Victorias. Kein Mann, egal wie schön sein Mund, hatte sie mit einem Kuss jemals derart necken und reizen können. Es fühlte sich zart wie ein Flüstern an.

Noch während sie die Empfindungen des Kusses ausgiebig genoss, konnte Lonnie ihn aus Rays Perspektive sehen, und dann auch gleich von Pennys Blickpunkt. Ihre streng gewellten, glänzenden, schwarzen Haare, eingerahmt von Victorias lockerem blonden Knoten, die rot bemalten Lippen gegen Victorias gepresst, die Gesichter aneinander, die Augen geschlossen, die Mieder so nah zusammen, dass sie sich fast berührten. Für Lonnies Geschmack war es zu schnell beendet.

»Siehst du?« Victoria strich behutsam mit einem rot lackierten Fingernagel über Lonnies Haaransatz.

»Ich möchte dich küssen«, sagte Lonnie zu Penny.

Der Kuss der Rothaarigen war weniger selbstbewusst als Victorias, und dadurch wurde Lonnie kühner. Sie öffnete zuerst den Mund und neckte Penny mit ihrer Zungenspitze. Wieder erfreute sie sich an den neuen Gefühlen, alles so ähnlich und doch ganz anders. Ihr Bauch spannte sich vor Verlangen. Auch dieser Kuss schien zu früh zu enden.

»Jetzt solltet ihr euch vielleicht küssen«, murmelte Lonnie. Sie wollte nicht den Eindruck erwecken, dass sie die Kontrolle an sich zog, aber sie hätte gern gesehen, wie es aussah, wenn ein Mädchen das andere küsste. Sie wollte auch herausfinden, ob das Zuschauen sie so sehr bewegte wie das eigene Erleben.

Penny und Victoria tauschten einen verschwenderischen, freigiebigen Kuss. Und er bewirkte das, was Lonnie vermutet hatte; er gab ihr das Gefühl, dass ihr Innerstes zu glühen begann. Sie gluckste glücklich.

»Oh, Ray, schau doch mal, wie hübsch deine Freundinnen aussehen, wenn sie zusammen spielen«, gurrte sie ins Ohr ihres gefangenen Zuschauers.

»Ich weiß, Lonnie«, antwortete er. Was sollte er auch sonst sagen? Die Situation war sehr erotisch, und er hätte schon ein anderer Mann sein müssen, um das nicht einzugestehen.

Victoria nahm eine von Pennys kleinen Brüsten in die Hand. Sofort reagierte Pennys Nippel. Lonnie konnte sehen, dass er groß war, viel größer als ihrer. Plötzlich konnte sie es kaum erwarten, die anderen Frauen nackt zu sehen. Aber sie würde sich bemühen, ganz geduldig zu sein. Dies war ein Moment, den sie in die Länge ziehen wollte.

Lonnie legte sich über Rays Brustkorb und küsste ihn auf den Mund. Da spürte sie es wieder, das Raue seines Kinns und die breiten Lippen, wodurch das Küssen eine vertraute Angelegenheit wurde. Sie stieß mit der Zunge gegen seine Lippen, und sie ließ ihn ein. Er küsste gut, freigiebig und intuitiv.

Sie hielt es für durchaus möglich, sich in sein Küssen zu verlieben, eher jedenfalls als bei den Frauen. Er konnte sie an den Schultern festhalten und sie mit Mund und Händen zum Orgasmus bringen. Das wusste sie von Ray. Sie wusste auch, dass er groß genug war, um sie zu verletzen, wenn sie nicht darauf achtete. Bei einer Frau brauchte sie diese Sorge nicht zu haben.

Alle vier atmeten schwer, als das Küssen endete. Victoria setzte sich in den Sessel zurück.

»Stört es, wenn ich mich selbst streichle?«, fragte sie Lonnie und Penny. Beide schüttelten den Kopf. Victoria hob ihren Rock und strich mit einer Hand zwischen die Schenkel. Vom Bett sah der Blick überraschend sittsam aus. Lonnie konnte nicht genau sehen, wo sich Victorias Hand befand, nur dass sie zwischen den cremigen Schenkel kuschelte und von grüner Knautschseide umgeben war.

»Kann sein, dass ich deine Hilfe brauche«, sagte Lonnie zu Penny. »Er ist groß.«

»Ich helfe dir gern«, antwortete Penny. »Warum ziehst du nicht dein Kleid aus?«

»Soll ich, Ray? Würdest du mich gern nackt sehen?«

»Ich sehe dich gern nackt.«

»Er ist Nudist«, sagte Penny.

»Naturalist«, berichtigte Victoria.

Lonnie stand auf und ließ sich von Penny ausziehen, als wäre sie eine Schaufensterpuppe und Penny eine Dekorateurin. Unter dem Kleid trug Lonnie noch ihren Bikini, was bei allen Frauen eine gewisse Heiterkeit hervorrief.

»Ich hatte vor, in den Jacuzzi zu gehen«, rief sie erklärend, während sie sich der beiden Teile entledigte.

»Oh, lieber Mann! Du hast ja keine Schamhaare!«, rief Penny. »Lonnie, wie alt bist du?«

»Das geht schon in Ordnung. Ich bin einundzwanzig«, versicherte Lonnie ihr.

»Sie ist rasiert, du dumme Gans«, rief Victoria von ihrem Sessel aus.

»Darauf trinke ich«, rief eine erleichterte Penny.

Lonnie brachte ihr Glas zum Mund und versuchte, so lange zu kichern aufzuhören, bis sie einen kleinen Schluck trinken konnte. Zu der Neuheit des Erlebens gehörte auch das Schweben zwischen Lachen und Erotik. Seit sie kein Schulmädchen mehr war, hatte sie nicht mehr so oft und herzhaft gekichert. Zugleich fühlte sie sich entschlossen, die erotischen Möglichkeiten der Situation zu erforschen. Und Victoria hatte versprochen zuzuschauen! Die Gelegenheit für ein exhibitionistisches Erleben sorgte dafür, dass Lonnies mädchenhaftes Kichern in weibliche sexuelle Hitze verwandelt wurde.

»Du bist so vollkommen«, sagte Penny und strich mit den Händen ganz leicht über Lonnies schlanken Körper, beinahe so, als wollte sie die Figur in der Luft nachmalen. »Wie eine Miniatur. Schau dir nur die perfekten Brüste an; sie sind so groß wie meine, aber die Nippel sind so klein. Sie machen mich an wie Schokoladenküsse.«

»Ich weiß nicht einmal, wie ich die Farbe deiner Haut beschreiben soll«, sagte Victoria grübelnd. »Im Kerzenschein hat sie die Farbe von Sand, aber im Schatten sieht sie aus wie karibischer Sand im Schatten einer Palme an einem heißen, sonnigen Tag.«

»Dein Mund ist so süß, dass ich dich essen könnte«, erwiderte Lonnie. Sie trug noch ihre Strümpfe und die hohen Absätze, daher geriet sie für einen Moment ins Taumeln, als sie eine Pose beschrieb. »Ich bin viel zu klein, um als Modell zu arbeiten«, sagte sie und zog eine Schnute. »Aber ich kenne die einzelnen Posen. Schau mal.« Sie ging von einer Positur in die andere, und die neue war stets ein bisschen alberner als die vorangegangene. Sie hob eine Hand, als wollte sie einen Mietwagen heranwinken.

»Taxi!«

»Du hättest uns sagen sollen, dass sie so lustig ist«, sagte Penny zu Ray.

Lonnie strahlte. Sie liebte es, im Mittelpunkt der Aufmerksamkeit zu stehen. Sie hatte dann das Gefühl, dass ihre ganze Haut glühte.

»Er hat dich nur für sich behalten, der gierige Mann«, sagte Victoria vorwurfsvoll.

»Der beste Mann ist ein gieriger Mann«, wusste Lonnie. Sie streckte sich auf Ray aus. Ihr Kopf reichte an seine Schulter, und ihre Zehenspitzen berührten seine Waden. Sie wusste, dass Ray es lieben würde, sie auf sich zu spüren, denn sie wog kaum mehr als eine Feder. Und außerdem würde er sich so männlich fühlen.

Außerdem versorgte sie ihm eine Deckung. Sie war sein menschliches Feigenblatt. Vielleicht würde es ihm helfen zu entspannen. Sie rutschte ein wenig auf ihm herum, als wollte sie sich bequem auf ihm einrichten, aber sie suchte nur die Stellung, in der sie sich am besten an ihm reiben konnte.

»Weißt du, wie sehr ich dich begehre, Ray? Ich konnte nicht auf das nächste Symposium warten. Bevor ich zurück nach Hongkong gehe, will ich dich in mir fühlen. Habe Erbarmen mit mir«, gurrte sie, ihr Mund dicht an seinem Ohr.

Sie nahm ihn zwischen ihren Schenkeln gefangen, ganz locker nur, damit sie fühlen konnte, wie er anzuschwellen begann. »Ich weiß, dass du glaubst, ich tu nur so, wenn ich sage, dass du vielleicht zu groß für mich bist, aber vielleicht trifft das zu. Nimmst du Rücksicht?«

Er nickte, und sie belohnte ihn mit einem Kuss.

»Ich werde viel tapferer sein, wenn ich weiß, dass du mich nicht festhalten und mit deinem mächtigen Schwert durchbohren kannst. Weißt du, dass ich gern Zuschauer habe?«

Er nickte wieder. Seine blassblauen Augen, die so feurig und wütend geblickt hatten, als sie hereingekommen war, schienen milder geworden zu sein, seit sie mit ihm in der zärtlichsten Stimme gurrte. Sie unterbrach ihre Worte mit Küssen und Streicheln. Aber immer blieb sie auf ihm liegen, so leicht und winzig auf seinem maskulinen Körper.

»Ich glaube, wir können glücklich über unsere Freunde sein. Penny hilft mir vielleicht, falls du zu groß für mich bist. Victoria wird uns zuschauen, und dadurch gehe ich ab wie eine Rakete. Alles okay für dich?«

Sie spreizte ihre Beine, sodass seine Spitze ihren nackten Schlitz berührte. Dadurch konnte er ihre Köstlichkeit fühlen.

»Wenn bei mir der Orgasmus einsetzt, Ray, kann ich ihn nicht beenden, selbst wenn ich wollte, und so komme und komme ich«, murmelte sie gegen eine pulsierende Ader in seinem Hals. »Bitte, erlaube mir, meine Lust an dir und auf dir auszuleben.«

»Okay.« Rays Reaktion war kurz und bündig, aber ihr reichte sie. Jetzt konnte sie ihn benutzen, und was vielleicht noch wichtiger war – er konnte darauf reagieren.

Lonnie grätschte über Rays Gesicht. Es war eine Position, die ihnen beiden von der Limousinenfahrt durch London vertraut war. Sie wollte seine Zunge wieder in sich spüren und klatschnass sein, wenn sie versuchte, sich auf ihn zu setzen.

»Ich sauge ihn, bis er hart ist«, bot Penny an. Lonnie drehte sich nicht um, aber sie hörte an den Geräuschen, dass Penny sich an ihr Wort hielt.

Lonnie senkte sich auf Rays Mund. Seine Zunge flitzte zwischen die delikaten Lippen und suchte und fand den Eingang. Sie hielt sich an den Messingstangen des Kopfendes fest, um die Balance zu wahren, während sie ihren Körper noch eine Nuance tiefer sinken ließ, damit seine Zunge tiefer dringen konnte. Seine Lippen drückten sich auf ihren Schlitz.

»Das tut gut, Baby«, murmelte sie. Sie schaute nach rechts und sah Victoria, die sie eifrig beobachtete, während sie sich träge streichelte.

Hinter Lonnie konnte Victoria die saugenden Geräusche Pennys hören. »Ist er schon hart, Penny?«

»Mmmm.« Penny unterbrach ihre Arbeit nicht.

»Du bist der Beste, Ray, einfach der Beste«, sagte Lonnie, und sie meinte es auch so. Da er nun dem Procedere zugestimmt hatte, war sie sicher, dass sie ihm voll vertrauen konnte. Er war ein Spieler wie sie. Sie nahm an, dass nur sie beide dieses Gen gemeinsam besaßen, ganz egal, wie sehr Victoria und Penny sich bemühten, auch einen Spielplatz zu besetzen.

»So erregend.« Lonnie hüpfte ein wenig auf Rays Gesicht auf und ab. Rays Kinn quetschte ihr Schambein. »Autsch!«

»Sei vorsichtig«, warnte Victoria.

Lonnie stand auf dem Bett und drehte sich langsam um, und als sie sich dann wieder hinhockte, befanden sich ihre Füße auf jeder Seite von Rays Brustkorb, und sie sah seine Männlichkeit nun vor sich. Einen Moment lang schloss sie sich Victoria an und schaute Penny beim Lutschen zu.

Es war erregend, inmitten eines so wilden Geschehens so passiv zu sein – aber nur für einen Augenblick. Lonnies wahre Erregung lag auf anderen Gebieten. Sie schnüffelte sich bis zu Rays Schamhaaren durch und leckte über die Wurzel seines Penis. Penny nahm nur noch die Spitze in den Mund.

Lonnie fühlte Rays Atem auf ihrem Po und dann das eigenartige Gefühl seiner Zunge zwischen den Backen. Sie verkrampfte ein wenig, als die Zungenspitze ihr Ziel gefunden hatte. Ihr Po war noch unberührt, aber das schien sein Interesse nicht abzuschwächen.

Lonnie konzentrierte sich auf den dekadenten Weg der Zunge; sie schüttelte sich so heftig, dass sie fürchtete, sie könnte von ihm fallen und aufs Bett purzeln. Sie hielt sich unter seinen Armen fest. Auch inmitten solcher Verderbtheiten befand sie sein protzendes, schmatzendes Genießen für besonders obszön.

Sie konnte sein Stöhnen mit dem Bauch aufnehmen, bevor sie es hörte. Seine Bauchmuskeln spannten sich an, und auch das fühlte sie. Auf der anderen Seite erforschte er gerade einen Teil von ihr, den sie bisher für sich behalten hatte, und alles in ihr zog sich zusammen, und ein Stöhnen drang aus ihrer Tiefe.

Die Augen geschlossen, fühlte Lonnie, wie Pennys Zunge in ihren Mund glitt. Gemeinsam leckten und schleckten sie seinen Schaft hoch bis zur Spitze. Dort ließen sie ihre Zungen wirbeln, im Uhrzeigersinn und dagegen, bis sie einen glänzenden Tropfen hervorgelockt hatten.

»Er ist sehr groß«, stöhnte Lonnie. »Ich glaube, er wird mich dehnen.«

»Im Ernst? Wie winzig bist du denn?«

Penny saß zwischen Rays ausgestreckten Beinen. Lonnie glitt von Ray und kniete sich neben sein Bein. Penny leckte einen Finger und schlüpfte mit der Hand zwischen Lonnies Schenkel. Lonnie fühlte die nasse Kuppe von Pennys Fingerspitze, und im nächsten Moment war sie in Lonnie verschwunden.

»Hm.« Penny spielte einen Moment lang mit Lonnie und fuhr mit dem Finger ein und aus. »Ich glaube, du kannst ihn aufnehmen«, beschloss Penny. Sie zog ihre Hand zurück und leckte wieder den Finger.

Es kam Lonnie so vor, als wäre es die schärfste Szene, die sie je gesehen hatte. Diese Rothaarige, das Gesicht glühend erregt und die Lippen geschwollen vom Saugen, fand Geschmack an Lonnies Saft, den sie mit dem Finger aufgefangen hatte. »Willst du noch mehr davon?«, fragte Lonnie.

»Ja, gern.«

Lonnie legte sich zurück in Rays linke Armbeuge und spreizte die Beine, das eine über seinen Brustkorb, das andere über Pennys Schulter. Penny ließ die Wimpern flattern – Schmetterlingsküsse auf den Innenseiten von Lonnies Schenkeln.

»Oh, Ray, es ist ja so gut«, murmelte Lonnie. Sie schlang den rechten Arm um seinen Kopf und strich mit den Fingern durch seine Haare. Sie drückte den Mund auf seine Schläfe. »In einem Moment fühlt es sich so an, als würde ich vom Lastwagen überfahren, und im nächsten ist es so federleicht, als tanzte eine Elfe auf meiner Haut.«

»Sieh zu, dass sie richtig nass wird, Penny«, sagte Ray, »dann ist sie vielleicht mutig genug, den guten alten Ray zu besteigen.«

Pennys Mund befand sich auf Lonnies Schoß, und als sie nickte, konnte Lonnie spüren, wie die Lippen ihre Haut berührten. Sie wusste, dass Penny herausfinden würde, wie nass sie schon war. Penny schnurrte, während sie sich Lonnie mit sapphischer Freizügigkeit hingab.

»Ich komme«, stöhnte Lonnie.

»Nein, noch nicht, Lonnie, bitte, warte noch.« Das war Victoria, die hinten aus dem Schatten ihres Sessels gesprochen hatte. »Hör auf, Penny.«

Lonnie hatte keinen Augenblick lang die Anwesenheit von Victoria vergessen. Wie hätte das auch geschehen können, gehörte es doch zu den Grundvoraussetzungen, dass Victoria die Szene als Zuschauerin erlebte? Jetzt begriff sie auch, dass Victoria in dieser Szene ebenfalls zur Befriedigung finden sollte.

Penny setzte sich zurück und wischte sich mit dem Handrücken über den Mund. »Wie willst du sie haben, Victoria?«

»Besteige ihn, wie er selbst gesagt hat, Lonnie. Du schaffst das schon.« Victorias Stimme klang warm und selbstsicher. »Reite ihn, als wäre er dein persönlicher Hengst.«

»Okay«, sagte Lonnie. Sie veränderte die Position und grätschte über Ray. »Fertig, Ray?«

»Schon seit einer Woche.«

Penny griff hinter sich, um die Schleife zu öffnen, die ihr Kleid zusammenhielt. Nackt schlüpfte sie zu Rays linker Seite, legte ihre Schulter auf seine und ließ ihre rechte Brust in seinen Mund fallen. Er nahm den scharlachfarbenen Nippel in den Mund und saugte daran.

Lonnie hob sich leicht an und positionierte den Körper über seinen Penis. »Ich weiß nicht ...«

»Komm schon, Baby, nimm ihn in dich auf«, ermutigte Victoria.

»Zeig mir, wie du mich fertig machst, Bai Lon«, sagte Ray.

»Hilfe«, sagte Lonnie und schaute auf Penny.

Penny kniete sich neben Ray und leckte über die samtene Eichel. Lonnie ließ sich ein wenig tiefer sinken, bis sie ihn zwischen den Labien spüren konnte. Penny leckte weiter über den Schaft, der langsam in Lonnie eindrang, dann lenkte sie ihre Aufmerksamkeit auf Lonnies Klitoris.

»Herrlich«, stöhnte Ray.

»Ja, das ist es, Darling«, sagte Victoria.

Lonnie senkte sich um einen weiteren Zentimeter, dann noch einmal. Da Penny sowohl Lonnie wie auch Ray befeuchtete, drang der Schaft viel müheloser ein, als es irgendjemand erwartet hatte. Langsam hob sie ihr Gewicht an, und erst jetzt grätschte sie richtig über Ray.

»Oh, Mann! Ich bin so gefüllt, ich kann mich kaum bewegen!«

»Natürlich kannst du dich bewegen. Reite ihn, Lonnie.« Victoria verlieh ihrer Stimme den richtigen Nachdruck.

»Reite ihn, Cowgirl!«, rief Penny.

Lonnie hob sich an und spürte, wie Ray in ihr verkrampfte.

Wenn sie sich fallen ließ, ruckte er ihr die Hüften entgegen, und ihre Knochen trafen aufeinander. Sie kreischte auf, als er auf ihren Kern traf. Penny verharrte auf ihrer Position und leckte mal hier und mal da.

»Oh, verdammt, Ray«, zischte Lonnie durch zusammengebissene Zähne. Sie fing an, ihn hart zu reiten. Warum nicht? Sie kam sich vor wie die Scheide, die für ihn gemacht war. Und es gefiel ihr.

»Gut, Baby, oh, so gut«, murmelte sie. Ihre Klitoris war ein winziger Quecksilberball, und es fühlte sich so an, als löste er sich in Myriaden anderer explodierender Bälle auf. Sie trieb sich selbst an, als wäre sie ein richtiges Cowgirl.

Nachdem der letzte Glitzer verweht war und das Zittern in ihrem Körper nachgelassen hatte, war sie erstaunt, dass sie nach all den Verwandlungen wieder als Mensch aus der Atmosphäre zurückgekommen war.

Als sie die Augen aufschlug, brannten die Kerzen. Sie hob ihr Gesicht, damit sie die Konturen von Rays Kinn küssen konnte. Dann warf sie einen heimlichen Blick auf Victoria. Sie seufzte befriedigt.

Lonnie hatte Mühe, aus dem Sattel zu finden. Ihr kunstvolles Haarwerk hatte heftig gelitten, und ihre Wangen und die Brüste waren mit glühendem Pink übersät. Noch konnte sie nicht normal atmen. Sie brauchte eine Weile, bis sie wahrgenommen hatte, dass Ray immer noch steif war.

»Oh, Ray, das tut mir leid«, rief sie. »Ich dachte, du wärst auch gekommen.«

»Schon gut, Baby«, beschwichtigte er. »Du bist phantastisch im Bett. Und so hübsch, wenn du kommst. Das war mir das Warten wert.«

»Danke, Ray.«

»Ich bin so aufgeregt, ich könnte sterben!«, rief Penny.

Dann stieg sie auf Ray und begann ihn noch härter und schneller zu reiten, als Lonnie es getan hatte.

Lonnie klemmte sich unter Rays Arm und nahm genau den Platz ein, den Penny aufgegeben hatte. Sie blickte wieder zu Victoria, die sich nach wie vor mit dem beschäftigte, was zwischen den Falten ihres Seidenkleids versteckt war. Victorias Starren war auf Ray fixiert, und jetzt erkannte Lonnie auch, dass Ray mit genau dieser Intensität auf Victoria starrte. Dadurch war Lonnie darauf beschränkt, Penny zuzuschauen, die Ray auf noch härtere Weise benutzte.

Penny keuchte und schrie und feuerte sich selbst an, und Lonnie beobachtete alles wie aus weiter Distanz. Sie fühlte sich eigenartig ihrem Umfeld enthoben, vielleicht, weil ihr eigener Orgasmus gerade erst zu schwinden begann. Es war, als schaute sie bei einer Wiederholung der Aktivität zu, in die sie verwickelt gewesen war, nur dass diesmal eine englische Schauspielerin mit blasser Haut und kastanienroten Haaren ihre Rolle übernommen hatte. Eine verrückte Situation, aber etwas anderes hätte sie auch nie erwartet.

Penny warf den Kopf von einer Seite auf die andere. Ihre roten Haare flogen. »Oh, Baby, ja!«, kreischte sie, dann gefror sie auf Ray, klammerte sich an seinen Brustkorb und lag einige Momente ganz still, bis sich ihr Atmen normalisiert hatte. Schließlich glitt sie von Ray und kuschelte sich unter seinen rechten Arm.

Lonnie sah den Beweis, dass auch Penny ihren Orgasmus vor Ray erreicht hatte. Er war schon ein kühler Bursche, dieser Ray.

»Victoria«, sagte er, »kannst du nicht an Bord kommen?«

»Ich habe nichts dagegen«, antwortete sie.

Dreiundzwanzigstes Kapitel

Es war der beste Sex in Victorias Leben. Nicht der romantischste, aber eindeutig der beste.

Sie war nass vom Zuschauen und vom Streicheln. Und er war nass von den Säften der beiden Frauen, die sich jetzt an ihn kuschelten, nackt und glückselig. Es schien alles so normal zu sein, dass es zwei waren, dass sie nackt waren, dass eine rote Locken hatte, die ihm über die Brust purzelten, und eine glänzende, schwarze Haare, die sich wie ein Pelz über seinen Arm gelegt hatten. Victoria zog den Clip aus den blonden Haaren, die sich sofort über beide Schultern ausbreiteten. Sie ging langsam aufs Bett zu.

»Ich habe mich gefragt, ob du es tun würdest«, sagte Ray. Er meinte, dass er sich gefragt hatte, ob sie ihn auch wie die anderen benutzen würde. »Deshalb habe ich einiges für dich zurückgehalten.« Sein Schaft war ein elegant glänzender Pfahl.

Victoria lächelte. Darüber hatte sie selbst nachgedacht. Lonnie und Ray zuzuschauen war etwas ganz anderes gewesen, als Penny mit Ray zu verfolgen. Sie hatte Penny als Partnerin für dieses Abenteuer ausgesucht. Aber Lonnie? Nun, sie war der Zuckerguss auf dem Kuchen.

Sie langte mit beiden Händen in ihren Nacken, um die seidenen Streifen ihres Kleids zu lösen, die das Mieder hielten. Ihre Brüste hüpften locker, als sie um das Bett schritt. Die drei nackten Menschen auf dem Bett sahen aus jedem Blickwinkel wunderbar aus.

Victoria griff nach der Peitsche. Sie ließ sie durch die Luft sirren, und Rays Augen öffneten sich weit. Auch Penny und Lonnie rissen die Augen auf.

Victoria lachte. »Ihr traut mir auch alles zu, was?«, sagte sie und legte die Peitsche wieder hin.

Einen Moment lang überlegte sie, ihr Kleid auszuziehen. Würde es besser sein, wenn sie nackt war wie die anderen? Sie entschied sich dagegen. Das zerknitterte grüne Seidenkleid hatte gewaltige Ausmaße. Wahrscheinlich konnte sie alle darunter verbergen. Der Gedanke gefiel ihr.

Sie blieb am Nachttisch stehen und trank den Rest des Champagners aus ihrem Glas. Ihr fiel auf, dass die Uhr nach fünf zeigte, dass die Kerzen halb heruntergebrannt waren und dass die Champagnerflasche leer war. Die Nacht, von der sie geglaubt hatte, dass sie nie kommen würde, schien fast vorüber. War sie es wert gewesen?

Victoria stieg aufs Bett, ihre Füße neben Rays Hüften. Ihr Kleid floss in Kaskaden auf seinen Brustkorb und über die Schenkel seiner Begleiterinnen. »Du musst noch besser aussehen, als ich gedacht habe, dass du so schöne Frauen um dich versammeln kannst«, sagte sie.

»Ich habe nur Glück gehabt.«

Victoria streckte ihre Hände aus. »Hilf mir«, sagte sie. Lonnie griff nach oben und nahm ihre rechte Hand, und Penny die linke. Victoria ließ sich über Ray hinab und nutzte ihre Knie und die Unterstützung der beiden Frauen, um sich langsam hinabzusenken. Ihr Rock raschelte. Sie hielt nicht inne, als die Eichel gegen ihr sanftes Dreieck stieß. Sie nahm sie bereitwillig in sich auf.

Es hatte nur zwei Tage gedauert, bis ihre Pussy sein Eigentum geworden war, perfekt geformt, perfekter Sitz. Wie das entscheidende Puzzlestück in einem Bild. Nur schade, dass es so viele Puzzlestücke gab, die alle zu diesem Bild gehörten.

Victoria richtete sich auf ihm ein, ihre Knie an seinen Seiten. Sie lehnte sich vor, damit sie Pennys und Lonnies Hände auf ihre Brüste legen konnte. Ja, jetzt war das Bild komplett.

Lonnie und Ray zu beobachten hatte eine Erregung in Victoria ausgelöst, die sie nie zuvor gefühlt hatte. Zuerst hatte sie Jubel darüber empfunden, wie sich ihr Traum erfüllt hatte. Es hatte viele Momente gegeben, die allein deshalb schon erregend waren, weil sie sie neu erlebte. Dazu gehörte die Aufregung, als Lonnie eingetroffen war.

Aber während die Erregung beim Zusehen von Ray und Lonnie und Penny aus den Eingeweiden gekommen war, hatte sie auch etwas Vergeistigtes gehabt. Wie bei der Eröffnung einer Galerie, wenn die gezeigten Kunststücke einfach gut sind. Oder wenn sie bei einem Konzert ein Lied hört, das ihr völlig unbekannt gewesen war. Es war wie das Lesen ihres Lieblingsautors oder eines Journalisten, von dem sie wusste, dass er seine Ansicht überzeugend erläutern würde. Es war Schönheit und Information, und diese Erkenntnis rüttelte an ihrer Welt.

Sie hielt den Rücken gerade und legte ihre Hände auf Rays Hüften. Weibliche Finger neckten ihre Rosenknospennippel, bis sie hart wurden. Victoria spannte ihre inneren Muskeln an, löste sie, spannte wieder. Wie eine Faust, die sich um seinen Schaft öffnet und schließt. Bei jeder neuen Kontraktion schmerzte ihre Klitoris.

Es wäre großartig, wenn sie ihn auf diese Weise kommen ließ. Er würde sich immer daran erinnern. Noch vor ein paar Stunden hätte das ausgereicht, um Victoria dazu zu verleiten. Aber jetzt suchte sie ihre eigene Erlösung, vielleicht sogar noch mehr als seine. Sie wollte ihn reiten, genau wie die anderen es getan hatten, aber sie wollte ihm auch den Höhepunkt bescheren, was den anderen nicht gelungen war.

Sie legte die Hände auf seine Brust und begann ihren Körper zu senken und zu heben, wobei sie seinen Penis als Kompass nutzte. Sie hob sich langsam und rammte dann hart hinunter, wenn sie sich auf ihm pfählte. So wollte sie es haben! Von ihm gefüllt zu sein, während seine Hoden gegen ihren Po klatschten und sein Schambein gegen ihres rieb. Dann das qualvoll langsame Anheben des Körpers und das ruckartige Sausen, sodass sie voller Wucht von ihm penetriert wurde.

Sie begann zu keuchen. Und er auch. Penny und Lonnie hatten Victorias Brüste entblößt, die jetzt über seinem Gesicht pendelten. Jedes Mädchen, bemerkte Victoria, hatte eine Hand zwischen den eigenen Schenkeln.

»Ich auch«, murmelte sie, und die beiden Frauen strichen mit einer Hand an Rays Bauch entlang und tauchten unter Victorias Rock. Eifrige Finger fanden und neckten die Klitoris.

»Wie im Paradies«, sagte sie und mahlte hart gegen seine rauen Schamhaare. Sie beugte sich vor, und ihre Brüste drückten sich an seinem Torso platt. Sie küsste ihn feucht, offener Keuchmund gegen offenen Keuchmund.

»Wunderschön«, murmelte er. »Wunderschöne, perfekte Pussy …«

Sie wandte ihr Gesicht von ihm und küsste Lonnie ebenfalls auf diese Weise. Lonnies Zähne waren wie kleine Perlen, ihre Augen wie Schokolade, ihre Lippen so rot und glänzend wie Rubine. »Köstlich«, sagte Victoria. »Köstliche Lonnie …«

Sie wandte sich von Lonnie zu Penny und küsste sie. Penny erwartete sie schon mit der eigenen Zunge. Die Hitze des Kusses raste zu ihrer Magengrube, als wären ihre Kehle und die Brust ein Feuchtgebiet. Der Kuss lieferte den Sauerstoff, um das Feuer anzufachen.

»Köstliche Penny ...«

»Mach es, Schatz«, drängte Penny. »Nimm von ihm, was du brauchst. Du hast es verdient.«

Es war umstritten, dachte Victoria, was sie genau verdient hatte. Sie legte die Hände auf seine Schultern und begann zu pumpen. Es spielte absolut keine Rolle, was sie mit ihm tat oder was sie verdiente; es ging nur darum, was sie von Ray wollte. Sie wusste genau, was das war.

»Reite ihn, Mädchen«, sagte Lonnie und imitierte die Worte, mit denen Victoria und Penny sie angetrieben hatten, als sie sich Ray vorgenommen hatte.

Victoria wusste, dass sie über die Kontrolle verfügte. Ihre Klitoris schmerzte grimmig, daher wusste sie, dass sie die Kontrolle nicht mehr lange würde halten können. Aber darauf kam es ihr nicht an.

Sie war frei; sie konnte schreien und fluchen, wenn sie wollte, und es war ihr egal, was die anderen über sie dachten. Ihre Gedanken befanden sich im Einklang mit ihrem Körper – fick ihn, lass es geschehen.

»Oh, Mann«, stöhnte sie. Sie musste Druck ablassen, der sich in ihr aufgebaut hatte.

Sie ruckte nun heftiger auf und ab, ritt auf seiner nassen Länge hart und schnell. In ihren Ohren rauschte es, wahrscheinlich die Geräusche ihres laut dröhnenden Herzens. »Ich glaube, ich muss sterben«, jammerte sie.

Ray pumpte so gut es ging von unten gegen sie an. »Mach endlich«, grunzte er.

Wollte er, dass sie starb? Es war ihr egal, wenn er das so sah. Es war auch egal, was sie selbst davon hielt. Wenn, würde sie als freie Frau sterben.

»Frei«, knurrte sie. Das sollte er wissen, nur für den Fall, dass sie wirklich starb.

»Gut«, ächzte er. Sein Bauch spannte sich. Wenn er kam, bevor sie ihren Orgasmus hatte, würde sie ihn zuerst töten, schwor sie sich. Er war jetzt schon seit einiger Zeit im Einsatz, aber nun brauchte sie ihn noch ein kleine Weile länger.

Zierliche Finger wischten über ihre Klitoris, wenn sie eine Abwärtsbewegung abgeschlossen hatte.

»Ja, mein Mädchen«, gurrte Penny, »so will ich es sehen ...«

»Ja, ich auch«, fiel Lonnie ein.

Victoria nickte. Schweißperlen nässten ihre Haare und rannen in ihren Nacken. Es war nicht die Anstrengung, die ihr den Schweiß auf die Stirn trieb, sondern die Erregung, die unglaubliche Erregung aus diesem Augenblick. Sie hasste es, ihn vorbeiziehen zu lassen, aber sie hatte kein Mitspracherecht. Sie wurde in einen Schwindel erregenden Höhepunkt getrieben.

Victoria bewegte sich weiter auf und ab. Ihre Pussy schnappte nach seinem Schaft, als wollte sie ihn für immer in sich begraben haben. Aber ihr ging es um das Jetzt. Victoria schrie auf, als sie zwischen die Augenblicke der Glückseligkeit segelte.

Ray grunzte, sein Gesicht eine Maske wütenden Verlangens, dann grunzte er wieder, und die Ebenen seiner Wangenknochen, von Stirn und Kinn schienen sich zu glätten, während sein Gesicht in ein wildes Grinsen ausbrach. »Oh, Mann«, rief er.

»Gut!« Sie hätte schluchzen können, so erleichtert war sie, nachdem der Orgasmus heraus war. Gut, dass es ihm jetzt auch kam.

Victoria fand neuen Halt auf den Knien, während er kurz und heftig in sie hineinstieß, genau, wie er es liebte. Lonnie und Penny stöhnten auch, seine gierigen Mädchen. »Gut«, wiederholten sie. Kleine Zuckungen der Lust kräuselten noch ihre Haut. Victoria kippte leicht nach vorn, sodass ihre Klitoris in raueren Kontakt zu seinem Schaft geriet.

»Oh, verdammt!« Victoria schwebte schon wieder! Es schien kaum möglich zu sein, aber da war noch ein großes Zucken in ihr verborgen, und er hatte es gefunden.

»Verdammt, Ray!«

»Ich weiß, Baby. Ich weiß, wir sind so richtig füreinander bestimmt.«

Keuchen und Stöhnen, Schreien und Fluchen erfüllten die Luft. Die orgasmische Kakophonie endete erst, als die Letzte der vier fertig geworden war.

Victoria lag schlaff über Rays Brustkorb. Sie müsste ihre Knie strecken, aber dazu fehlte ihr die Energie. Sie dachte, am besten sollte sie versuchen zu schlafen, wenn auch nur für ein paar Minuten.

Ray rasselte an seinen Fesseln und zerstörte ihre verträumten Gedanken. Als sie sich nicht bewegte, stieß er sie an, damit sie aufwachte.

»Mmm.«

»Du musst mich bitte befreien, schöne Puss.«

Lonnie glitt aus dem Bett und watschelte ins Bad. Penny streckte sich, seufzte und hastete zum Eisschrank auf der Suche nach einigen Erfrischungen. Victoria und Ray blieben allein zurück.

»Beeile dich, Liebling«, sagte Ray. »Schließlich müssen wir pünktlich am Flughafen sein.« Er grinste sie an.

»Wie meinst du das denn?« Victoria starrte ihn verständnislos an.

»Ich komme mit dir nach Kuba. Mit dir und Penny. Ich habe mich entschieden. Zugegeben, eigentlich wollte ich Lonnie, aber jetzt habe ich sie ja gehabt. Also bin ich in den nächsten Wochen nur für euch da.«

»Tatsächlich? Du kommst mit uns nach Kuba?«

Lonnie kam aus dem Bad, in einen kurzen Frotteemantel gehüllt. »Was höre ich da von Kuba?«

»Penny und ich fliegen heute Morgen nach Kuba. Wir haben zwei Wochen in einer Fünf-Sterne-Anlage gebucht. In Veredero«, sagte Victoria.

»Hübsch. Davon habe ich schon gehört. Gute Diskos.«

»Alles, was sie da haben, ist gut. Ich habe auch eine Tour in den agrar-industriellen Komplex in der Provinz von Las Tunas gebucht.«

Penny kam ins Zimmer und knabberte an einem Apfel. Sie reichte Victoria und Lonnie auch jeweils einen Apfel. »Hört sich alles gut an«, sagte sie.

Lonnie drehte den Apfel nachdenklich in der Hand. »Ich glaube, ich könnte meine Vorgesetzten davon überzeugen, mich nach Kuba reisen zu lassen, wenn es sich um eine Expedition handelt, die von einem möglichen künftigen Gönner gefördert wird.«

»Tatsächlich?« Victoria sah Lonnie mit neuem Interesse an. »Was meinst du, Penny?«

»Ich finde, es hört sich großartig an, Victoria. Wir würden doch alle unsere eigenen Zimmer haben, oder?«

»Ja, richtig«, bestätigte Victoria und schaute Ray an. Seine Stirn lag in Falten; vielleicht stellte er sich gerade sein eigenes Zimmer in einem Fünf-Sterne-Hotel auf Kuba vor. »Wir können gehen und kommen, wann wir wollen, und wir sind nur zusammen, wenn es uns passt.«

»Das wird sein wie bei ›Drei Engel für Charlie‹, aber diesmal ohne Charlie«, prustete Lonnie.

»Aber was macht ihr mit mir? Ich will Charlie sein!«, protestierte Ray.

»Darling«, sagte Victoria und strich ihm über das liebe,

vertraute Gesicht. »Du sagst, Lonnie wäre die Letzte, aber das weiß ich besser. Und jetzt verstehe ich auch. Wirklich. Es ist die Natur der Bestie, die Ray heißt.«

»Nein, nun warte doch mal einen Moment! Ich werde älter, Victoria! Ich muss allmählich sesshaft werden.«

»Du wirst nie sesshaft werden, mein Liebling. Jedenfalls nicht über einen längeren Zeitraum.«

»Ich dachte schon, wenn wir aus Kuba zurückkommen, könnten wir gemeinsam nach Kanada gehen.«

»Ich gehe nicht nach Kanada zurück. Das habe ich dir schon vorher gesagt, Ray.«

»Warte, Victoria. Denk darüber nach. Du und ich, wir zwei zusammen. Für immer. Du brauchst mich, damit ich mich um dich kümmere. Wegen deines angegriffenen Herzens und so.«

»Ich brauche etwas, das stimmt. Aber ich glaube nicht mehr, dass du das bist, Ray. Es tut mir leid, aber ich habe meine Entscheidung getroffen. Lonnie, du bist dabei, wenn du willst.«

»Kuba, ich komme!«, schrie Lonnie.

Der Wecker meldete sich.

Victoria lachte. »Alle aufwachen! Wir müssen pünktlich am Flughafen sein.« Sie schaute Ray an, ans Bett gefesselt. »Alle, nur du nicht. Du kannst dich entspannen, denn du bleibst hier.«

Vierundzwanzigstes Kapitel

Er mochte seinen Ohren nicht glauben. »Schöne Puss …«, begann er, aber Victoria schnitt ihm das Wort ab.

»Ich hab keine Zeit zu quatschen, Ray. Ich muss mich vorbereiten.«

»Aber Victoria …«

»Sei jetzt still, Darling, sonst muss ich dir einen Knebel verpassen.«

Er schüttelte sich. Da war diese Drohung des Knebels wieder. Erneut war er gezwungen, einfach dazuliegen, nackt und breitbeinig, und kein Wort zu sagen. Er wartete auf bessere Zeiten.

Es war, als gäbe es ihn gar nicht in diesem Zimmer, als wäre er nur eine Fliege an der Wand eines Mädchenwohnheims. Soweit er das vom Bett aus feststellen konnte, nahmen die drei Frauen eine Dusche. Sie waren jedenfalls gemeinsam ins Bad gegangen, und nach lautem Quieken, Prasseln und Plantschen kamen sie jetzt gemeinsam in weißen Bademänteln heraus, weiße Tücher wie Turbane auf den Köpfen.

Es gab einiges Gezeter über das, was sie anziehen sollten, und dann war auch noch ein Thema, was Penny mit Mitzu anfangen sollte. Ray erfuhr im Laufe der Diskussion, dass Mitzu ihre Katze war. Lonnie wusste nicht, ob sie ihre chinesischen Kollegen anrufen oder gleich mit zum Flughafen fahren sollte, um sie dort mit ihren neuen Plänen zu überraschen.

Victoria packte rasch die Kleider ein, die sie während ihres

Aufenthalts in der Suite aus den Koffern genommen hatte. Ein Teil ihres Gepäcks, so ging aus der Unterhaltung hervor, befand sich bereits mit Pennys Gepäck auf dem Flughafen. Victoria war die Einzige mit frischer Wäsche, aber Penny und Lonnie konnten sich am Flughafen umziehen. Sie trieben sich gegenseitig zur Eile an, damit ihnen genug Zeit blieb, um sich für die Reise einzukleiden.

Das Kichern wurde wieder stärker, als sie im Tempo zulegten, um so schnell wie möglich das Hotel zu verlassen. Ray hatte gehofft, er könnte entweder mit Penny oder mit Lonnie allein reden, um sie zu Verstand zu bringen.

Victoria, musste er feststellen, war nicht in der geistigen Verfassung, ihm überhaupt zuzuhören. Außerdem achtete sie darauf, dass niemand allein bei ihm blieb. Und jede Minute würden sie die Suite verlassen.

»Du machst einen großen Fehler, weißt du«, sagte er, als Victoria unter den Bettlaken nach einem fehlenden Stöckelschuh schaute. »Du solltest mich mit nach Kuba nehmen. Das war der Plan.«

»Pläne ändern sich«, sagte sie fröhlich. Sie trug ein buntes Unterhemd und Sandalen, und eine Weste aus Baumwolle hatte sie um die Schultern geschlungen. In kürzester Zeit hatte sie sich in eine liebliche, elegante Lady verwandelt, die sich zünftig auf einen Karibikurlaub eingestellt hatte. Es war fast unmöglich sich vorzustellen, dass sie die Frau war, die ihn verführt und den Dreier für ihn organisiert hatte – mit dem Ergebnis seiner Gefangenschaft.

»Es kann nicht dein Ernst sein, mich so zurückzulassen. Victoria? Lass mich jetzt gehen. Ich verspreche, dass ich dir keinen Ärger bereite.«

»Sobald der Flieger in der Luft ist, rufe ich das Hotel an, dann wirst du befreit.«

»Ich werde sagen, was du mit mir angestellt hast, und dann werde ich dich verklagen.«

»Das glaube ich nicht.« Sie klang triumphierend, aber das lag daran, dass sie den Stöckelschuh gefunden hatte. »Hab ich dich endlich.«

»Gehen wir.« Penny kam rückwärts aus dem Kleiderschrank, nachdem sie sich vergewissert hatte, dass er leer war.

»Wo sind die Tickets?«, rief Lonnie. Seit sie mit dem Ankleiden fertig war, hing sie über ihrem Handy und trug verschiedenen Mitgliedern ihrer Gruppe auf, bestimmte Dinge für sie zu erledigen.

»Oh, Himmel, die Tickets!« Victoria öffnete ihre Handtasche, die goldfarbene, die bis vor kurzem Penny gehört hatte. Penny benutzte jetzt Lonnies Tasche, und Lonnie hatte Victorias Wildledertasche an sich genommen. »Wir haben so oft die Taschen gewechselt, dass ich nicht mehr weiß, in welcher die Tickets sind.«

Ray seufzte. Es gab keinen Zweifel, dass Victoria die Tickets irgendwo versteckt hatte, aber es gab auch keinen Zweifel, dass bis zum Auffinden viel gegackert und gekichert würde. Er hatte nie gewusst, dass gestandene, erfolgreiche, kluge Frauen so sehr darauf versessen waren, sich wie alberne Mädchen zu verhalten. Später würde ihm diese Erkenntnis vielleicht mal helfen.

»Danke für meine neuen Freunde, Ray.« Lonnie drehte sich um und hauchte einen Kuss auf seine Lippen.

Der Nerv einer Frau. Seine Hand öffnete und schloss sich, packte nichts als Luft.

»Ich liebe sie«, fügte sie noch hinzu.

Nicht mal einen Dank für den Orgasmus, den er ihr besorgt hatte? »Lonnie, von einem Kamerad zum anderen – du kannst mich so nicht zurücklassen.«

»Ich habe bei dieser Operation nicht das Sagen, Ray«, wehrte sie ab. »Du weißt, dass ich dich gern freilassen würde, aber noch mehr will ich mit meinen neuen Freunden nach Kuba. Wir werden wie Charlys Engel ohne …«

»Ja, ja, ich weiß. Ohne Charlie. Aber Lonnie, jetzt mal ehrlich, mein Schatz …«

»Bye, bye, Baby«, sagte sie und brachte ihn mit einem letzten Kuss zum Schweigen.

»Penny, was ist mit uns? Wir hatten doch eine gute Zeit zusammen, nicht wahr?«

»Es war die beste Zeit überhaupt, Ray. Danke.« Penny setzte sich aufs Bett. Wenigstens das. Vielleicht war sie seine größte Hoffnung.

»Ich kann mir nicht vorstellen, dass das ›Feuer von London‹ in den Berichten über dieses Geschehen erwähnt wird, was?«

»Ich verlasse mich auf deine Diskretion.«

»Lass mich frei, dann verspreche ich dir, kein Wort zu irgendeiner Seele zu reden.«

»Victoria hat versprochen, dass die Sicherheitsleute des Hotels dich befreien, sobald unser Flugzeug in der Luft ist.«

»Was ist, wenn sie lügt? Ich könnte hier drinnen sterben.«

»Sei nicht so melodramatisch. Du befindest dich in einem Hotel. Auch wenn wir das Schild ›Bitte nicht stören‹ außen an den Knopf hängen, wird jemand hereinkommen und die Handtücher wechseln. Spätestens nach zwei Tagen.«

»Nach zwei Tagen! Und da glaubst du, ich rege mich künstlich auf? Penny, ich bin ans Bett gefesselt.«

Penny streichelte über seine Wange. »Du hättest mit uns kommen können, Ray, aber du warst zu gierig. Das ist okay, wir verübeln es dir nicht. Aber in dieser Sache stehe ich an Victorias Seite. Ich glaube nicht, dass sie lügt, was den Anruf im Hotel angeht. Ein paar kräftige Jungs werden zu dir kommen, ein paar witzelnde Bemerkungen machen und dich losbinden.«

Sie kicherte, als er zu stöhnen anfing, und wieder öffnete und schloss sich seine Hand und bekam doch nichts als Luft zu fassen.

»Bye, Darling«, rief Victoria.

»Du bist ein verschlagenes Luder.«

Victoria grinste. »Küss mich, du Narr. Dies ist unser allerletztes Wiedersehen.« Sie legte eine Hand auf ihren Mund, beugte sich hinunter und strahlte ihn mit ihren unglaublich moosgrünen Augen an.

»Ach, wir werden uns irgendwo wiedersehen«, sagte er.

Sie drückte ihre Lippen auf seine. Es war ein fester, süßer Kuss. Als er endete, flüsterte er: »Ich liebe dich.« Sie schien ihn nicht zu hören.

Er unternahm nicht mal einen Versuch, sie festzuhalten, als sie ihn verließ. Es war zu spät. Victoria war frei.

Fünfundzwanzigstes Kapitel

Die Morgendämmerung hatte gerade eingesetzt und hauchte London mit den gedämpften Farben eines nebligen neuen Tages an. Penny verfolgte von ihrem Fensterplatz im Taxi aus, wie ihre Heimatstadt langsam zum Leben erwachte. Lonnie saß auf dem Beifahrersitz und argumentierte mit dem äthiopischen Fahrer über die Wirksamkeit von Handelssperren der UNO. Penny warf einen Blick auf Victoria, die neben ihr im Fond des Taxis saß. Victoria schien völlig im Reinen mit sich zu sein.

Penny empfand eine Welle der Sympathie für die andere Frau. Seit sie sich vor ein paar Monaten kennen gelernt hatten, fragte sie sich von Zeit zu Zeit, ob sie sich auf eine Beziehung einließ, die mehr Kummer brachte als neue Erlebnisse.

Sicher, sie hatte sich häufiger gefragt, was auf der Karte stand, die Ray ihr aus Kuba geschickt hatte, und ab und zu dachte sie auch darüber nach, was sie dem wilden Kanadier sagen würde, wenn sie ihm mal auf der Straße begegnete, aber aus eigenem Antrieb hätte sie nie so einen komplizierten Plan aufgebaut wie Victoria.

Es hatte mehr als Geld gekostet. Okay, sie war nicht so steinreich wie Victoria, aber ihr Jahreseinkommen war nicht zu verachten. Doch wie gesagt, es war nicht so sehr eine Frage des Geldes. Man musste den Willen haben. Und ohne Victorias antreibendes Verlangen, wieder mit Ray zusammen zu sein, hätte es das Abenteuer nie gegeben.

Irgendwie kam es Penny so vor, ohne das Abenteuer Ray

hätte es auch die Abenteuer Bryce Stafford junior und Nobatu nie gegeben. Sie waren irgendwie miteinander verbunden, und sei es auch nur deshalb, dass Victoria ihr die Augen geöffnet hatte.

Sie hoffte, dass Victoria über die Entwicklung ebenso zufrieden war wie sie selbst. Und sie hoffte auch, dass Ray, wenn er später an diese Nacht zurückdachte, eine gewisse Zuneigung verspürte. Penny musste kichern, als sie den ans Bett gefesselten Ray vor sich sah.

Victoria wandte sich vom Fenster ab. Sie nahm Pennys Hand und drückte sie. »BFF«, sagte sie. Eine Fortsetzung ihrer mädchenhaften Spiele, und Penny spürte einen Schauer, der ihr heiß über den Rücken lief.

Sie waren keine Mädchen mehr, sie waren Frauen, und Frauen gaben nicht leichtfertig solche Versprechen ab.

»Best Friends Forever«, murmelte Penny.

Sechsundzwanzigstes Kapitel

Victoria schnallte sich an, obwohl das Flugzeug noch lange nicht starten würde. Das war auch schon gut so, denn sie war die erste der Freundinnen, die an Bord ging. Sie hatten Pennys Gepäck abholen müssen, und es war auch gar nicht so einfach, wie Lonnie erwartet hatte, ihr Reiseziel von Hongkong nach Kuba zu verlegen.

Victoria lachte laut auf, als sie sich an die schrille Tirade erinnerte, die Lonnie von einem der chinesischen Bosse über sich ergehen lassen musste. Aber schließlich trat das ein, was Lonnie von Anfang an vermutet hatte: Ihre Kursänderung wurde akzeptiert. Lonnies Vorgesetzte hatten offenbar keine Wahl: Sie war klug, schön, jung und populär, und sie repräsentierte die Kommunistische Partei. Man musste sich anstrengen, sie bei Laune zu halten.

Sie hatten nicht wirklich Zeit für eine ausgiebige Einkaufstour gehabt, aber Lonnie und Penny hatten wenigstens die zollfreien Läden durchstöbern wollen, und Victoria war allein an Bord gegangen. Sie konnte ein paar Minuten für sich gut ertragen und über ihr letztes Abenteuer nachdenken, bevor sie zu einem neuen abhoben.

Die Schwerelosigkeit, die sie seit der Ménage-à-quatre in ihrem Hotelzimmer empfunden hatte, setzte sich allmählich. Die gelassene Ruhe, die sich in ihrer Mitte behauptete, hielt an. Es war eine triumphale Episode für sie gewesen, auch wenn ihr klar war, dass sie sich an ihr neues Dasein erst gewöhnen musste.

Die Intensität einer Besessenheit ist genau der Grund, warum sie nicht ewig anhalten kann. Jahrelang, bis sie und Ray und Penny sich in dieser einen Stadt getroffen hatten, war ihre Fixierung nur auf Bedauern über den Verlust des Geliebten ausgerichtet gewesen.

Sie würde darüber nachdenken müssen. Sie fragte sich, ob sie unnötiges Gepäck mit in ihre Ehe gebracht hatte. Ohne dieses Gepäck wäre ihre Ehe besser verlaufen.

Auf der anderen Seite war es für Gordon die zweite Ehe gewesen, und er war viel älter als sie und hatte eben auch die Packen seiner Vergangenheit zu tragen. Gemeinsam hatten sie etwas Neues geschaffen, eine liebevolle Schutzgemeinschaft. Vielleicht war es auch mehr ein Fall der trauernden Witwe gewesen, die ihren Verlust rascher überwunden hatte, als man erwarten konnte.

Jetzt hatte sie mit einem anderen Verlust zu tun. Irgendwann während der Nacht, beginnend damit, dass Ray es mit köstlichem Entzücken mit Lonnie trieb und sogar eine Eroberung feierte, während er ans Bett gefesselt war, und endend mit Victorias Orgasmus, als sie auf Ray gepfählt war, hatte sie verstanden. Mit diesem Verständnis ging eine Erleichterung einher, die viel bedeutender war als die vielen oberflächlichen Orgasmen, die sie im Laufe der letzten Tage erlebt hatte. Jetzt würde sie lernen, damit zu leben.

Ihr kam es so vor, als wäre sie wieder einmal Witwe geworden, aber diesmal war es ihre Entscheidung gewesen, das Ende einzuläuten. Es war wie eine Scheidung.

Nun ergab sich auch die Frage, was sie mit sich selbst anstellen sollte. Vielleicht hatte sie inzwischen ihre eigenen Dämonen ausgetrieben, und so konnte sie ihre verbleibende Zeit auf der Erde mit ihrem beträchtlichen Reichtum nutzen, um die Dämonen zu besiegen, die alle bedrohten.

Sie atmete tief aus, als wollte sie die letzte Luft, die sie zusammen mit Ray eingeatmet hatte, aus den Lungen pressen. Er war nicht mehr in ihr, auf keine Art. Aber sie würde ihn niemals vergessen, und obwohl seine Worte in ihrem Kopf nicht mehr existierten, würde sie sie wahrscheinlich nicht vergessen. Ray hatte geschworen, dass er sie ewig lieben würde, und das stimmte auch. Das sah sie jetzt ein. Wie sie auch einsah, dass Ray immer auf der Suche nach anderen Frauen war.

Victoria fühlte, dass sie Ray immer geliebt hatte und immer lieben würde. Sie hoffte, dass sie auch glücklich damit sein konnte, dass er auf dieser Erde wandelte, sich für die Obdachlosen einsetzte und ein waches Auge für seine nächste Eroberung behielt.

Er würde eine Zeit brauchen, um seine berechtigte Verärgerung über diese Nacht abzubauen. Sie schaute auf die Uhr. Er würde bald befreit werden. Sobald das Flugzeug abhob, und das würde nur noch Minuten dauern.

»Letzter Aufruf für Flug 221 nach Havanna.«

Victoria öffnete noch einmal ihren Gurt. Sie verdrehte sich in ihrem Sitz am Fenster und blinzelte den Gang entlang. Wann immer sie sich diesen Moment vorgestellt hatte, und das war häufig gewesen, hatte sie sich nie ausgemalt, allein nach Kuba zu fliegen.

Sie kicherte. Wäre es nicht ironisch, wenn es sich so ergeben würde? Sie empfand einen Anflug von Selbstbewusstsein. Sie war davon überzeugt, dass sie auch allein nach Kuba fliegen und sich dort amüsieren konnte. Aber mit ihren Freundinnen zu verreisen würde noch viel lustiger sein.

Ihr Kichern ging ihnen voraus. Lonnie trug knallrote extra kurze Shorts, eine verkürzte Bomberjacke in türkisfarbener Seide und eine dazu passende Baseballkappe. Wahrscheinlich konnte sie es nicht bis zum Strand erwarten.

Penny trug khakifarbene Capris und ein weißes T-Shirt aus Baumwolle, das den Bauch frei ließ. Sie wollte unbedingt Farbe annehmen. Als sie Victoria sahen, lachten die Frauen und winkten und hasteten den Gang hinunter, wobei ihre neuen Strohhandtaschen hin und her schwenkten.

»Jetzt können wir starten«, verkündete Lonnie und ließ sich in den Sitz neben Victoria fallen. »Schöne breite Sitze«, schnurrte sie.

»Eigentlich müssten dir die meisten Sitze schön breit vorkommen«, sagte Victoria.

»Nun, der hier ist extra breit, weil wir in der ersten Klasse sind«, wusste Lonnie.

Penny ließ sich auf der anderen Seite des Ganges in den Fensterplatz nieder. »Ich hoffe nur, dass kein Langweiler neben mir sitzt«, sagte sie. »Da wir in der ersten Klasse sind, bekomme ich vielleicht einen Rockstar oder einen Politiker.«

»Wenn du einen Politiker bekommst, gib ihn an mich weiter«, sagte Lonnie.

»Du bist genauso schlimm wie Ray«, beschwerte sich Penny. Sie biss sich auf die Lippe und sah schuldbewusst zu Victoria. »Entschuldige.«

»Wir haben beschlossen, dass wir über diesen Mann nicht mehr sprechen. Er ist ein Schurke«, sagte Lonnie, aber ihr besorgter Ausdruck strafte sie Lügen. »Victoria«, sagte sie und lehnte sich so nahe, dass sie flüstern konnte, »du rufst doch die Sicherheitsleute im Hotel an, damit sie ihn befreien können?«

»Du glaubst nicht wirklich, dass ich das tue, oder?«, fragte Victoria.

Penny rief: »Du hast es versprochen!«

Victoria lachte. »Oh, er wird befreit, natürlich, aber nicht von ein paar Muskelpaketen, die den Mund nicht halten können. Ein diskretes Mitglied aus dem Servicebereich wird sich um ihn kümmern.«

»Du hast mir einen gehörigen Schrecken eingejagt«, knurrte Lonnie. Sie drohte Victoria mit dem Finger. »Ray mag ein Playboy sein, aber er ist ein Playboy, dessen Politik ich unterstütze.«

»Werden sie ihn auf ihrer normalen Tour in deiner Suite entdecken?«, wollte Penny wissen.

»Das hatte ich zuerst eingeplant«, antwortete Victoria. »Aber als ich bemerkte, wie Ray einem der Zimmermädchen hinterherhechelte, habe ich meinen Plan neu abgestimmt. Er wird von einer attraktiven jungen Frau namens Cerise gerettet, obwohl sie in bestimmten Etablissements auch als ›The French Twist‹ bekannt ist.«

»Du bist ja so gut zu ihm«, sagte Penny. »Ich bin stolz auf dich, Victoria.«

»Es ist einfach, gut zu ihm zu sein. Ich habe ihn eine sehr, sehr lange Zeit geliebt«, sagte Victoria. »Ich habe ihn immer im Fokus gehabt und bedauert, dass wir uns aus den Augen verloren hatten. Deshalb musste ich noch einmal mit ihm zusammen sein, um mich daran zu erinnern, was ich als junges Mädchen wusste und dann vergessen hatte.«

»Ja«, sagte Lonnie. »Er ist bestückt wie ein Pferd.«

»Pst.« Victoria stieß ihr den Ellenbogen in die Seite. »Davon rede ich nicht.«

»Aber er ist wie ein Pferd bestückt, richtig? Ich meine, ist das eine Redensart? Oder sagt man das nicht?«

Penny lachte. »Doch, Lonnie, das kann man sagen. Aber ich glaube, Victoria redet von größeren Dimensionen.«

»Kann sein«, murmelte Lonnie, aber sie schien nicht überzeugt.

»Bei Ray ist das so, dass er immer etwas haben wird, was

ihm wichtiger ist als ich«, fuhr Victoria fort. »Als er jung war, nannte er es die Revolution. Jetzt ist es das Problem der Obdachlosen, dessen er sich angenommen hat. Große Ziele mit dicken Lettern. Aber während er jene Ziele verfolgt, die ihm wichtiger sind als ich es je war, verpasst er nicht viele Möglichkeiten, andere Frauen kennen zu lernen, und auch das ist eines seiner Ziele mit dicken Lettern.«

»Ab und zu möchte ich auch gern einen neuen Mann haben, am liebsten jetzt«, sagte Lonnie. »Es hält nie lange an. Ich fühle mich getrieben wie Ray, aus unserer Welt einen besseren Ort zu machen. Aber wenn ich meinen Spaß haben will, muss ich die Probleme verdrängen. Auch umgekehrt wird ein Schuh daraus: Vergiss alles und konzentriere dich nur auf deine Arbeit. Wenn du in dieser Verfassung bist, ist das tödlich für deine Beziehungen. Ich habe immer gehofft, dass ich im Alter lerne, wie ich ein Privatleben aufbaue. Aber ich bin ja noch jung. Wenn ich mal so alt bin wie Ray, bin ich hoffentlich erwachsen.«

»Du hast den Finger auf die Wunde gelegt«, sagte Victoria. »Ich glaube nicht, dass Ray jemals erwachsen wird. Nicht, wenn es um Beziehungen mit dem anderen Geschlecht geht. Das ist mir jetzt klar geworden. Die Suche ist Teil des Menschen. Ich würde das bei Ray nicht ändern, selbst wenn ich es könnte – und heute weiß ich, dass es gar nicht möglich ist.«

»Aber der Versuch hat Spaß gemacht«, warf Penny ein.

»Ja.« Victoria grinste ihre Freundinnen an. »Es war großer Spaß, solange er gedauert hat.«

»Ray hält lange durch, was?«, sagte Lonnie.

»Das habe ich nicht gemeint«, sagte Victoria.

»Aber es stimmt, was Lonnie sagt«, bestätigte Penny. »Große Ausdauer, großartiger Körper.«

»Er sieht einfach gut aus«, fasste Lonnie zusammen.

»Glaubt ihr, dass es seine körperlichen Attribute sind, die ihn unwiderstehlich machen?« Victoria war verwundert. Sie war immer wahnsinnig versessen auf ihn gewesen, aber sie hatte geglaubt, dass die Gründe für ihre Attraktion tiefer gingen. »Ich hoffe, ich war die ganzen Jahre nicht so besessen von ihm, weil er nur gut aussieht.«

»Das spielt doch jetzt keine Rolle mehr. Ray ist wunderbar, das sagen wir doch alle. Aber er ist gut für eine gute Zeit, nicht für eine lange Zeit«, resümierte Penny.

»Richtig!«, rief Lonnie. »Gut für eine gute Zeit, nicht für eine lange Zeit. Das gefällt mir. Das könnte unser Motto sein!« Lonnie kramte in ihrer Strohtasche. »Hat jemand was zu schreiben? Ich will mir das notieren.«

Penny sah ein Magazin, das aus Lonnies neuer Handtasche ragte. »Lonnie! Ich bin überrascht, dass du solchen Schund kaufst!«

Lonnie kicherte. »Ach, ist doch egal.« Victoria registrierte vergnügt, dass sie Lonnie das erste Mal verlegen sah. »Da stehen die Skandale über die Schauspieler und Sänger drin. Ich muss doch einen Blick darauf werfen, wenn ich eine solche Chance bekomme.«

»Gib sie her«, sagte Penny.

»Es ist nur die Lektüre für den Strand«, sagte Lonnie, die ihren Einkauf immer noch rechtfertigen wollte, aber schließlich gab sie Penny widerwillig die Zeitschrift.

»Anna lässt Bryce am Altar stehen«, las Penny laut vor. »Er hat mir also die Wahrheit erzählt und die Hochzeit sausen lassen«, murmelte sie.

»Diese Zeitschriften erzählen doch nie die Wahrheit, oder?«, fragte Lonnie.

»Manchmal ist die Wahrheit so einfach, dass man sie kaum erkennen kann«, sagte Victoria. Ein Gefühl des Wohlbehagens erfüllte sie. Welchen Unterschied machte es schon, ob sie Ray so liebte, wie sie es getan hatte, oder ob er sie liebte, wie er es getan hatte? Sie hatten sich so gut geliebt, wie sie konnten, und das war das Beste, was man über ein Liebespaar sagen konnte.

Nun war dieser Teil ihres Lebens vorbei. Nicht bis zum nächsten Mal. Für immer. Sie streckte Arme und Beine aus, um die Ruhe auf ihre Fingerspitzen und Zehen zu übertragen.

»Ich bin frei.«

»Ich bin ja so froh«, sagte Penny. »Das bedeutet, dass wir ungeheuer erfolgreich waren.«

»Ich freue mich auch«, warf Lonnie ein. »Ich sorge auf unserer Tour für viel mehr Spaß, als Ray es jemals könnte.«

»Daran zweifle ich keinen Moment«, sagte Victoria. Sie lehnte sich zu Lonnie, die ihr Gesicht hob und einen Kuss erwartete, aber Victoria versuchte gerade, an ihr vorbeizuschauen, den Gang entlang. »Schau mal, wer da ist! Und gerade noch rechtzeitig!«

Veruschka schritt ihnen entgegen. Sie klopfte mit einem manikürten Nagel auf Lonnies Schulter. »Entschuldige mal, aber ich muss mich neben meine Patientin setzen.«

»He?« Lonnie starrte die schöne russische Frau an.

»Überraschung!«, rief Victoria. »Meine Krankenschwester fliegt mit uns.«

»Du hast deine eigene Krankenschwester dabei?« Lonnie beeilte sich, ihren Platz zu räumen und verdrückte sich auf die andere Seite des Ganges neben Penny.

»Victoria hat ein schwaches Herz, Lonnie«, erklärte Penny. »Das ist der hauptsächliche Grund, der zu dem Plan mit Ray geführt hat, denn sie hat Angst, dass sie jeden Moment zusammenbrechen könnte.«

Veruschka verzog das Gesicht. Sie nahm Victorias zierliches Handgelenk in ihre Hand und schaute auf die Pendeluhr auf ihrer Bluse, um den Puls messen zu können. »Du bist sehr ruhig«, lautete ihr Kommentar. »Und deine Wangen haben auch eine schöne Farbe angenommen.«

Victoria wusste, dass sie kräftig errötete. »Veruschka, das sind meine Freundinnen Penny und Lonnie.«

»Hallo, Ladys. Ich hoffe, dass ihr beide bester Gesundheit seid. Irgendwelche Schmerzen?«

»Nein, völlig schmerzfrei«, sagte Penny hastig. Und als Lonnie sprachlos blieb, fügte Penny noch hinzu: »Wir haben beide keine Schmerzen.«

»Gut. Und du?« Veruschka richtete den strengen Blick zurück auf Victoria. »Hast du deine Tabletten regelmäßig genommen?«

»Ja.« Victoria nickte.

»Ich habe darauf geachtet«, warf Penny ein.

»Ich hoffe, du hast genug für den ganzen Urlaub mitgebracht«, sagte Lonnie.

Veruschka bedachte Victoria mit einem vernichtenden Blick. Sie ließ das Handgelenk fallen. »Dein Puls könnte nicht besser sein«, knurrte sie.

Victoria schluckte. »Die Wahrheit ist, dass mein Herz sich bester Gesundheit erfreut«, gestand sie. »Ich habe behauptet, ein schwaches Herz zu haben, damit ich Ray dazu bringen konnte, mich im Hotel zu besuchen. Es tut mir leid, Penny. Ich dachte, es wäre einfacher, wenn ich dich auch in diesem Glauben ließ, verstehst du?«

»Ja, schon gut. Es hatte dich böse erwischt«, sagte Penny und schüttelte den Kopf. »Die Pillen waren also nur …«

»Süßigkeiten«, beichtete Victoria. Ihre Lider flatterten. »Es tut mir leid, Penny.«

»Du Filou!«, schimpfte Penny. »Man sollte dir wirklich den Arsch versohlen!«

»Aber sonst habe ich keine Überraschungen mehr. Ich schwöre!«, rief Victoria.

»Wenigstens keine Überraschungen bis Kuba«, meinte Veruschka. »Und dort sehen wir weiter.«

Die Zeichen zum Anschnallen der Gurte leuchteten auf, und alle schnallten sich an.

»Ich bin ja so aufgeregt«, rief Lonnie. Es scheint, dass ein Abenteuer sich an das andere anschließt.«

Penny nahm ein Kartenspiel aus ihrer Handtasche und mischte es mit geschickten Fingern.

Die Flugzeugmotoren röhrten auf. Victoria schaute auf ihre Uhr. Ja, das war die Zeit, in der Cerise die Tür der Suite aufschloss, in der sie Ray ans Bett gefesselt vorfinden würde. Sie stellte sich Rays Verärgerung vor und dann sofort sein Entzücken, als er bemerkte, dass es Cerise war, die den Schlüssel zu seiner Befreiung besaß.

Victoria hoffte, dass Ray schon auf dem Weg der Vergebung war, als Cerise ihren Zauber begann.

Als sie ihre Reiseroute erreicht hatten und die Anschnallzeichen erloschen, verteilte Penny die Karten. »Wer macht mit?«

»Ich!«, rief Lonnie.

»Alle«, sagte Veruschka.

»Was spielen wir denn?«, wollte Victoria wissen.

Penny lachte. »Poker natürlich. Und alle Damen sind Joker.«

Ende

Die heißesten Urlaubsgeschichten, die Sie jemals lesen werden!

Kerri Sharp (Hg.)
STRAND DER SÜNDE
Erotische Geschichten
336 Seiten
ISBN 978-3-404-15995-6

Wahnsinnig sexy und köstlich erotisch, eine Sammlung indiskreter Geschichten, die alle in den schönsten Wochen des Jahres spielen. Laura liegt am Golf von Neapel in einer Hängematte und träumt von athletischen Surfern; eine junge Amerikanerin ist das erste Mal in Paris und fällt in die Arme eines sehr fähigen Reise(ver)führers; und Fiona erfährt in Prag liebevolle Gastfreundschaft und sehr eigenwillige Bräuche. Dieses Buch gehört in jede Reisetasche!

Bastei Lübbe Taschenbuch

Eine erotische Zeitreise voller Geheimnisse, Magie und Lust

Maya Hess
GÖTTIN VOM HIMMEL
Erotischer Roman
272 Seiten
ISBN 978-3-404-15996-3

Jenna Brights Flugzeug gerät in einen ungewöhnlichen Sturm, und als sie aufwacht, findet sie sich in der Welt der Kelten vor zweitausend Jahren wieder – verehrt als ›Göttin vom Himmel‹. Das Flugzeug zerstört und das Handy unbrauchbar, ist Jenna gezwungen, sich an ihr neues Leben anzupassen – und an die beiden mächtigsten Männer des Dorfes, die um sie buhlen. Jenna wird in einen Strom wilder, dunkler Leidenschaften gerissen.

Bastei Lübbe Taschenbuch

Lassen Sie sich von Alicia durch London verführen. Sie zeigt alles!

Carrie Williams
IN LONDON
MIT ALICIA
Erotischer Roman
272 Seiten
ISBN 978-3-404-15997-0

Cocktails, Zimmerservice, Wellness in Luxushotels – Alicia ist ein Mädchen, das den kleinen Belohnungen ihres Berufes als Führerin durch London nicht widerstehen kann. Ob es der Produzent aus Hollywood ist, mit dem sie in der Hotelsuite landet oder der australische Pilot, dessen exhibitionistische Phantasien auf dem neuen Riesenrad an der Themse einen neuen Höhepunkt finden.